AF219757

Poser tanzen nicht

PETER WEISENSEEL

Poser tanzen nicht

Roman

Bibliografische Information der Deutschen Nationalbibliothek

Die Deutsche Nationalbibliothek verzeichnet diese Publikation in der Deutschen Nationalbibliografie; detaillierte bibliografische Daten sind im Internet über http://dnb.dnb.de abrufbar.

© 2021 Peter Weisenseel

Grafik: Irina Levitskaya/ Anatolir/ Shutterstock.com

Coverdesign, Satz, Herstellung und Verlag: BoD – Books on Demand, Norderstedt

ISBN 978-3-7543-2351-9

Für Edith

Inhalt

Kapitel 1 – »IVIZ«

Heidelberg 1986. Die Junisonne fiel durch den schmalen Spalt im Dachfenster und zog eine gleißende Schneise durch den muffigen Raum. Seit einigen Minuten hatte das Lichtband die weiße Raufasertapete der Dachschräge verlassen und erreichte nun den abgewohnten Schüler-Schreibtisch mit den Spuren der vergangenen Nacht: mehrere leere Dosen Bier, eine leere Flasche Afri Cola. Eine halbvolle Flasche Asbach Uralt streute das Licht wie ein billiges Prisma im Raum. Für einen Moment spielte die Sonne glitzernd mit dem Silberpapier einer zerknüllten Zigarettenschachtel und übergoss dann langsam das Cover des Theatre-of-Pain-Albums von Mötley Crüe auf der verklebten Haube des Plattenspielers.

Das minimalistische Schauspiel seiner Umgebung hatte Skip, der bäuchlings und regungslos auf dem Bett lag, nicht wahrgenommen. In seinem Kopf beugte sich der Ringrichter über ihn und hielt seine rechte Hand mit abgespreiztem Daumen, Zeigefinger und Mittelfinger unscharf vor sein Gesicht. »Drei!«, dröhnte es aus dem Mund des Ringrichters, wobei alles klang wie aus einem rostigen Dosentelefon. »Eins« und »zwei« des Angezählt-Werdens musste er in seinem Zustand apathisch verpasst haben. Das Bild des

Ringrichters erschien Skip beim Aufwachen fast nur dann, wenn er aus seinem selbst herbeigeführten Koma wieder in den Alltag zurückkehren sollte. »Vier…«, zerrte es an Skips Schläfen. Bei »fünf« versuchte er seine Zunge zu bewegen, die eingetrocknet am Gaumen festklebte. Der Ringrichter mit Hulk-Hogan-Statur und -Frisur schrie und zeigte nun mit zwei Händen »sechs«. Meist schaffte es Skip, vor der »Zehn« auf der Bettkante zu sitzen und damit das erste K.O. des Tages zu verhindern.

Das rechte Auge, welches nicht durch das zusammengeknautschte Kopfkissen verdeckt war, zog das Oberlid langsam hoch, wie ein bleischweres Garagentor. Skip rasterte mit verschwommenem Blick seine Umgebung. Das beige Spannbett-Laken neben seinem Kopf hatte sich von der benachbarten Ecke der Matratze gelöst und dabei einige undefinierbare Flecken und Tabakkrümel eingerollt. »Sieben« klang nun bereits leiser und entfernter. Er schob seine Wange vom Kissen über das Laken bis über den Rand der Matratze. Als sein Blick einige D.C.-Comics und vertraute Plattencover auf dem unverwechselbaren und geschmacklosen auberginefarbenen Teppich erreichte, seufzte er beruhigt. Er war zuhause. Irgendwie war er aus dem Kellergewölbe des *CRASH* wieder nach Hause gekommen. Oder Apo hatte ihn nach Hause gebracht. Oder alles war nur eine Kulisse, um ihn mal wieder reinzulegen.

Er drehte sich im Zeitlupentempo auf die Seite, blickte an sich herunter: nackter Oberkörper, ohne offensichtliche Spuren der letzten Nacht. Weiter unten seine abgewetzten Röhrenjeans. Nach einer ungelenken Bewegung hatte er es in die Rückenlage geschafft. Am rechten Fuß leuchtete ein grau-weißer Tennissocken, der linke steckte noch in der dunklen Stiefelette mit Schlangenleder-Optik.

Sein Blick fiel auf eine halb vertrocknete Yucca-Palme hinter dem Fußende des Bettes, über der seit zwei Wochen das schwarze »Abi 1986«-T-Shirt hing. Eines von zwei schwarzen Exemplaren. Eine Sonderanfertigung sozusagen. Alle anderen in der Abschluss-Stufe hatten hellblaue Shirts, doch Skip und Apo tragen keine hellblauen Shirts. Dass der farbliche Alleingang zu dramatischen Diskussionen beim harmoniefixierten Nachwuchs des lokalen Establishments geführt hatte, war eingeplant und rang ihm nun abermals ein kurzes Grinsen ab.

Quälender Durst und anschwellende Kopfschmerzen verdrängten nun auch erfolgreich den imaginären Ringrichter. Skip tastete mit fast geschlossenen Augen nach etwas Trinkbarem auf dem Nachttisch. Die Fingerspitzen erfassten zunächst den vollen Aschenbecher, dann eine Wasserflasche. Leer. Der nächste unbeholfene Griff ergatterte ein halbvolles Dosenbier, doch erschien dies im desolaten Zustand als Durstlöscher wenig attraktiv, zumal er aufgeweichte Zigarettenkippen in nächtlichen Bierresten durch einschlägige Erfahrungen als reelle Bedrohung abgespeichert hatte. Die Vorstellung daran ließ seine Magensäure nach oben schwappen und rief umgehend eine brennende Übelkeit hervor.

Die Zeiten, in denen seine Mutter nach einer durchzechten Nacht noch liebevoll ein Tablett mit belegten Broten, einer Tablette Alkaselzer und einer Flasche Apfelschorle neben das Bett gestellt hatte, waren lange vorbei.

Der Radiowecker zeigte 11:27 Uhr. Da es hell war, musste dies noch Vormittag sein. Gut, der Tag war noch jung. Aber nicht jung genug. Eigentlich hatte er den Wecker auf 7:00 Uhr gestellt, bevor er gestern aus dem Haus ging. Er musste ihn im Tiefschlaf überhört haben, dachte er zäh. Erst Tage später würde er herausfinden, was der eigentliche Grund hierfür war. Wie dem auch sei. Heute musste er noch einige Dinge erledigen. Heute Abend würde er im Zug zu seinem neuen Lebensabschnitt fahren. Was genau er noch erledigen musste, würde ihm schon wieder einfallen, sobald er wieder ganz auf der Höhe war.

Eins nach dem anderen. Erstes Projekt des Tages: Aufrecht sitzen, ohne umzufallen oder zu kotzen. Das gelang nach einer kurzen Stabilisierungsphase besser als gedacht.

Dadurch ermutigt, wagte er sich schwankend den Flur hinunter ins Badezimmer. In der kleinen Nasszelle mit grünen Kacheln betrachtete er sich nun im Spiegelkasten über dem Waschbecken, während er im Stehen seine Blase entleerte.

Wie erwartet, war sein Teint nicht in Höchstform, aber sonst war er mit sich optisch recht zufrieden. Die hellbraunen, professionell gelockten Haare dünsteten geduldig die Einflüsse der gestrigen Keller-Club-Nacht aus und fielen mit letzter Spannkraft auf die leicht gebräunten, nackten Schultern. Sein schlanker Oberkörper mit spärlichem Brusthaar verriet nicht, dass Poser wie Skip aus Prinzip jeglichen Sport verweigern. Die Augenlider waren leicht geschwollen und verliehen Skip einen rockigen, verwegenen Touch, fand er in diesem Moment. Ansonsten hatte Skip rundliche, weiche Gesichtszüge und eine gerade Nase, auf die er immer sehr stolz war. Sein Oberlippenflaum wurde von vereinzelten Bartstoppeln an den Wangen flankiert. Kurz vor dem Abschütteln bemerkte er am Kinn einen jungfräulichen Pickel, der ganz sicher gestern noch nicht Teil seines Spiegelbildes war. Darum musste er sich später kümmern.

Mit noch offener, aber hochgezogener Hose wollte er aber zunächst den trockenen schalen Geschmack aus dem Mund verschwinden lassen. Er beugte den zur Seite gedrehten Kopf zum laufenden Hahn und nahm einige Schluck kaltes Wasser zu sich, bis ihm schwindlig wurde und er sich wieder aufrichten musste.

Er wischte sich mit nassen Händen die Haare aus der Stirn. Dort stand mit schwarzem Filzstift »IVIZ« in schiefen Großbuchstaben. Fuck. Irgendein Idiot, im Zweifelsfall Apo, hatte im Laufe der Nacht »ZIVI« auf seine Stirne geschrieben.

Skip versuchte sich zu konzentrieren. Soweit er sich erinnern konnte, verlief der Abend bis zu seinem Filmriss wie die meisten Samstage: Apo, also Apostoulos Zervakis, kam zum Vorglühen zu ihm nach Hause. Nach dem ersten schnellen Bier und einer Zigarette am Dachfenster musste die Atari 2600 Spielkonsole herhalten. *Space Invaders* war nüchtern der Favorit. *Pac Man* war etwas zugedröhnt ganz weit vorne. Die meisten anderen in der Stufe hatten mittlerweile einen Commodore C64, für den es viel abgefahrenere Spiele gab. Doch der Commodore wäre zu teuer, sagte seine Mutter, und der Atari funktionierte doch noch einwandfrei. Irgendwo hatte sie damit auch recht und nach der zweiten Runde Asbach-Cola fraßen Skip und Apo behäbig im Idiotenlabyrinth Punkte und Gespenster.

Apo und Skip verstanden sich auch ohne große Worte blendend. Mit wenigen Silben kam man so für einige Stunden aus. Was unter angehenden Männern den Zusammenhalt stärkte, war jedoch bei der Kontaktaufnahme zum anderen Geschlecht nicht hilfreich. Sie waren beide Single, natürlich, und fanden diesen Status nach außen hin extrem cool. So hatten sie immer freie Auswahl in der Damenwelt und hätten jeden Abend eine andere abschleppen können. Theoretisch. Praktisch verlief das meist weniger geschmeidig.

Mit perfektem Styling und glasigen Augen standen sie dann leicht breitbeinig im Club, meist im *CRASH*, seit einem Jahr eigentlich nur im *CRASH*, tranken, rauchten und nickten gelegentlich zur Musik.

Poser tanzen nicht, hatten sie sich geschworen. »Poser« war für sie ein stimmiges Gesamtkonzept, das weit mehr als lange Haare, Metal-Sounds und zu enge Jeans bedeutete. Eine hart antrainierte Coolness bildete das Rückgrat ihres Auftretens. Ihre Anziehungskraft auf Mädchen war wie Dynamitfischen, dachten sie. Die Mädchen wussten die Fangmethode der beiden selbst nach deren lallenden, wortkargen Erklärungen nur sehr selten zu schätzen.

»Apo, du Wichser«, fluchte er und versuchte, den Filzstift mit Nagellackentferner seiner Mutter abzureiben. Apo hatte die meisten guten und weniger guten Ideen aus irgendwelchen Filmen.

Als er das letzte Mal von seinem besten Kumpel in volltrunkenem Zustand nach Hause gebracht worden war, hatte Apo ihm die Schnürsenkel seiner Adidas-Allrounder zusammengebunden. Nach dem Aufwachen war Skip hilflos beim Aufstehversuch hingefallen. Den Sturz hatte er elegant mit der Stirne am Heizkörper abgefangen. Die kleine Platzwunde über der rechten Braue wurde mit drei Stichen genäht und war Wochen später schon bestens verheilt. Kleine Späße erhalten die Freundschaft, sagt man. Seine Mutter und der Arzt in der chirurgischen Ambulanz sahen das natürlich etwas anders.

Skip war regelmäßiger Kunde in der nahgelegenen Klinik. In der Kindheit wegen seiner Ekzeme und gelegentlicher Asthmaanfälle, seit der Pubertät dann meist wegen kleiner Unfälle – mit dem Mofa, mit dem Bunsenbrenner, mit zu viel Alkohol im Blut, mit Apo zusammen oder wegen Apo.

»Herr Kipplinger, oder darf ich noch Steven zur dir sagen?«, begann der Arzt dann meistens – seit Skip Schamhaare hatte. »Steven, wenn du so weitermachst …« Blablabla. Gehört hatte Skip das und dazu stets brav genickt. Der gewünschte Lerneffekt hielt sich in seinem Kopf aber nie länger als der Desinfektionsgeruch in seinen Haaren.

Skips Stirn inklusive der feinen Narbe war durch das kräftige Reiben gerötet, aber ohne Schriftzug. Er entsorgte die nach Nagellackentferner stinkenden Kleenex-Tücher im Mülleimer unter der Küchenspüle. »Auch schon aufgestanden, Skippy?« hörte er hinter sich. Er wuschelte sich die Haare wieder in die Stirn und stand bemüht gerade. »Klar, Mum. Bin topfit.« Sie lächelte so verständnisvoll wie möglich. »Ich hab' dir Kaffee gemacht, ist ja ein großer Tag heute.«

Früher hatte seine Mutter noch nachts vor dem Fernseher gewartet, bis Skip vom Feiern nach Hause kam oder hatte besorgt den Hausmüll nach Joint-Resten oder Spuren anderer Laster ihres Sohnes durchsucht. Aber irgendwann hatte sie akzeptiert, dass er sein Leben selbst in die Hand nehmen musste und sie ihn nicht vor allen Fehlern bewahren könne. Ab heute Abend würde er sehr weit weg gehen und sie würde in den nächsten Monaten dann meist allein in der Wohnung sein.

Sie streichelte Skip über den müden Kopf und goss ihm eine Tasse Kaffee mit einem Schuss Milch ein. Skip schob normalerweise ihre Hand genervt weg, wenn sie seine Haare berührte, aber heute ließ er sie gewähren. Einerseits war er noch zu schlapp, andererseits war heute ein besonderer Tag. Abschied lag in der Luft.

Skip hatte sich die Zivildienststelle auf Sylt ganz bewusst gesucht. Apo hatte er erzählt, er möchte dem einfältigen Dialekt und seiner spießigen Umgebung entfliehen. Seiner Mutter hatte er es damit begründet, dass er eine Zeit lang am Meer leben möchte. Das war nicht einmal gelogen.

In seiner Kindheit war er wegen seines leichten Asthmas und seiner Neurodermitis zweimal auf Norderney zur Kur gewesen. Er warf sich damals immer so lange in die salzige kalte Brandung, bis er am ganzen Körper zitterte und seine Lippen tiefblau waren. Aus dem Fenster seines Zimmers sah er dann im Klinik-Pyjama über die die grünen Dünen hinweg noch stundenlang aufs Meer hinaus. Bei einer bestimmten Windrichtung hörte er während des Einschlafens auch den Rhythmus der Wellen, wenn das Fenster geöffnet war.

Aber einen sehr wichtigen Grund hatte er bisher allen verschwiegen: seine kleine Hoffnung, die unbekannte Blondine mit den stahlblauen Augen wiederzutreffen, die er im Jahr zuvor auf einer Klassenfahrt nach Hamburg am Elbstrand getroffen hatte. Marie konnte Bier mit dem Feuerzeug aufmachen und trank Astra aus der Flasche. Das Gesamtpaket hatte Skip damals mächtig beeindruckt. Sie erzählte ihm, dass sie im Sommer oft auf Sylt Windsurfen geht und ihre Eltern dort ein Ferienhaus haben. Leider war Skip damals so dämlich, nicht nach ihrer Telefonnummer zu fragen.

Er hatte somit insgesamt ausreichend viele und gute Gründe, um nach Sylt zu gehen. Welche Wendungen sein Leben auf dieser Insel nehmen würde, konnte er an diesem verkaterten Mittag noch nicht ahnen.

Bis zum Nachmittag hatte er seine Sachen auf Autopilot in einen großen Rucksack gepackt, ging dann noch einmal alles durch und packte zur Sicherheit eine Unmenge an Batterien für den Walkman ein. Den obligatorischen Abschiedsbesuch bei seiner Patentante musste er aus zeitlichen Gründen gegen ein Telefonat eintauschen. Statt, wie geplant, im Kino mit seiner Mutter »Top Gun« anzusehen, aßen sie auf dem Küchenbalkon einen gekauften Erdbeerkuchen und sagten wenig.

Seine Mutter fuhr Skip dann sehr rechtzeitig mit ihrem roten Panda zum Bahnhof, wo schon Apo auf ihn wartete. Im Zeitschriftenladen spendierte seine Mutter ihm ein PopRocky-Magazin und er kaufte sich selbst noch ein kühles Sixpack für die Fahrt. Seine Mutter wollte ihn auf dem Bahnsteig kaum loslassen. »Viel Glück, gute Fahrt und meld' dich, sobald du angekommen bist.«

Apo umarmte ihn kurz, aber fest und schenkte ihm ein selbst zusammengestelltes Mixtape. »Hör mal rein und grüß' die norddeutschen Bräute von mir.« »Und wegen letzter Nacht telefonieren wir noch«, fügte er grinsend hinzu.

Kapitel 2 – Der Nena-Ständer

Im bisher locker gefüllten Nachtzug nach Hamburg hatte sich Skip einen Fensterplatz gesichert. Im sommerlich überwärmten Sechser-Abteil saß außer ihm bisher nur ein älteres Paar auf den Plätzen am Gang gegenüber. Die Schiebetür war geschlossen, das Fenster leicht heruntergeschoben, um die stehende Luft etwas zu bewegen.

Es roch so, wie ein alter Zug im Sommer roch: eine undefinierbare Mischung aus speckigen Kunstledersitzen, altem Öl, rostigen Bahnschwellen, hin und wieder nach gemähtem Gras und in diesem Fall sogar nach Bier.

Um den Zustieg von weiteren Reisenden in das Abteil zu minimieren, hatte Skip auf dem Sitz gegenüber seinen massigen Rucksack platziert und neben sich das Sixpack arrangiert. Die erste Dose hatte er noch vor dem unsanften Anrucken des Zuges kurz vor 20 Uhr zischend geöffnet. Einerseits hatte das Bier dann noch eine optimale Trinktemperatur, andererseits sollte die biergeschwängerte Luft das Abschreckungskonzept komplettieren.

Die Kassette im Walkman surrte leise und leitete blechern über die orangen gepolsterten Kopfhörer ein präzises Gitarrensolo an seine Trommelfelle. Er drehte das Rädchen des Lautstärkereglers höher, bis es alles zur vorbeirumpelnden Umgebung vor dem Fenster passte.

Aus dem Augenwinkel sah er ein leichtes Kopfschütteln der weißhaarigen Dame. Durch ein lautes offensives Rülpsen hätte er das Paar vielleicht aus dem Abteil vergraulen können. Aber die beiden waren aus seiner Sicht willkommene und stille Platzhalter.

Der größte anzunehmende Mitfahrer-Unfall auf einer langen Zugfahrt wäre eine Großfamilie mit mehreren Schreihälsen, die ihre Popel, Kekskrümel und UNO-Karten überall im Abteil verteilen würden und aus der Reise ein Inferno machen könnten. Deshalb nickte er den beiden nur zu und deutete durch ein minimales Anheben der fast leeren Dose ein freundliches Prosten an.

Mit dem nagelneuen Zivildienstausweis konnte er kostenfrei zwischen seiner Heimatstadt und Sylt hin- und herfahren, wann und sooft er wollte. Vor seiner ersten Fahrt hatte er Apo und seiner Mutter fest versprochen, dass er mindestens zweimal pro Monat nach Hause kommen würde. Daran glaubte er bis zur Abfahrt sogar selbst.

Bis Frankfurt am Main hatte die seitlich durch die Fenster scheinende Abendsonne den Wagon weiter aufgeheizt und es stiegen viele neue Reisende ein. Einzelne Zugestiegene blickten vom Gang aus in das Abteil, nahmen auch den Griff der geschlossenen Schiebetür in die Hand, ließen dann aber wieder los und gingen weiter. Skip war mit seinem optischen und olfaktorischen Bollwerk sehr zufrieden.

Der Inhalt der dritten Dose Bier war nun auf Raumtemperatur, schmeckte also nicht wirklich, half aber enorm, sich weniger Gedanken über alles zu machen. Einfach mal die Nervenenden flattern lassen.

Auf dem kleinen Klapptisch am Fenster hatte er die Unterlagen abgelegt, die ihn auf seinen Zivildienstjob vorbereiten sollten. Er hatte sie nur überflogen und hoffte, dass die Stelle bei der Gemeindeverwaltung von Westerland nicht zu einem kompletten Reinfall würde.

Im Telefonat mit der dortigen Leiterin hatte diese ihm vorgeschwärmt, wie sein Vorgänger alle Veranstaltungen und Konzerte vor Ort »so toll« mit organisiert und betreut habe. Skip hatte seine Qualifikationen für die Stelle etwas geschönt. Auf die Frage, ob er musikalisch sei und sich mit Konzerten auskenne: Klar, zwei Instrumente beherrsche er und habe schon viele Jahre in der Musikbranche gearbeitet. Letzteres stimmte sogar etwas, da er manchmal samstags in einem Musikgeschäft ausgeholfen hatte. Wenn er im Lager fertig war, hing er gerne noch im Verkaufsraum ab. Um die jüngeren weiblichen Kunden zu beeindrucken hat er sich selbst drei Gitarrenriffs beigebracht, die er gerne zum Besten gab, bis der Besitzer mit einer strengen Falte zwischen den Augenbrauen signalisierte, dass es genug war.

Noch viel früher hatte er die Mundharmonika für sich entdeckt. Ein ganzes Wochenende lang hatte er als Kind in das chromfarbene Geschenk seines Vaters gepustet und daran gezogen, bis er davon eine eitrige Mandelentzündung hatte.

Aber Musik war ihm sehr wichtig, auf jeden Fall. Und sobald sich eine laute Band in die Nähe seiner Heimatstadt wagte, pogten er und Apo meistens mittendrin vor der Bühne.

In den Unterlagen war auch ein Foto der muschelförmigen Bühne an der Strandpromenade von Westerland.

Mit der richtigen Anlage könnte man hier durchaus einen ordentlichen Sound erzeugen, war Skip überzeugt.

Sylt und Hamburg lagen auf der Deutschlandkarte seines Diercke Weltatlasses fast nebeneinander. Musiker aus Hamburg könnten dann ja rasch mal auf die Insel kommen. Er würde Sylt schon wachküssen. Und er würde die Bands betreuen und anmoderieren und dann würde ihn Marie früher oder später auf der Bühne sehen. Dann würde er Marie in den Backstage-Bereich mitnehmen und sie wäre dann natürlich schwer beeindruckt. Naja, also mit hoher Wahrscheinlichkeit jedenfalls.

Draußen dämmerte es und die Landschaft wurde im Vorbeifahren zu einem verschwommenen Rotbraun mit einer glimmenden dunkelorangen Aura am Horizont. Nur hin und wieder warfen Autoscheinwerfer oder Straßenbeleuchtungen kurze Lichtfetzen vorbei.

Der Walkman wurde still und es klackte, als die Kassettenseite durchgelaufen war. Skip hatte dösig die Augen geschlossen und hörte neben sich die gemeinsamen Anstrengungen des Paares, ein Kreuzworträtsel zu lösen. Sie: »Fränkischer Hausflur mit drei Buchstaben …?« Er: »ERN«. Sie: »Sicher? Denn dann wäre deutsche Popsängerin mit vier Buchstaben, erster Buchstabe N und als letztes ein A …?« Er: »NENA«. Sie blickte misstrauisch auf: »Woher weißt du denn sowas?« Er: »Die war mal in der ZDF-Hitparade, so ne junge Flippige, und die Tochter von unserer Nachbarin läuft immer mit einem T-Shirt von ihr rum, so eins ohne Ärmel.« Sie: »Soso, da hast du aber ganz genau hingesehen.«

Skip hatte genug gehört. Er wendete die »Under-the-Blade«-Kassette von Twisted Sister und legte die Füße auf den Sitz gegenüber, soweit es der Rucksack zuließ.

Er wollte nicht, dass die Gruftis noch mehr über Nena sprachen. Zu Nena hatte er ein spezielles Verhältnis. Bevor er nur noch Hard Rock und Metal als einzig wahre Musikrichtungen auf dem Planeten für sich entdeckte, hatte er als Einstiegs-Teenager durchaus musikalische Orientierungsschwierigkeiten. Auf seinem Radiorecorder mit doppelten Kassettenlaufwerk hatte er sich mehrere Dutzend Mixtapes zusammengestellt. Songs konnten direkt aus dem Radio aufgenommen werden. Die hohe Kunst dabei war, die An- und Abmoderation nicht mitzuschneiden. Das gelang trotz maximaler Konzentration mal mehr, mal weniger gut. Besser war es, Songs gezielt von einem fertigen oder auch kommerziellen Tape auf ein anderes Tape im gleichen Gerät zu kopieren. Dabei entstand im Laufe der Zeit einige wilde Mischung mutwillig beschrifteter Kassetten quer durch alle Stilrichtungen inklusive David Bowie, Cat Stevens, Miami Sound Maschine, Run DMC und eben auch Nena.

Eine sehr kurze Zeit hing sogar ein DIN-A4-Nena-Poster aus der *BRAVO* an der Dachschräge über seinem Bett. Die Musik fand Skip immer so lala. Aber Nena sprach auf seltsame Weise seine heranrauschenden männlichen Hormone an. Was er nie jemanden erzählt hatte, nicht einmal Apo, der ja nichts lange für sich behalten konnte: Mindestens ein Jahr lang dachte er beim nächtlichen Masturbieren unter der Bettdecke regelmäßig an Nena. Kein Witz. Es war immer die gleiche Szene.

Nena hatte gerade die letzte Zugabe bei einem schwülwarmen Open-Air-Konzert gespielt. Völlig verschwitzt und aufgeputscht lief sie seitlich von der Bühne, griff dort Skips Hand und ging mit ihm durch den Backstage-Bereich in ihre Garderobe. Sie schubste Skip auf einen Stuhl, setzte sich lachend auf seinen Schoss und warf ihre Haare zurück. Er spürte ihre warme, feuchte Haut. Er schob seinen Kopf komplett unter ihr Shirt und folgte im Dämmerlicht den Schweißtropfen am Bauch nach oben zu deren Ursprung zwischen ihren wunderschönen Brüsten. Also eben so, wie sich Skip Nenas Brüste vorstellte, da er sie leider noch nie gesehen hatte.

An dieser schwülen Vorstellung konnte auch Twisted Sister gerade nichts ändern und Skip musste sich etwas anders setzen, um die Beule in seiner engen Jeans zu verdecken.

Das Kreuzworträtsel-Duo war aber viel zu sehr mit waagerecht und senkrecht beschäftigt, um die Auswirkungen seines pubertären Kopfkinos zu bemerken.

Er beschloss, sich Richtung Waggon-Toilette zu begeben, um dort seine volle Bierblase zu entleeren, die seine Erektion noch verstärkte. Dazu musste er aber an den beiden weißhaarigen Türsitzern vorbei. Seine Lende wäre dann genau auf deren Augenhöhe. Daher griff er sich die ZIVI-Unterlagen vom Klapptisch und hielt sich diese vor den Schoß. Skips Nena-Ständer schwebte hinter der Sylter Musikmuschel an den Gesichtern des Paares vorbei, die sich höflich bis vorsichtig nach hinten in ihre Sitze drückten.

Die Toilette war erstaunlicherweise frei und Skip begann sofort nach dem Verriegeln der Tür an seinem Reißverschluss zu zerren.

Mit einer Erektion Wasser zu lassen war immer schwierig. Unter der Dusche zuhause ging das zur Not noch. Aber um dieses Gartensprenkler-Szenario in der Deutschen Bahn zu vermeiden, musste er sich also erst einen runterholen, dann etwas warten, dann pinkeln. Trotz der ungewohnten Umgebung ging ihm der erste Teil flink von der

Hand. Bloß die Erschlaffung danach ließ auf sich warten. Um die Zeit sinnvoll zu überbrücken, setzte er sich auf das WC, nachdem er den Sitz mit mehreren Lagen grauen Toilettenpapiers abgedeckt hatte, steckte sich eine Zigarette an und blätterte in den Unterlagen. *»Smokin' in the boys room …«* ging ihm situationsgemäß durch den Kopf.

Die Pulverseife aus dem Drehspender am Waschbecken war alle, demnach musste das lauwarme Wasser-Rinnsal reichen, um die letzten Minuten reinzuwaschen. Bei der Gelegenheit hatte er auch endlich Muße, den gereiften Pickel am Kinn umständlich, aber erfolgreich auszudrücken. Der Weg zurück ins Abteil gelang wesentlich entspannter als der Hinweg.

Der Rest der Fahrt bis Hamburg Hauptbahnhof verlief ereignislos. Skip hatte die Sitzflächen unter sich in der Mitte zusammengeschoben und konnte so fast flach liegen, fiel aber trotzdem erst weit nach seinen beiden Mitfahrern in einen unruhigen Schlaf.

Der Zug ruckelte frühmorgens sanft in den Hamburger Hauptbahnhof ein. Es war schon hell, aber dunkle Wolken dominierten den Himmel.

Im Eilzug nach Sylt biss er in ein zimtsüßes Franzbrötchen, das er sich beim Umsteigen auf dem Bahnsteig-Kiosk gekauft hatte. Das erinnerte ihn an die damalige Klassenfahrt und er fühlte sich gleich viel norddeutscher.

»Moin Moin«, sagte er etwas später genüsslich kauend zum Schaffner, der seinen Zivildienstausweis skeptisch musterte. »Moin reicht hier im Norden, min Jung. Moin Moin is schon Gesabbel.« Er gab ihm den Ausweis zurück, ohne eine Miene zu verziehen.

Der Himmel zog sich weiter zu, doch das konnte Skips

guter Laune keinen Abbruch tun. Der Zug ratterte über den Hindenburgdamm. Der Regen klatschte aus tiefhängenden Wolken mit kräftigen Böen an das Fenster und lief in tanzenden Säulen am Glas herunter. Es war Ebbe und Skip blickte mit Herzklopfen auf die Wellenmuster, die der Wind auf dem dunklen flachen Wasser vor sich hertrieb.

Die Insel selbst war erst kurz vor dem Ende des Damms zu sehen, als der Regen etwas nachließ und die Wolken ein wenig höher zogen. Keitum. Westerland. Endstation.

Kapitel 3 – Sylter Tiefdruck

Skip schob sich mit den anderen Fahrgästen auf dem Bahnsteig entlang zum Hauptgebäude. Um ihn herum waren viele Pendler, die auf der Insel arbeiten, aber auf dem Festland wohnen, Tagestouristen, die sorgenvoll zu den Regenwolken hochschauten, und Inselbewohner, die versuchten, ihre Koffer und Einkaufstüten trocken nach Hause zu schaffen.

Nach Durchqueren des Bahnhofgebäudes hatte Skip Mühe, die kleine Karte aus seinen Unterlagen im nassen Wind ruhig zu halten, lief dann entschlossen in die Richtung, in der das Kreuz die Gemeindeverwaltung markierte.

Nach einigen Minuten wurde der Regen noch stärker, und so hingen seine Haare feucht und strähnig herab, als er die Tür zum Verwaltungsgebäude aufdrückte.

Am Informationsschalter beäugte ihn eine Dame mit 60er-Jahre-Styling sehr zurückhaltend und bat ihn, kurz zu warten.

Zehn Minuten später saß er am Schreibtisch von Frau Jansen im ersten Obergeschoss. Mit Frau Jansen hatte er rund sechs Monate zuvor telefoniert und seine sozialen und musikalischen Fähigkeiten angepriesen. Sie stellte Skip ein

Glas Wasser hin, lächelte unaufhörlich und blickte auf seine jungfräuliche Personalmappe.

Am Telefon hatte er Frau Jansen auf Vierzig geschätzt, jetzt packte er noch einmal zwanzig Jahre und einige Kilos drauf. Sie hatte dunkelbraune Haare, vermutlich gefärbt, ein rundes, sympathisches Gesicht und einen kleinen Mund mit schmalen roten Lippen. Ein knielanges dunkelgrünes Kleid wurde zum kurzen Hals hin von einer Perlenkette abgeschlossen.

An dieser Kette spielte nun eine Hand von Frau Jansen. Sie lächelte höflich: »Wir freuen uns so sehr, dass Sie die nächsten 20 Monate bei uns helfen werden, Herr Kipplinger. Ihr Vorgänger ist seit einem Monat wieder weg und die Saison ist schon in vollem Gange. Trotz unseres kleinen Budgets ist Westerland ja überregional bekannt für seine Musikkonzerte und Veranstaltungen.« Skip nahm den Ball auf: »Die Freude ist ganz auf meiner Seite, Frau Jansen. Vielen Dank, dass Sie gerade mich ausgewählt haben. Wir werden hier zusammen sicher spektakuläre Konzerte veranstalten. Ich habe da auch schon eine Liste von Interpreten und Bands im Kopf, die wir unbedingt bald zusammen durchgehen sollten.«

Frau Jansen nickte höflich bei jedem Satz, den Skip von sich gab. »Das können wir gerne machen, Herr Kipplinger, aber diese Saison ist natürlich schon genau geplant.« Skips Enthusiasmus schwand um eine Zehnerpotenz.

»Ach und Herr Kipplinger, ich weiß ja, wie sehr Sie als Vollblutmusiker sich auf die Konzerte freuen ... und deswegen ist es mir jetzt auch ein bisschen unangenehm, das zu sagen ...« Frau Jansens Fingerspitzen nestelten nervös an der Perlenkette.

»In den nächsten Wochen werden gar keine Konzerte stattfinden können. Vorletzte Woche hat sich ein Herr auf der Zuschauertribüne bei der Musikmuschel die Hüfte gebrochen. Eine Steinplatte war lose und er hat nun die Gemeinde verklagt. Dass der Herr nicht ganz nüchtern war, spielt leider keine Rolle. Nach aktuellem Stand der Dinge müssen große Teile des Zuschauerbereichs saniert werden, um derartige Unfälle in Zukunft sicher zu vermeiden. Wir hoffen, dass in sechs bis acht Wochen alles abgeschlossen und abgenommen ist. Aber der genaue Zeitplan liegt natürlich nicht in meiner Hand.«

Für Skip fühlte sich das an wie ein Leberhaken in der ersten Runde. Draußen regnete und stürmte es noch heftiger.

»Na gut, dann helfe ich eben bei den anderen Veranstaltungen mit, oder?« Er sprach sich damit etwas Mut zu.

»Das haben wir uns zunächst auch gedacht Herr Kipplinger. Aber zum einen haben wir aktuell nur sehr wenig Projekte, die ausschließlich von der Gemeinde organisiert werden, zum anderen hatte ihr Vorgänger die laufende Saison ja schon sehr gut vorbereitet. Aktuell wäre also in diesem Bereich eigentlich nicht viel für Sie zu tun.«

Skip sank noch tiefer in den Stuhl.

»Gut, dann komme ich eben in einigen Wochen wieder, wenn die Sanierung abgeschlossen ist«, sagte er und saß gedanklich schon wieder im Eilzug zurück aufs Festland.

Frau Jansen nickte verständnisvoll. »Das können Sie gerne machen, aber wir können aktuell ja nicht genau sagen, wie lange alles dauern wird. Außerdem verschiebt sich ihre Zivildienstzeit dann entsprechend nach hinten.«

Skip wusste noch nicht, ob und was er studieren würde, mit einem Abitur von 2,4 hatte er sicher so einige Optionen an der Hochschule. Und studieren wäre schon cool. Wenn sich die Zivi-Zeit nun um Wochen bis Monate nach hinten verschieben sollte, könnte er wohl erst ein Semester später mit dem Studium anfangen. Nicht schlimm, aber auch nicht optimal. Zuhause würde in diesem Sommer nicht viel passieren, Apo war auf dem Weg zu seinen Verwandten in Griechenland. Außerdem könnte er Marie dann in dieser Saison gar nicht treffen, da die Windsurf-Saison auf Sylt vermutlich nur bis in den Herbst hinein ginge.

Frau Jansen sah den unglücklich grübelnden jungen Mann vor sich und nutzte den Augenblick:

»Herr Kipplinger, jetzt habe ich vielleicht doch noch eine gute Nachricht für Sie: Wir suchen gerade händeringend einen Zivildienstleistenden für unsere bezaubernde Seniorenresidenz in Westerland. Dort sind durch Schwangerschaften und Krankheitsfälle Lücken entstanden. Und da Sie mir ja damals am Telefon erzählt haben, dass Sie sich immer gerne sozial engagieren, wo auch immer Sie gebraucht werden, könnten Sie doch vorübergehend dort einspringen!?« Sie blickte ihn erwartungsvoll an.

Seniorenresidenz. Das klang nach Brotkrustenabschneiden für Gebissträger, Bingo-Nachmittagen und Ärscheabwischen. Genau das wollte er auf keinen Fall im Zivildienst machen. Eigentlich wollte er gar keinen Zivildienst machen. Bund natürlich noch weniger. Aber trotz aller Anstrengungen und ärztlichen Atteste hatte es nicht zu einer Untauglichkeit gereicht. Ein Diplomatensöhnchen aus der Klassenstufe wurde wegen einer Kiwi-Allergie – ja, wegen einer verfickten Kiwi-Allergie! – untauglich geschrieben. Aber Skips Vorgeschichte mit Asthma und Neurodermitis zählte bei der Musterung keinen Heller. Und jetzt saß Skip am nördlichsten Punkt der Republik mit feuchten Haaren und sollte mehrere Wochen inkontinente Rentner versorgen.

»Frau Jansen, das klingt alles sehr verlockend, aber ich würde gerne einmal darüber nachdenken, wenn ich darf.«

Er verabschiedete sich förmlich von Frau Jansen und ging mit hängenden Schultern und Haaren durch den peitschenden Regen zurück zum Bahnhof. Er wollte nach Hause. Starke Böen rissen ihn mit dem Rucksack fast um, und er musste sich schräg gegen den Wind lehnen, um einigermaßen geradeaus gehen zu können.

Am Bahnhof fragte er triefend vor Nässe am Schalter nach der nächsten Verbindung nach Hamburg. Der Bahnmitarbeiter erklärte höflich, aber bestimmt, dass an diesem Tag wegen der Sturmwarnung keine Züge mehr über den Damm fuhren und auch der Fährbetrieb bereits eingestellt war. Technischer K.O., dachte Skip. Das war's.

Nach kurzer Überlegung blieb Skip nichts anderes übrig, als sich durch den Sturm wieder zurück zu Frau Jansen zu kämpfen.

»Ach, Sie Armer! Das ist wohl nicht Ihr Tag, nich'?«, sagte Frau Jansen und holte zum notdürftigen Trockenlegen ein kariertes Tuch aus der Verwaltungs-Küche.

»Am besten, Sie bleiben bis morgen einfach mal im Wohnheim, und dann sehen wir weiter, ja?« Durchgenässt, müde und enttäuscht sah Skip hierzu keine brauchbare Alternative.

Das Wohnheim für Zivildienstleistende und Gäste der Gemeinde war zum Glück im Gebäude direkt nebenan.

»Dein Zimmer ist auf der zweiten Etage und das Badezimmer ist auf dem Flur, min Jung«, sagte der Hausmeister kurz angebunden zu ihm, steckte die Bescheinigung von Frau Jansen ein und gab Skip den Zimmerschlüssel.

Das kleine Zimmer in der zweiten Etage war vermutlich Ende der 60er-Jahre funktionell eingerichtet und seitdem kaum verändert worden. Beim Eintreten fiel Skips Blick auf ein schmales Bett längs zur Wand mit dem Kopfende zum quadratischen Fenster. Das Bettgestell, der Kleiderschrank und ein Stuhl waren aus hellem Holz, die Bettwäsche und Gardinen bestachen durch ihr ausgeblasstes florales Muster. In der Ecke hinter der Tür befand sich ein kleines, rundes Waschbecken mit Spiegel darüber. Aber es war warm und trocken. Der Regen prasselte im Rhythmus der Böen an das Fenster und gelegentlich ließ der heulende Sturm Teile des Hauses knarren oder klappern.

Nach einer überraschend heißen Dusche holte Skip sich noch einen Becher warmen Kakao und einen Snack aus dem Automaten im Erdgeschoss des Gebäudes.

Keine zehn Pferde bekamen ihn heute noch einmal vor die Tür. Nach einem kurzen Nickerchen würde er ein Telefon suchen, um seine Mutter anzurufen.

Kapitel 4 – Eine stürmische Nacht

Skip schlug die Augen auf. Der Sturm fauchte vor dem Fenster. Das Licht im Zimmer reichte nur noch gerade so, um auf seiner Armbanduhr zu sehen, dass es fast neun Uhr abends war. Er hatte gute sieben Stunden geschlafen. Die zwei Nächte zuvor, die Reise und alles drum herum hatten ihn wohl doch mehr Kräfte gekostet, als er sich eingestanden hatte.

Sein Magen knurrte und ließ ihn nochmals hinunter zum Automaten gehen. Vom restlichen Kleingeld spendierte er sich ein Raider und eine kleine Tüte Chips. Zusammen mit seiner letzten Dose Bier war dies ein ordentliches Drei-Gänge-Menü, welches er auf der Bettkante zu sich nahm. Dabei versuchte er, aus dem Fenster heraus das Meer zu sehen. Doch leider war das Wohnheim nicht nah genug am Meer oder nicht hoch genug.

Nachdem er die leicht wellige Pop*Rocky* aus seinem Ruck-sack bereits das zweite Mal durchgeblättert hatte, überkam ihn eine zunehmende Langeweile. Die Regentropfen am Fenster erschienen ihm nun etwas feiner und weniger abweisend.

Skip beschloss, doch noch einen Abstecher ans Meer zu wagen. Morgen würde er ja bereits wieder nach Hause fahren.

In seinem Rucksack fand er den peinlichen Regenumhang, den seine Mutter extra noch für ihn gekauft hatte. Zuhause hätte er sich damit nicht auf die Straße getraut, aber hier kannte ihn niemand und so stapfte er gegen Wind und Wetter durch die verlassenen Straßen Richtung Meer.

Der Regenumhang hielt zwar die Nässe einigermaßen ab, vergrößerte jedoch die Angriffsfläche für die orkanartigen Böen. Eng an den Hauswänden entlang erschien Skip das Gehen noch am sichersten. Aber bei jeder Häuserecke warf es ihn fast um. Daher versuchte er es mit einer stark gebückten Haltung, die im Dämmerlicht an den Glöckner von Notre Dame erinnerte.

Mit dieser ausgetüftelten Technik schaffte Skip es immerhin bis zur Strandpromenade. Dort war er der Kraft des Sturmes nun voll ausgesetzt. Das Meer war noch gut dreißig Meter entfernt, aber die salzige Gischt wehte ihm bereits ins Gesicht. Er hielt sich leicht geduckt an einer flachen Mauer fest und hörte, wie die finstere Brandung den Strand verschlang, leckte sich das Salz von den Lippen und fühlte sich so lebendig wie lange nicht mehr.

So verharrte er einige Minuten und ein Refrain von Slade rundete in seinem Kopf die Szene ab – *I'm far away...but the call of home is loud.*

Ein wenig Windschatten würde dann doch nicht schaden. Sein suchender Blick fiel auf ein helles rundes Dach oder Gebäude unweit seiner Position. Halb gebückt, halb kriechend bewegte er sich darauf zu.

Als er nur noch wenige Schritte entfernt war, erkannte er das Gebäude wieder, das er auf dem Ausdruck gesehen hatte. Es war die Musikmuschel. Sie war mit einem rot-weißen Flatterband provisorisch abgesperrt. Er erreichte den Windschatten der Muschel und es wurde schlagartig stiller. Als ob jemand den Lautstärkeregler des Sturms bis auf ein sanftes Pfeifen und Heulen heruntergedreht hatte. Skip kletterte auf das hüfthohe Podest und wischte sich die tropfende Kapuze nach hinten. Mit tastenden Schritten lief er auf der geräumigen Bühne hin und her und murmelte ›dunkel wie im Bärenarsch hier drinnen‹. Die treppenartigen Zuschauerränge gegenüber waren im Restlicht hingegen noch gut zu erkennen.

Er ließ sich im Schneidersitz in der Mitte der Bühne nieder und dachte nach. »Wenn mich die Insel so begrüßt, mag mich Sylt vielleicht einfach nicht. Aber dann hätte die Insel mich auch einfach wieder mit dem Zug zurückfahren lassen können, hat sie aber nicht. Und Marie hat mich vielleicht auch angelogen, ihre Eltern haben gar kein Haus auf Sylt, noch nicht mal eine Gartenlaube im Ruhrpott. Egal, Windeln wechseln bei Scheintoten mache ich auf jeden Fall nicht. Morgen reise ich ab.«

Mit diesem festen Entschluss wollte er gerade aufstehen, da hörte er Schritte und ein Kichern, das vom Sturm zerrissen wurde. Dann ein Geräusch, das er nicht einordnen konnte. Es klang wie das schnarrende Aufblasen einer verklebten Luftmatratze mit einem metallischen Klicken dazwischen. Am äußeren Rand der Muschel sah er zwei Umrisse, die sich rasch etwas auszogen, ihre Sachen an den seitlichen Bühnenrand warfen und dann um die Ecke verschwanden. Skip wartete einen Moment. Nichts passierte. Er setzte sich vorsichtig auf und ging behutsam an den Bühnenrand. Seine Neugier zog ihn dann aus dem Windschatten der Muschel und er versuchte, durch den Regen etwas in der Umgebung zu erkennen.

Er sah und hörte nichts, außer den tosenden Wellen und den Sturm. Er zuckte mit den Schultern, zog sich seine Kapuze tief ins Gesicht und ging gebückt den Weg zurück, den er gekommen war. Skip schlich geduckt an der an der Promenade entlang und wollte dann mit dem Wind im Rücken Richtung Ortskern abbiegen. Ein kurzer spitzer Schrei ließ ihn innehalten. Er blickte auf den Strand, der sich nur noch grau und unscharf vom Waser abhob. Feine salzige Gischt ließ ihn blinzeln. Aber nichts Auffälliges zu erkennen. Vermutlich war es nur eine Möwe oder der Sturm.

Doch das nächste Geräusch war nun eindeutig ein Hilferuf, der aus der Brandung kam.

Er marschierte los und musste sich dann teilweise auf allen Vieren durch den nassen Sand in die Richtung vorarbeiten, aus der er den Ruf vermutete. Er fluchte dabei laut vor sich hin: »Welcher Idiot geht denn bei diesem Unwetter ins Meer? Wie hirnverbrannt musste man sein?«

Nach kurzer Zeit erkannte er im dunklen hüfthohen Wasser zwei Umrisse. Beim Näherkommen sah Skip zunächst eine füllige Dame im roten Badeanzug von hinten. Sie hielt eine andere Frau im blauen Badeanzug vor sich im Arm und versuchte verzweifelt, diese an den Strand zu ziehen. Skip rief und watete zu den beiden ins Wasser. Die Frauen hatten ihn noch gar nicht bemerkt.

Eine große Welle warf ihn um und er musste sich erst kurz wieder orientieren.

Die Welle hatte auch die Frauen mitgerissen, aber dabei näher ans Ufer gespült. Nun befanden sich alle drei auf gleicher Höhe im flacheren Wasser. Skip rief erneut und winkte. Die kräftigere Frau winkte überrascht und hektisch zurück.

Zu zweit schafften sie es, die zierlichere, fast regungslose Frau auf den höheren Sand zu ziehen. »Helfen Sie mir!«, sagte die Frau im Badeanzug etwas außer Atem und gab kurze Anweisungen. Sie stellten die entkräftete kleine Frau auf ihre dünnen Beine und ließen deren Oberkörper nach unten hängen. Der rote Badeanzug klopfte mit der flachen Hand kräftig auf den hängenden schmalen Rücken. Dann griff sie von hinten mit beiden Armen um den Bauch der dünnen Frau und zog dann ruckartig die Fäuste in deren Magengegend nach oben. Die wie ein Taschenmesser zusammengeklappte Dame quittierte dies mit dem ungewöhnlichsten Husten und Röcheln, das Skip je gehört hatte.

Die zierliche Gestalt richtete sich mit seiner Hilfe langsam auf. Skip sah in zwei wache neugierige Augen in einem Gesicht, das nur aus Falten bestand. Das luftmatratzenartige Schnarren und Klicken kam aus einer Plastikröhre, die vorne in ihrem Hals steckte.

Die Dame im roten Badeanzug muss Skips erschrockenen Blick gesehen haben und fragte: »Hast du noch nie ein Tracheostoma gesehen? Jetzt steh mal nicht rum und hilf mir lieber, dass wir schnell ins Warme und Trockene kommen.«

Der Wind kam jetzt überwiegend von hinten und half so ein wenig mit, alle drei – nass und mehr oder weniger zitternd – zur Musikmuschel zu schieben. Dort lagen Handtücher und die Kleidungsstücke der nächtlichen Badegäste.

Die nassen Jeans klebten an Skips Beinen. Seine Turnschuhe waren wohl hinüber. Aus der molligen Dame sprudelte es nun hervor:

»Vielen, vielen Dank. Ich bin Annegret und das ist meine Freundin Mathilda. Mathilda ist wegen des Tracheostomas ohne Hilfsmittel nur schwer zu verstehen. In die Öffnung der Röhre darf kein Wasser kommen, sonst kann sie ersticken. Trotzdem gehen wir fast jeden Tag im Sommer ins Meer. Auch von so einem kleinen Tiefdruckgebiet lassen wir uns nicht abhalten. Eigentlich wollten wir heute nur mal den großen Zeh reinhalten, aber irgendwie ist Mathilda doch weiter reingegangen und von einer Welle umgeschubst worden. Der Stöpsel auf dem Tracheostoma ist dabei wohl rausgefallen. Das hätte auch anders ausgehen können.«

Mathilda nickte brav und etwas verschmitzt.

»Nochmals vielen Dank. Wir würden uns gerne revanchieren. Wir könnten Ihre Sachen zum Beispiel bei uns waschen und in den Trockner schmeißen.«

Skip wusste noch nicht genau, wie er das alles einordnen sollte. Aber in seinen Schuhen schwappte die halbe Nordsee hin und her und die Damen sahen jetzt nicht so aus, als ob sie ihn überfallen wollten. »Einverstanden. Ich bin übrigens Skip«.

Und so tippelte das ungewöhnliche Trio einige Minuten lang hinter dem Dünenwall durch das stürmische Westerland. Damit sie nicht weggeweht wurde, hakte sich Mathilda in ihrem gelben Friesennerz bei Skip unter, bis sie vor der Tür ankamen. Skip musterte das zweistöckige eckige Backsteingebäude, das sich in erster Reihe hinter den Dünen befand. Der Sturm wurde durch die Düne etwas abgehalten.

»Seniorenresidenz Dünenblick« stand mit weißer Schreibschrift auf dem hellblauen Eingangsschild. Skip seufzte und blickte sich um. Seniorenresidenz. Hellblau. Was für eine Verschwörung war das hier alles?

Annegret winkte ihn herein, legte den Zeigefinger senkrecht an ihre Lippen und flüsterte. »Pssst. Bitte ganz leise. Es ist schon längst Schlafenszeit«.

Skip empfing eine angenehme Wärme und ein eigentümlicher Duft irgendwo zwischen Desinfektionsspray und Grießbrei mit Zimt.

Mathilda stand schon im Fahrstuhl und wackelte unsicher leicht hin und her.

Sie fuhren in den Keller, und Annegret holte dort einen hellblauen Bademantel, einen hellblauen Pyjama und weiße Einweg-Frottee-Slipper aus der Wäschekammer.

Skip zog sich hinter einem Stapel gefalteter Handtücher um und Annegret schaltete die Waschmaschine ein.

»Das Wollprogramm dauert nicht mal ne halbe Stunde«, beruhigte sie ihn. »Und bis dahin sehen wir mal in der Küche nach, ob dort noch etwas zum Aufwärmen da ist.«

Skip dachte, etwas zum Aufwärmen sei Suppe oder Eintopf, als sie wie ein Teil der Dalton-Bande zwischen den Edelstahlschränken im Erdgeschoss herumliefen.

Kurze Zeit später hielt Annegret triumphierend eine Flasche Rum und drei Tassen in der Hand und fragte: »Mit Tee oder pur?«

Skip gewöhnte sich langsam an den falschen Film, in den er geraten war: »Pur, gerne. Vielen Dank.« »Gute Wahl. Mathilda und ich nehmen nach dem abendlichen Baden auch meist pur. Bei zu viel Tee müssen wir sonst nachts zu oft raus«, erläuterte sie beim Einschenken.

Der Rum brannte kurz in der Kehle und tat, was ein ordentlicher Rum tun muss – ein wohliges, warmes Gefühl erzeugen.

Wieder unten in der Wäschekammer hörte er Annegret sagen: »Auf einem Bein kann man nicht stehen.« Zack, war seine Tasse wieder fast halbvoll. Mathilda beugte sich zu Annegret und flüsterte ihr etwas ins Ohr. »Mathilda findet deine langen Haare interessant und wir würden gerne wissen, was du hier auf der Insel machst, Skip«, übersetzte Annegret.

»Tja, eigentlich sollte ich ab heute als neuer Zivi bei der Gemeindeverwaltung in Westerland Konzerte mitorganisieren«, setzte er an. »Aber daraus wird wohl erst einmal nichts. Wegen der Sanierungsarbeiten verschiebt sich alles auf unbestimmte Zeit. Daher reise ich morgen wieder ab.«

»Ach ja, dieser blöde Unfall mit dem Suffkopp bei der Vorstellung neulich. Aber ein bisschen Renovieren kann doch nicht so lange dauern, oder? Du kannst doch bis dahin Urlaub hier machen«, ermunterte sie ihn und beugte sich zu Mathilda, die klickend etwas in Annegrets Ohr hauchte. »Oder als Rettungsschwimmer anfangen, meint Mathilda.«

Und weil alles so schön skurril war und der Rum seinen Dienst tat, musste Skip jetzt in seinem hellblauen Dress einfach laut und herzlich lachen. Die Damen ließen sich sofort anstecken und ein ausgiebiges Lachen und Klicken erfüllte den Keller der Residenz.

Bis der Trockner durchgelaufen war, hatte Skip noch gelernt, dass Annegret 78 Jahre alt und ehemalige Theaterschauspielerin war. Mathilda war 81 und hatte als Sängerin gearbeitet mit Plattenvertrag und »allem Drum und Dran«. Bis der Kehlkopfkrebs ihre Karriere jäh beendete.

Mathilda war in den letzten Minuten des Gesprächs schon leise im Sitzen auf einem weichen Stapel Handtücher eingeschlafen. Skip nahm sie nach Absprache mit Annegret kurz auf seine Arme und setzte sie in einen Rollstuhl, der am Fahrstuhl stand. Sie fühlte sich sehr leicht und zerbrechlich an und er spürte ihre Rippen durch die Strickweste hindurch. Das mag aber auch am Rum gelegen haben, dachte Skip.

Sie fuhren zu dritt ins Erdgeschoss, wo Annegret Skip zum Abschied noch einmal kurz drückte.

Annegret und Mathilda fuhren weiter nach oben. Die Tür fiel hinter Skip ins Schloss und er wurde wieder vom Sturm empfangen.

Auf dem Weg zurück zum Wohnheim fühlte er sich gut, sehr gut sogar. Seine Frisur und seine Schuhe waren hinüber, aber er hatte das Gefühl, dass er an diesem einen Abend wertvollere Dinge getan und erlebt hatte als all die Jahre zuvor.

Kapitel 5 – Weniger Wind, mehr Windeln

Skip hatte noch einige Zeit gebraucht, um seine Gedanken zu sortieren, bevor er in einen tiefen Schlaf gefallen war.

Am Morgen rüttelte der Wind leicht am Fenster, hellgraue Wolken flogen weit oben am Himmel über die Insel und verloren nur noch wenige Tropfen.

Es war kurz nach acht. Im Badezimmer nebenan war schon reger Betrieb, jemand hustete voluminös in der Dusche und Skip musste noch einmal kurz an den merkwürdigen Abend gestern denken und an Mathildas Atemnot. Gerne hätte er sie einmal singen gehört, als sie noch ganze Säle gefüllt hat.

Ob seine Großeltern musikalisch waren, wusste er gar nicht. Zu seinen Großeltern hatte er fast keinen Kontakt. Er drehte sich noch einmal auf die Seite, machte die Augen zu und suchte nach Bildern aus seiner Kindheit.

Die Eltern seines Vaters kannte er nur von Fotos. Skips Vater Carl war 1965 als Bodenpersonal einer US-Luftwaffeneinheit aus New Jersey nach Deutschland gekommen. Carl hatte Skips Mutter Erika auf der Bowling-Bahn kennengelernt. Sie war die einzige Frau, die mit so wenig Technik so viel Pins abräumen konnte, erzählte sein Vater gerne lachend. Seine Mutter bestand jeweils darauf, dass Carls elegantere Technik auch nicht immer von Erfolg gekrönt war. Von seinem Vater hatte er Fluchen auf Amerikanisch gelernt und wie man einen Curve-Ball beim Baseball wirft. Als Skip älter wurde, stritten seine Eltern immer öfter. Kurz vor Skips achtem Geburtstag wurde Carl wieder in die USA versetzt. Auf eigenen Wunsch, wie sich erst sehr viel später herausstellte. Während Skips Mutter anfangs noch mit Briefen und regelmäßigen, sehr teuren Anrufen an einer funktionierenden Fernbeziehung arbeitete, hielt die einseitige Fassade nicht einmal ein halbes Jahr. Dann brach der Kontakt fast komplett ab. Verheiratet waren seine Eltern nie gewesen. Sein Vater hatte aber parallel eine Ehefrau und zwei fast erwachsene Kinder in den Staaten, was ein Heidelberger Kollege von Carl einmal angetrunken ausplauderte, als Carl bereits wieder in den USA lebte.

Eine alleinerziehende Mutter in den 70er Jahren hatte es sozial und finanziell schwer, sehr schwer. Die Eltern seiner Mutter lebten in der DDR, in Erfurt, und konnten sie daher nicht unterstützen. Erika durfte als Leistungsturnerin in ihrer Jugend einige Male mit ihrer Mannschaft zu Wettkämpfen in den Westen reisen. Mit siebzehn Jahren, bei ihrem letzten Wettkampf in Stuttgart, hatte sie etwas mehr Wäsche zum Wechseln in die Sporttasche gepackt und war nicht mehr in die DDR zurückgefahren. Ihre Eltern hatten ihr dazu geraten und ihr die Adresse eines Verwandten im Schwarzwald gegeben, bei dem sie die erste Zeit lebte.

Die Eltern wurden in der DDR wohl lange verhört und eine Zeit lang eingesperrt. Darüber wurde in Skips Zuhause nie genau gesprochen. Alle Versuche Erikas, ihre Eltern später in die Bundesrepublik nachzuholen, waren nicht erfolgreich.

Da sie ihre Schulausbildung in der DDR nicht abge-schlossen hatte, musste sich seine Mutter stets mit Gelegen-heitsjobs über Wasser halten. Mit einer Festanstellung im Supermarkt konnte sie dann für Skip und sich die Miete für eine kleine Dachgeschosswohnung am Stadtrand leisten.

Sie ließ nach der großen Enttäuschung mit Carl keinen Mann mehr an sich heran, überschüttete Skip mit ihrer ganzen Liebe und Aufmerksamkeit, was er als Teenager irgendwann erdrückend fand. Besonders seit Skip die Zu-sage für die Zivildienststelle hoch im Norden erhalten hatte, wollte sie ihn noch enger an sich binden. Skip aber wollte so weit von zuhause weggehen, um selbständig zu werden. Vielleicht tat das seiner Mutter auch gut und sie würde sich auch wieder mehr auf andere Menschen ein-lassen, versuchte er seinen Egoismus etwas zu beschönigen.

Tief im Inneren spürte Skip in diesem Moment, dass das Verhältnis zu seiner Mutter in Zukunft nie wieder so eng sein würde wie bisher.

Wenn er jetzt wieder nach Hause fahren sollte, wäre das für ihn ein Schritt zurück. Und das wollte Skip am aller-wenigsten.

Um 10 Uhr saß er wieder mit feuchten Haaren – diesmal von einer ausgiebigen Dusche – bei Frau Jansen im Büro.

»Also das freut mich jetzt wirklich sehr, dass Sie nun doch in der Seniorenresidenz aushelfen wollen, Herr Kip-plinger. So hatte ich Sie auch eingeschätzt. Sie sind ein gu-ter Mensch, der anderen helfen möchte«, schwärmte Frau Jansen und schob vor lauter Freude den Schreibtisch mit ihrem Bauch einen Zentimeter weiter nach vorne.

»Sie werden sehen, dort wohnen ganz liebreizende ältere Herrschaften, die Ihre Hilfe sicher zu schätzen wissen. Und in Ihrer Freizeit können Sie ja unsere wunderschöne Insel erkunden.«

»Wenn es gerade mal nicht regnet und stürmt«, erwiderte Skip freundlich.

»Ja, gestern haben Sie vielleicht einen falschen Eindruck bekommen. Aber Sylt macht das bald wieder gut, versprochen«, zwinkerte sie ihm zu.

Frau Jansen schwärmte von den Reetdächern, den vielen Sonnenstunden und Gunther Sachs & Co... Skips Gedanken schweiften ab und er fragte sich, welche Charaktere im Haus Dünenblick noch auf ihn warteten. Er hatte sich innerlich eine Probewoche Zeit gegeben. Wenn es ihm gar nicht gefiele, würde er trotz allem abreisen.

»Hier auf dem Plan habe ich ein Kreuz bei der Seniorenresidenz gemacht. Wenn Sie zur Promenade und dann rechts gehen, können Sie sich nicht verlaufen. Ihre Dienstkleidung bekommen Sie direkt vor Ort.«

Dass er letzte Nacht dort im Keller bereits mit zwei Kamikaze-Insassen Rum getrunken hatte, behielt er besser für sich. Frau Jansen füllte beflissen noch einige Formulare aus, die Skip teilweise unterschreiben musste, bevor er die Durchschläge entgegennahm.

»Und melden Sie sich bitte morgen bei mir, damit ich weiß, dass Sie dort gut aufgenommen wurden.«

Bei diesem Satz fiel Skip ein, dass er seine Mutter ja noch gar nicht angerufen hatte. Er durfte ausnahmsweise das Diensttelefon von Frau Jansen für einen kurzen Anruf benutzen. Seine Mutter war erleichtert, dass alles in Ordnung war. Details würde er ihr ein andermal erzählen, wenn er alleine am Telefon war.

Das Wetter hatte sich weiter beruhigt und in den autofreien nassen Straßen der Innenstadt von Westerland strömten bereits wieder Menschen zum Einkaufen und Richtung Strandpromenade. Einzelne Böen waren noch kräftig genug, Schirme von überraschten Touristen umzuklappen.

Skip kaufte sich ein Fischbrötchen und genoss die frische Seeluft an der Promenade. Die Brandung war trotz Ebbe kaum weniger bedrohlich als am Tag zuvor. Die Nordsee rollte facettenreich und unermüdlich auf den breiten Strand. Badende Ruheständler suchten seine Augen in diesem Moment zum Glück vergeblich.

In der Seniorenresidenz erwartete man ihn bereits am Empfang im Erdgeschoss. Der Geruch von Desinfektionsmittel teilte sich nun die Anwesenheit mit dem Duft von Sauerbraten und Rotkohl, der die Mittagszeit ankündigte. Die Pflegedienstleiterin Frau Petersen begrüßte Skip herzlich und führte ihn direkt ins Untergeschoss. Sie war gute fünfzig, robust gebaut und hatte eine burschikose Art. »So, Steven. Frau Jansen hat ja schon fast von dir geschwärmt, da du so spontan bei uns helfen möchtest. Dann wollen wir dir mal ein schnittiges Outfit verpassen, damit die Damen hier auch was zu gucken haben, nich' wahr«, alberte sie beim Betreten der Wäschekammer.

»Nennen Sie mich bitte Skip, Frau Petersen. Und wenn es geht … kein hellblau.« »Kein Hellblau. Kein Problem. Unsere Pflegekräfte tragen alle weiß. Dann wirst du auch nicht mit einem Bewohner verwechselt«, flachste sie weiter.

Sie drückte Skip einen Stapel aus weißen Oberteilen und Hosen in die Hand und zeigte auf einen Spind. »So, das müsste passen. Ich lass dich kurz alleine und du meldest dich dann oben wieder bei mir, sobald du umgezogen bist.«

Die weißen Stoffhosen kniffen noch ungewohnt im Schritt, was Skip auf der Treppe zurück ins Erdgeschoss einen merkwürdigen Gang verlieh. Ein Namensschild improvisierte Frau Petersen mit weißem Tape und schwarzem Filzstift. »Steven« stand mit großen Lettern links auf Skips Brust. Frau Petersen registrierte Skips genervten Blick, fasste sich dann an die Stirn und riss das Tape ab. Auf ein neues Stück Klebeband schrieb sie leserlich »Skip«.

»Auf deine Gefahr. Bei so manch altem Seebär hier könnte das zu Diskussionen führen«, bemerkte sie.

Skip sah sie fragend an.

»Skip ist die Kurzform von Skipper. Der Skipper ist der Bootsführer.«

»Na das ist doch gar nicht so schlecht. Besser als Schiffskoch«, stimmte sich Skip auf die Lage ein.

»Und deine Haare bindest du bitte zu einem Pferdeschwanz. Das ist hygienischer«, dirigierte Frau Petersen und reichte ihm ein Haargummi aus ihrer Kitteltasche. Obwohl Skip das einleuchtete, widerstrebte es ihm nun doch.

»Muss das wirklich sein? Könnte ich stattdessen auch eine Mütze aufsetzen?« Frau Petersen rollte mit den Augen, blieb aber diplomatisch. »Wenn dir das nicht zu warm wird.«

Er überlegte. Im Wohnheim hatte er noch eine schwarze Baseballkappe mit Eddie, dem »Maskottchen« von Iron Maiden vorne drauf. Für Unwissende sah das aber wohl eher nach Tod und Verwesung als nach musikalischem Statement aus. Skip resignierte fürs Erste, band sich die Haare zusammen und wollte so bald wie möglich nach einer Alternative suchen.

Frau Petersen fand ihren neuen Schützling nun vorzeigbar und führte Skip durchs Haus.

Im Erdgeschoss befand sich ein geräumiger Speisesaal mit einem hellen Wintergartenteil, der nach Westen zur Düne hin ausgerichtet war. An der Stirnseite des Saals stand ein Podest. Einige Mitarbeiter deckten gerade die Tische für das Mittagessen ein. Eine Dame saß bereits auf einem Stuhl im Wintergarten. Eine Hand lag auf ihrem Rollator, der neben ihr stand, und sie stierte auf die Schwingtür zur Küche.

»Das ist Margarete, die hat immer Hunger und vor allem Angst, nichts mehr abzubekommen. Daher sitzt sie immer schon dreißig Minuten vor der Essenzeit dort.«

Unterernährt wirkte Margarete nun wirklich nicht. Aber vielleicht hatte es in ihrem Leben Zeiten gegeben, in denen der Tisch nicht immer so reichlich gedeckt war, ahnte Skip.

»Über die Treppe erreichen Sie den ersten Stock. Hier sind die Zimmer von neunzehn unserer aktuell insgesamt 36 Bewohner«, erläuterte Frau Petersen und ging den breiten Flur mit hellem Linoleumbelag voraus.

Am Eingang des zweiten Zimmers auf der Meerseite füllte ein wuchtiger alter Mann mit einem imposanten Backenbart den Türrahmen aus, erblickte Skip und donnerte ihm entgegen: »Name, Dienstgrad und Heimathafen? Aaauuuf Gefeeechtsstation!«

Skip wich erschrocken etwas hinter Frau Petersen zurück. Frau Petersen berührte den Bär von einem Mann sanft am haarigen Unterarm:

»Lieber Kapitän, das ist unser neuer Zivildienstleistender. Seien Sie bitte nett zu ihm, sonst kann ich nicht garantieren, dass Sie weiterhin als einziger morgens immer mit Marschmusik geweckt werden, um rechtzeitig beim Frühstück zu sein.«

Die Worte zeigten Wirkung und der Backenbart verzog sich zu einem breiten, fast freundlichen Lächeln. Frau Petersen deutete Skip mit einem seitlichen Kopfnicken an, dass sie einfach weitergehen sollten.

Im Raum daneben wurde gerade geputzt und ein frisches Laken aufgezogen. Eine Dame mit einer dicken überdimensionierten Brille saß im Bademantel auf dem Stuhl neben ihrem Bett und las kichernd in einem Buch. Frau Petersen ging kommentarlos weiter. »Du kannst dir heute sowieso nicht alle Namen merken, daher konzentrieren wir uns zunächst auf das Wesentliche, einverstanden?«

In der Mitte des Flures zur Inselseite war eine Glastür und ein großes Glasfenster daneben, auf dem »Pflegeleitung« stand. Sie gingen hinein und zwei Köpfe erhoben sich von ihren Schreibtischen in Skips Richtung.

»Darf ich vorstellen, das ist Skip, unser neuer Zivi für die nächsten Wochen«, sagte Frau Petersen mit einem gewissen Stolz.

›… nächsten Wochen‹, hallte es in Skips Kopf nach. Diese ganz reale Vorstellung, hier für mehrere Wochen festzusitzen, war Skip doch nicht mehr ganz geheuer. »Reiß dich zusammen, Alter«, ermahnte er sich stumm und setzte sein bestes Schwiegersohn-Lächeln auf.

Eine jüngere schlanke Frau mit blondierten langen Haaren und deutlich zu buntem Makeup stellte sich mit einem osteuropäischen Akzent als Magdalena vor. Die zweite Dame war deutlich älter, dunkelhaarig, vollschlank und hieß Bente. Ihr flüchtiger Händedruck war warm und schwitzig.

»Könntet ihr euch bitte um Skip kümmern, ich müsste unten etwas mit der Küche besprechen«, bat Frau Petersen die Kolleginnen und versprach beim Herausgehen, so bald wie möglich nach dem Rechten zu sehen. Sie wünschte Skip noch einen guten Start.

Kurze Stille. Dann brach Bente das Eis:

»Setz dich doch, Skip. Magst du Appelkuchen?« Obwohl Skip noch satt vom Fischbrötchen war, sagte er spontan: »Ja, sicher. Wer mag denn keinen Apfelkuchen?« Bente holte aus einem Korb unter dem Tisch eine Tüte mit runden Teigbällchen hervor, die nach Berlinern aussahen. Skip stutzte, griff dann zu und ergänzte: »Und Berliner mag ich auch.« Bente und Magdalena grinsten sich an.

»Das sind keine Berliner, sondern Appelkuchen. Da ist auch kein Apfel drin, sondern Pflaumenmarmelade«, erläuterte Bente. »Du bist nicht aus dem Norden, richtig?« »Nein, aber ich arbeite daran«, erwiderte Skip und versuchte, Pluspunkte zu sammeln.

Die meisten Bewohner der Etage waren mittlerweile Richtung Mittagessen gegangen. »Wo kann man hier rauchen?«, fragte er nach dem Appelteilchen in die Runde.

Auf dem engen windgeschützten Balkon, der von einem kleinen Lagerraum abging, gab Magdalena ihm eine ihrer Light-Zigaretten und Feuer. Er blies den ersten Rauch aus.

»Ist gut, dass du da bist, Skip. In letzte' Wochen sind zwei Kolleginnen ausgefallen. Schwanger und Rücken.«

»Danke. Schwanger ist bei mir ja unwahrscheinlich und mein Rücken ist noch ganz elastisch. Habt Ihr eigentlich manchmal auch Veranstaltungen oder Konzerte unten im Saal?« Holprig antwortete sie: »Bingo manchmal. Und an Weihnachten Tombola.«

In Skips Kopf ratterte es. Da musste doch noch etwas gehen. Vielleicht könnte er Frau Jansen überzeugen, dass der Speisesaal der Dünenresidenz übergangsweise für Auftritte umfunktioniert werden kann, bis die Musikmuschel wieder einsatzbereit wäre. Wenn nur ein Bruchteil der Bewohner so gut drauf sein sollte wie Annegret und Mathilda, wäre das eine Win-Win-Situation für alle, vor allem für Skip natürlich.

Der weitere Rundgang durch die zweite Etage bot wenig Spannendes. Wie im ersten Stock gab es Einzel- und Doppelzimmer, alle mit eigenem Bad. Viele Zimmer wurden durch persönliche Gegenstände, Bilder oder Möbelstücke der Bewohner individueller und wohnlicher gestaltet. Fast alle Zimmer waren zur Mittagszeit leer. Nur aus einem Zimmer mit angelehnter Tür klapperte ein Löffel vor sich hin.

Magdalenas Augen lächelten sanft, als sie die Tür langsam öffnete und auf das Bett zuging.

»Mathilda, schmeckt es Ihnen?« Sie drehte sich zu Skip und dann wieder zurück. »Darf ich vorstellen, Mathilda, unsere Sängerin. Sie fühlt sich heute so gut nicht und wollte lieber auf' Zimmer essen.« »Das ist Skip, unser neue' Zivi«, sagte sie zu Mathilda gebeugt und legte dabei eine Hand auf deren Schulter.

Mathilda blickte kaum von ihrer Hühnersuppe auf, räusperte sich schnarrend und klickend. »Guten Tag«, hauchte sie. Dann löffelte sie unbeeindruckt weiter.

Skip war verwundert. Er freute sich, Mathilda wohlauf zu sehen und hatte nach der nächtlichen Rettungsaktion mit einer fröhlicheren Begrüßung von ihr gerechnet. Für den Moment verzichtete er aber auf Nachfragen, wünschte einen guten Appetit und ging mit Magdalena weiter durch das Haus. Vielleicht hatte Mathilda ihn auch in den weißen Klamotten und der anderen Frisur nicht erkannt. Oder sie war sehr vergesslich, wie viele alte Menschen, versuchte sich Skip diese merkwürdige Begegnung zu erklären.

Nach dem Essen gingen viele Bewohner für einen Mittagsschlaf wieder auf ihre Zimmer. Einige gingen an Rollatoren, andere wurden im Rollstuhl gefahren. Ein klassischer Job für Zivis.

Skips erste aktive Rollstuhlfahrt war mit Berlin-Herbert, der irgendetwas zwischen sechzig und hundert war und nach einem Schlaganfall eine komplette rechtsseitige Lähmung hatte. »Nur mal nich' so zaghaft, sonst kommen wir ja nie an«, kommandierte der Fahrgast. ›Als ob der Herr so wichtige Termine hätte‹, dachte sich Skip und legte aber wunschgemäß einen Gang zu.

Auf dem Zimmer angekommen sollte er seine Fracht direkt ins Badezimmer fahren.

»Die andere Bremse feststellen und dann hilf mir aufzustehen!« Skip fand die rechte Bremse am Rollstuhl mit Unterstützung von Herbert auch irgendwann. Dieser zog sich mit seiner gesunden linken Hand an dem breiten Plastikgriff an der weiß gefliesten Wand hoch und stand wackelig auf dem gesunden linken Bein. Er blickte Skip erwartungsvoll an. »Nun zieh mir die Hose runter und wechsel mir gefälligst die Windeln!«

Skip erstarrte. Für einen Augenblick überlegte er, Herbert einfach so stehen zu lassen und Magdalena oder Bente zu holen. Die Standfestigkeit von Herbert sah aber nicht besonders verlässlich aus.

»Entschuldigen Sie, heute ist mein erster Tag. Soll ich nicht besser eine Kollegin holen?«, versuchte er aus der Sache rauszukommen. »Nee lass mal, wir beede schaffen das schon. Die Blonde kiekt mir sonst immer auf den Pimmel.«

Skip öffnete Heberts Gürtel und Knopf und zog die braune Cordhose nach unten. Die hellgrüne Windel verströmte bereits einen süßlich würzigen Geruch. Herbert seufzte Skip kurze Anweisungen zu. Nach dem Lösen der Pflasterverschlüsse offenbarte sich Skip ein brauner, schmieriger Alptraum. Es brannte in seinen Augen und erst da fiel ihm auf, dass er gar keine Handschuhe anhatte.

Aus einer Halterung neben dem Waschbecken griff er sich ein paar gelbliche Einweghandschuhe, die aber viel zu klein für seine Hände waren. In der Zwischenzeit war die Windel samt breiigem Inhalt auf den Boden gerutscht und hatte auf seinem Weg eine braune Spur der Verwüstung hinterlassen.

Herbert sah das Schlammassel und die hoffnungslose Überforderung in Skips Blick und zog die Reißleine. Also die Leine, die aus der Wand kam und mit »Notfallglocke« gekennzeichnet war.

Keine dreißig Sekunden später eilte Magdalena hinein. Erleichtert, dass kein echter Notfall vorlag, übernahm sie ohne großes Aufsehen »den Fall«.

Skip sah aus sicherer Entfernung zu, wie seine Kollegin mit geübten Handgriffen alles sauber machte und holte auf Anweisung eine frische Hose aus Herberts Schrank.

Herbert saß wieder frisch, aber sicher nicht gut gelaunt in seinem Sessel vor dem Fernseher. Skip beruhigte sich mit zwei hastigen Zigaretten auf dem Raucherbalkon. Er hatte das Gefühl, dass seine Finger trotz mehrmaligen Händewaschens immer noch nach Windel und Stuhlgang rochen. »Is' doch nicht schlimm. Geht jedem so an erste' Tag«, sprach ihm Magdalena Mut zu.

Am Nachmittag wurden nach einem Rundgang durch

die Zimmer noch Dinge für die Nachtschicht und den nächsten Morgen vorbereitet. Einige Bewohner bekamen am Abend nach genauer ärztlicher Anordnung Tabletten zur Beruhigung oder zum Schlafen, manche etwas gegen Schmerzen, Wadenkrämpfe oder Harndrang. Skip durfte hierbei zusehen, verlor aber rasch das Interesse. Er dürfe auch schon früher los, an seinem ersten Tag, meinten seine Kolleginnen.

Das ließ sich Skip nicht zweimal sagen. Er wollte aber noch einmal bei Mathilda vorbeischauen.

Nachdem er zunächst an der falschen Tür geklopft hatte, stand er nun etwas unsicher lächelnd am Fußende von Mathildas Bett. Sie flüsterte etwas. Skip zeigte an, dass er es nicht verstehen konnte. Mathilda griff auf ihren Nachttisch und hielt sich einen länglichen Apparat an den Hals, der aussah, wie eine Mischung aus Taschenlampe und Diktiergerät. Ihre nächsten Worte schepperten aus diesem Gerät heraus.

»Das war ja was, letzte Nacht!« Ihre Augen leuchteten verschmitzt in ihrem Durcheinander aus Lachfalten.

Skip erschrak kurz, da er Mathildas laute Roboterstimme so nicht erwartet hatte. Das Gerät in ihrer Hand musste so eine Art Stimmverstärker sein. Er war auf jeden Fall erfreut und erleichtert, dass Mathilda sich doch an ihn und alles erinnerte.

»Das kann man wohl sagen. Aber warum hast du mich vorhin nicht richtig begrüßt?« »Na hör mal, dann hätten doch alle von unserem kleinen Ausflug gestern mitbekommen. So ganz koscher war das ja nicht«, roboterte Mathilda. »Cooler Sound übrigens«, staunte Skip anerkennend. Mathilda lächelte etwas verlegen und hörte sich dann noch in wenigen Sätzen an, warum Skip denn nun auf einmal in der Residenz arbeitete.

Als sich Skip von Mathilda verabschiedete, kam zum ersten Mal an diesem Tag die Sonne zwischen den Wolken durch und ließ den Raum leuchten.

Kapitel 6 – Helbing-Cola

Skip war froh, die weiße Residenz-Uniform wieder gegen seine Jeans, Jeansjacke und ein schwarzes Black Sabbath-T-Shirt ausgetauscht zu haben. Seine vom Haargummi befreiten Locken wurden von einer gemächlichen Nordseebrise aufgefächert, nachdem er den Dünenkamm vor der Residenz erklommen hatte. Die dunkle Sonnenbrille, die er bisher stets hoffnungsvoll in der Jackentasche verstaut hatte, kam zu ihrem ersten Inseleinsatz. Die Nachmittagssonne schob sich von Westen her immer wieder flink durch große und kleine Löcher im Wolkenteppich und ließ die blaugraue See vorübergehend stolz glitzern. Skip zog sich die Chucks und Socken aus und ging auf dem breiten Sandstrand der Brandung entgegen. Einige Hunde, die ihren Haltern Bewegung verschafften, und Spaziergänger ohne sichtbare Haustiere kreuzten seinen Weg.

Das Meer hatte sich beim Sturm der vorangegangenen Tage hoch auf den Strand geschoben und beim Rückzug an einigen Stellen große Mengen Sand als Beute mitgenommen. Als Dankeschön hatte Poseidon allerlei Muscheln, Treibholz und bunten Unrat zurückgelassen. Skip setzte sich auf ein breites abgebrochenes Brett, das auf dem Sand lag, zündete sich eine verdiente Feierabend-Zigarette an und sah sich um.

Er spürte den feuchten Sand zwischen seinen Zehen und beäugte die Strandgänger, die Muschelsucher, die Gassigeher, die Familien, die Paare, die Badegäste.

Da traf ihn ein kleiner Sandregen von der Seite. Er zuckte zusammen. Ein dicker, splitternackter Mann, der den Sand aufgewirbelt hatte, rannte juchzend an ihm vorbei Richtung Brandung. Die ersten Schritte ließen das flache Wasser hochspritzten, dann hechtete der kugelige Nackedei mit einem Kopfsprung in die Fluten. Skip hielt kurz die Luft an. Ob dies bereits sein nächster Rettungsschwimmer-Einsatz werden sollte? Der Mann kraulte nun sicher durch die Wellen. Skip entspannte sich wieder.

Mit Apo hatte er im Sommer oft am Baggersee gesessen und dem Heidelberger Establishment beim Baden und Schwimmen zugesehen. Sie saßen meist mit Jeans und nackten Oberkörpern am sandigen Ufer, rauchten und schwitzten. Poser schwimmen nicht, hatten sie sich geschworen. Dabei war Skip bis zum zwölften Lebensjahr im Schwimmverein gewesen. Sein Kinderarzt hatte sehr dazu geraten: Es wäre gut für seine Lungen. Der Arzt hatte mit seinem langen Schlauch in den Ohren an seinem Brustkorb bestimmte Geräusche wahrgenommen, die auf zu enge Bronchien schließen ließen. Obwohl Skip als Junge Asthma nicht einmal buchstabieren konnte, wusste er, dass das eine schlimme Sache sein könnte, und Skips Mutter wusste das auch. Da Skip ein gewisses Talent für die Fortbewegung im Wasser hatte, machte er das Beste aus dem Training und sammelte sogar einige Urkunden und Medaillen an bunten Bändern. Das Asthma hat nichts mehr von sich hören lassen.

Skip band seine Schuhe an den Schnürsenkeln zusammen, stopfte seine Socken hinein, stand auf und legte sich das Bündel über die Schulter. Dann wanderte er nahe der Wasserlinie auf dem relativ festen Sand in Richtung Strandpromenade. Unterwegs erkannte er schon von Weitem die Segel und Fahnen einer Windsurfstation am oberen Ende des Strandes. Ob er hier nach Marie fragen sollte? Er könnte während seiner Zeit auf Sylt ja eventuell auch Windsurfen lernen. ›Werd nicht albern, Skip! Poser surfen nicht‹, sagte er stumm zu sich und schob seine Sonnenbrille fester auf die Nase.

Als er der Surfstation näherkam, drang ein unwiderstehlicher Mix aus lauter Musik und gedämpftem Stimmengewirr an sein Ohr. Dieser Schalmeien-Gesang kam aus einer Strandbar, die sich direkt an die Holzhütte der Surfschule anschloss. Nicht gerade das CRASH, aber er war froh, hier auf einheimische Lebensformen zu treffen, die deutlich jünger waren als seine bisherigen Kontakte auf der Insel.

Er zögerte einen Moment, nahm dann aber selbstbewusst zwei versandete Holzstufen und ging über die Terrasse aus breiten Holzplanken Richtung Bar. Der Tresen war von zwei Seiten zugänglich und befand sich in einem weiß lackierten Holzhäuschen mit nach unten geklappten Verschlägen. Die Gäste verteilten sich auf schmalen Bänken und auf Hockern um einige Stehtische herum. Die jüngeren hatten Shorts und bunte T-Shirts oder Kapuzenpullis an, einige auch noch heruntergezogene Neoprenanzüge. Die etwas älteren Semester saßen mit großen Sonnenbrillen um gefüllte Weinkühler herum, trugen weiße Oberteile und bunte Stoffhosen. Skips Outfit lag bis auf seine Sonnenbrille deutlich außerhalb des lokaltypischen Spektrums, wodurch sich einige Köpfe und teurere Sonnenbrillen nach ihm umdrehten. Die Auswahl an Biersorten auf der Karte war sehr unterdurchschnittlich, die Preise dafür überdurchschnittlich, befand Skip leise pfeifend. Er entschied sich für ein Jever und bereute die Entscheidung schon beim ersten Schluck, den er gleich an der Theke nahm. Für einen süddeutschen Gaumen grenzte der bittere Geschmack schon an Körperverletzung. Der Barkeeper mit dunklen, nach hinten gegelten Haaren und Dreitagebart hatte Skips verzerrten Ausdruck wahrgenommen und sprach ihm aufmunternd zu: »Das zweite schmeckt bestimmt besser. Da muss man sich halt dran gewöhnen.«

Skip versuchte zu lächeln. »Vielen Dank für den Tipp, aber ich bin mir nicht sicher, ob ich das erste überleben werde.« Weil das Pils so teuer und es ein herrlicher Nachmittag war, stellte sich Skip leicht breitbeinig an den Rand der Bar und studierte hinter seinen dunklen Brillengläsern in Ruhe die Gesellschaft.

Hochgeklappte Polohemdenkragen kannte er bereits von den Kreditkarten-Kindern des Heidelberger Schnöseltums. Lächerlich und uninteressant. Eine Gruppe blondierter Mittvierzigerinnen lachte aufgesetzt und zu laut zwischen perlenden Champagnerschlückchen. Die dazugehörigen Männer waren nicht zu sehen und vielleicht beim Golf oder schon wohlhabend verblichen. Ein halbes Dutzend Jugendlicher und junger Erwachsener im Surfer-Look kaute Fritten und trank Cola oder Bier. Einer der Älteren am Tisch hatte eine Baseballkappe mit dem Schirm nach hinten auf seinem Lockenkopf und rief Richtung Barkeeper: »Hey Jimmy, spiel mal unser Lied, okay? Zwei unserer Schüler haben heute ihren Kurs erfolgreich beendet. Und eine Runde Helbing, Alter« Jimmy nickte ruhig, griff in eine Sammlung aus mehreren Reihen von Kassetten und einigen CDs über der HiFi-Anlage. Die ersten Riffs und Takte aus den Boxen schwappten auf die Terrasse. Skip nickte wohlwollend mit. Alice Coopers Stimme verteilte sich unbeugsam auf der Terrasse und stellte klar, dass jetzt nur Sommer und keine Schule mehr war.

Bevor der zweite Teil des Refrains begann, wurden gefüllte geeiste Schnapsgläser auf einem Tablett vom Surfer Tisch abgeholt und dort umgehend unter lautem Jubel geleert. Da sogar die Champagner-Ladies etwas angeschickert mitgrölten, sah Skip auf der Insel auf einmal wieder immenses Potenzial.

Der Barkeeper wechselte zwischen den Bestellungen emsig Tapes und CDs und ritt durch alle Musik-Genres.

Das Jever schmeckte gegen Ende der Flasche etwas milder. Die Sonne stand nun stabil zwischen den Wolken und dem Horizont und tauchte alles in ein warmes Abendlicht. Skip beugte sich über die Theke: »Asbach-Cola bitte, Jimmy. Der Barkeeper sah etwas verwundert und misstrauisch von einem Sektkübel auf, den er gerade mit Eiswürfeln füllte.

»Oh, entschuldige bitte, ich hatte deinen Namen nur von den anderen Jungs aufgeschnappt, nichts für ungut«, beschwichtigte Skip umgehend.

»Schon gut, hier nennen mich fast alle Jimmy. Aber Asbach gibt's hier nicht. Wo trinkt man denn so was?«

»Na, in Heidelberg zum Beispiel. Solltet ihr unbedingt ins Sortiment aufnehmen. Allein wegen mir würde sich das vielleicht lohnen. Ich bin nämlich die nächsten einneinhalb Jahre …«

Jimmys Aufmerksamkeit wurde abrupt von einer der

Champagner-Ladies abgezogen, die sich beschwerte, warum die nächste Flasche noch nicht am Tisch ist. Alle hätten doch »so schrecklich Durst«.

Skip drehte sich noch einmal in Richtung Strand. Dann klopfte ihm jemand von hinten an den Oberarm.

»Hier, eine Cola und ein Helbing. Aber nicht zusammenkippen! Das schmeckt sicher nicht«, sagte Jimmy, während er die beiden Gläser auf den Tresen stellte. »Besten Dank!«, freute sich Skip. Sein erster Helbing. War wohl so eine Art norddeutscher klarer Schnaps und roch ein bisschen wie griechischer Ouzo. Nur kälter. Aber nicht unlecker, befand Skip wohlwollend.

Wie viel Helbing man wohl trinken müsste, um Plattdeutsch sprechen zu können, überlegte er drei Zigaretten, eine Portion Fritten rot-weiß und drei Cola-Helbing-Gedecke später.

Bei jeder Bestellung hatte er versucht, mit Jimmy ein wenig ins Gespräch zu kommen. Das gelang zwar nur mäßig, aber immerhin. Jimmy war Österreicher, der nur im Sommer auf Sylt arbeitete, im Winter in einem Skiort, irgendwas mit Trauern oder Tauern. Die Bar und Musik-Sammlung gehörten seinem Chef, der nur selten vorbeikam. Konzerte gab es in der Strandbar nicht.

Nach Marie würde er auch gleich fragen, nahm sich Skip fest vor, aber zunächst meldete seine Blase konkreten Entleerungsbedarf.

Skip ging zum WC-Eingang und drückte die weiße Holztür auf. Er blickte in die aufgerissenen Augen einer blonden reiferen Dame. Diese stieß zeitgleich einen spitzen Schrei aus und presste die Knie auf dem Toilettensitz zusammen. Verdutzt stolperte Skip mit der Klinke in der Hand zurück und schloss die Tür sofort wieder von außen. Ein prüfender Blick auf die symbolische Kennzeichnung des Aborts zeigte einen Kreis mit einem Pfeil nach schräg oben. Für Männer. Eindeutig. Auf dem Eingang links daneben war ein Kreis mit einem Kreuz darunter. Für Frauen. Auch eindeutig. Dort standen auch zwei Frauen an und warteten brav. Skip entschied sich gegen eine Eskalation und bewachte »seine Tür«.

»Keine Sorge, ich passe auf, dass keiner reinkommt, aber machen Sie bitte schnell«, raunte er durch die die Bretter.

Wenig später schritt die Dame elegant heraus und zwinkerte Skip dabei zu. »Sehr liebenswürdig.«

Zurück am Tresen bestellte Skip noch einen Absacker und suchte verzweifelt und umständlich lange nach Geld in seinen Hosentaschen. Jimmys Miene verfinsterte sich zunehmend, bis von der Seite eine raue Frauenstimme erklang:

»Setz das einfach mit auf meine Rechnung, Jimmy.«

Skip hob den Kopf und sah in ein süffisant lächelndes Gesicht der Dame, die sich eben noch auf das Männerklo verirrt hatte. Dort musste sie noch einmal ihr schweres Parfum nachgelegt haben, das sie wie eine süßliche Glocke umgab. Sie legte ihren Kopf mit toupierten blonden Haaren leicht zur Seite und sah Skip langsam von unten bis oben an. Im Ausschnitt der weißen Seidenbluse blinkte ein goldenes Amulett und am Arm eine vermutlich sündhaft teure goldene Uhr.

»Nein, nein. Das schaffe ich schon selber, vielen Dank«, stellte Skip umgehend klar und wich etwas zurück.

Eine ihrer drahtigen Hände mit vielen Sommersprossen und dicken Goldringen legte sich sanft auf Skips Unterarm.

»Junger Mann, Sie haben mich doch eben so tapfer beschützt. Das Leben ist einfach zu kurz, um vor Damentoiletten anzustehen, finden Sie nicht? Nur der Türriegel müsste mal wieder repariert werden.« Sie blickte zum Barkeeper: »Nicht wahr, Jimmy?« Der nickte kurz und erwiderte sachlich. »Ich kümmere mich darum.«

Wieder zu Skip gerichtet bekräftigte sie: »Ich würde mich einfach gerne dafür revanchieren.«

Skips Hosentaschen gaben leider nur noch einige Pfennige her. Doch in einer Brusttasche seiner Jeansjacke fand er schließlich doch noch zehn Mark und reichte Jimmy den Schein mit einem leichten Seufzer.

Der Dame reagierte prompt auf die neue Situation:

»Na, Sie sind ja ein richtiger Glückspilz, wie mir scheint! Sind Sie denn ganz alleine hier? Sind Sie Musiker oder so etwas?«

Skip fühlte sich wider besseres Wissen etwas geschmeichelt und ließ sich auf ein Spielchen ein: »Naja, ich kann Gitarre spielen, aber eigentlich manage ich hauptsächlich eine Newcomer Band, die gerade ihren ersten Plattenvertrag bei einem großen Label unterschrieben hat.«

»Ach, das ist ja entzückend. Mal was anderes. Sonst unterhalten sich in meinem Umfeld ja immer alle nur langweilig über Autos, Uhren, Golf und Aktien. Ich würde Sie ja zu uns an den Tisch bitten, aber meine Freundinnen würden dann sicher denken, ich wolle Sie verführen«, flötete sie verhalten kichernd und setzte dabei einen Blick auf, den Skip nicht deuten konnte.

»Ja, kein Problem. Ich muss jetzt sowieso gehen«, murmelte Skip und leerte das letzte Schnapsglas.

»Ach das ist aber schade! Der Abend ist doch noch jung.

Sind Sie denn öfters hier? Ich habe Sie hier noch nie gesehen.«

»Ich denke, dass ich in nächster Zeit öfters hier sein werde. Meine Band spielt hier voraussichtlich bald ihr Album ein. Wir suchen aber hierfür noch eine Villa, in die ein Tonstudio eingebaut werden kann.« Skip log, ohne rot zu werden.

»Das ist ja spannend. Ich gebe Ihnen mal meine Karte. Vielleicht kann ich Ihnen ja doch noch helfen.«

Skip nahm die Visitenkarte entgegen. Auf kräftigem Papier stand mit glänzenden goldenen Buchstaben:

»Jaqueline van Osten. Real Estate Manager.

Und dann noch eine Telefonnummer und eine Adresse in Kampen, Sylt.

Er wusste nicht, was ein »Real Estate Manager« so macht, schob aber die Karte lässig in seine Jackentasche. »Mich dürfen Sie Skip nennen. Ich melde mich, wenn ich Bedarf habe«, sagte er und tippte sich dabei mit zwei Fingern an den Rand seiner Brille. Er bedankte sich kurz bei Jimmy, der aber zu viel zu tun hatte, um ihn wahrzunehmen.

Als Skip im Bett lag, war es schon nach zwölf, aber gerade erst dunkel geworden. Er wälzte sich unruhig in den Schlaf und hoffte, nicht von vollen Windeln zu träumen.

Kapitel 7 – Ein Versprechen nach oben

Skip war in der Morgendämmerung mehrfach kurz aufgewacht, um jeweils festzustellen, dass es erst halb vier bzw. etwas später war. Die dünnen Gardinen dämpften das ungewohnt frühe Erwachen des Tages nur unzureichend. Er fühlte sich gerädert, schaltete den fiependen Wecker aus und machte noch einmal kurz die Augen zu. Aus »kurz« wurde »zu lang«.

»Toll. Gleich am zweiten Arbeitstag verschlafen«, fluchte Skip und holte etwas Zeit auf, indem er Duschen gegen Deo und Zähneputzen gegen Kaugummi austauschte.

Mit knapp zwei akademischen Viertelstunden Verspätung schmetterte er dann in einer frischen weißen Montur ein »Moin« ins Dienstzimmer der Residenz.

Bente und Magdalena sahen kurz auf, begrüßten ihn gedämpft und wirkten bedrückt.

Skip dachte, die gedrückte Stimmung läge an seiner Verspätung.

»Tut mir sehr leid, dass ich zu spät bin, aber im Wohnheim war das Wasser abgestellt und ich musste warten, bis die Handwerker...«

»Is' schon gut«, sagte Magdalena. Bente kaute irgendetwas und blätterte in einer Akte.

»Herbert ist heute Nacht gestorben«, ergänzte Magdalena schniefend. Sie wischte sich eine Träne aus dem Augenwinkel. Bente kaute schneller, atmete schwer.

Skip bekam weiche Knie und setzte sich auf die Tischkante. »Der Herbert im Rollstuhl, der Berliner?«

»Ja. Der Herbert hieß er mit volle' Namen Herbert Schibulsky.«

»Aber der war doch gestern noch ganz lebendig! Was ist denn passiert?«

Magdalena schniefte erneut und suchte ein Taschentuch.

»Der Arzt vermutet Herzinfarkt«, antwortete Bente. »Wir haben ihn heute Morgen kurz nach sechs tot im Bett gefunden. Die Nachtschwester sagte, er habe gegen vier Uhr einmal geklingelt, wegen Bauchschmerzen. Er wird gleich abgeholt und in die Pathologie gefahren. Seine Tochter in Berlin haben wir noch nicht erreicht. Die Tochter muss dann entscheiden, ob eine Obduktion gemacht werden soll. Meistens wollen das die Angehörigen aber nicht.« Sie kaute nervös weiter und fragte: »Hast du schon mal einen toten Menschen gesehen?«

Skips Knie waren von einem Zustand weicher Butter in den von saurer Sahne umgeschlagen.

»Komm, magst du vielleicht rauchen eine?«, erfasste Magdalena Skips Zustand richtig und nahm ihn mit auf den Balkon. An der frischen Zigarettenluft festigte sich Skips Aggregatszustand langsam wieder. »Meinst du … meinst du, er ist gestorben, weil er… sich über mich gestern so geärgert hat? Ich habe ja alles falsch gemacht.«

Sie zog die Augenbrauen hoch und blickte Skip fest in die Augen.

»Darfst du nich' denken so etwas! Er sich jede' Tag hat iber etwas geärgert.«

In Skip machte sich ein wenig Erleichterung breit. Dennoch fühlte er eine leichte Mitschuld an Herberts Ableben.

»Weißt du, er war alte kranke Mann.« Magdalena blies einen Zigarettenzug zur Seite aus. »Hier sterben oft Menschen. Weißt du, für manche ist auch Erlösung, o.k.?«

Skip drückte den Stummel aus.

»Ja, vielleicht hast du recht. Wenn man sich nicht mehr bewegen und nicht einmal mehr den Hintern selbst abwischen kann, macht das Leben wohl nicht mehr so viel Spaß.«

Sie nickte. »Gibt auch Menschen, mit kranke' Körper, aber Geist ist gaanz klar und mit gute Laune.«

»Wie Mathilda zum Beispiel?« Magdalenas Augen strahlten. »Ja, sie sehr nett und lieb ist.«

»Willst du von Herbert verabschieden dich?«, fragte sie Skip auf dem Weg nach drinnen.

Da seine Knie sich recht stabil anfühlten und die Neugier nun überwog, wie ein toter Mensch aussieht, gingen sie den Gang hinunter bis zu Herberts Zimmertür.

Sie betraten den Raum und gingen auf das Bett zu. Skip nahm ein paar tiefe Atemzüge. ›Riecht nicht nach Leiche‹, stellte er beruhigt fest. Herbert lag auf dem Rücken und hatte die Augen geschlossen. Auf der Bettdecke waren seine Hände überkreuzt. Alles wirkte sehr friedlich. Die Hautfarbe war fahl, das Gesicht etwas eingefallen. Aber sonst hätte sich Skip auch nicht gewundert, wenn Herbert nur ein tiefes Nickerchen gemacht hätte.

»Darf ich ihn berühren?«

»Wenn du magst, kannst du Hände berühren.«

Herberts Hände waren kühl, aber nicht starr, wie Skip erwartet hatte.

»Warum hat er denn keine Leichenstarre?«

»Dauert einige Stunde' und fängt auch nich‹ an alle‹ Körperteile gleichzeitig an.«

Skip hatte einmal gehört, dass manche Menschen durch Handauflegen spüren, wenn jemand in Kürze sterben würde. Skip versuchte daher auch, so etwas wie den Tod oder eine Seele zu spüren. Das gelang ihm zwar nicht, aber er bat Herbert in Gedanken um Entschuldigung dafür, dass er sich gestern so ungeschickt verhalten hatte.

Er blickte zur Decke. Tote sollen ja manchmal noch über ihren Körpern schweben, ehe sie die Erde verlassen. »Gute Reise Herbert«, sprach der Zivi leise nach oben, »ich glaube, wir machen noch ein kleines Konzert für dich, wenn du einverstanden bist.«

Skip wartete auf ein Zeichen. Aber da kam kein Zeichen. Immerhin hatte Herbert aber auch nicht nein gesagt.

Bei der anschließenden Morgenrunde durch die Zimmer sah er die Residenz-Bewohner nun mit anderen Augen. Herberts Tod hatte sich noch nicht bei allen herumgesprochen. Der notorisch mies gelaunte Herbert war sicher nicht unter den Top Ten der beliebtesten Senioren im Haus anzusiedeln, aber jeder Weggang hinterlässt auch Trauer bei Menschen, mit denen man zu Lebzeiten nicht den besten oder engsten Kontakt hatte. Dieses Unwiderrufliche und Endgültige geht mit einer tiefen Ehrfurcht vor dem Leben einher. Alles, was bis zum Tod nicht gesagt wurde, verhallt danach ungehört.

Skip überlegte sich nun bei jedem Bewohner, wie viel Zeit

diejenige oder derjenige noch haben und wie ausgefüllt diese Zeit in einer Seniorenresidenz sein könnte. Nach dem Mittagessen hatte er beschlossen, etwas zum emotionalen und sozialen Glück der Residenz beitragen zu wollen.

So saß er nun vor Frau Petersen und schwärmte ihr von seiner Idee vor.

»Tribute to Herbert? Was soll das denn sein, Steven?«

»Skip, Frau Petersen. Das wird ein Konzert zum Abschied von Herbert. Und, wenn Sie so wollen, sinnbildlich auch für alle anderen, die hier in den letzten Jahren gestorben sind.«

»Aber dafür haben wir doch unsere Gottesdienste. Da singen und beten wir auch für die Verstorbenen.«

»Das ist ja schön und gut. Aber Herbert war ein ganz besonderer Mensch mit hohen Ansprüchen. Gegen eine zu stille und klerikale Atmosphäre hätte er sicher lautstark protestiert. Ein Herbert aus der Großstadt hat eine angemessene, imposante Feier verdient, finden Sie nicht?«

Frau Petersen verschränkte die Arme vor der Brust.

»Na ich weiß nicht. Herr Schibulsky hat ja meist klassische Musik gehört. Mozart mochte er.«

»Sehen Sie!«, sprang Skip auf. »Mozart war ja der Punk und Rebell seiner Zeit. Dann sollen wir zunächst mal einen Termin für das Konzert festlegen und über das Budget sprechen, Frau Petersen.«

Die Angesprochene guckte verdutzt und erwiderte knapp, um das Gespräch zu beenden: »Ja, ja. Sprechen Sie mich dann noch einmal an, wenn Sie sich Gedanken darüber gemacht haben, wie das konkret aussehen soll. Geld kann ich aber keines dafür zur Verfügung stellen.«

»So machen wir das, Frau Petersen. Vielen Dank für Ihr Vertrauen. Das wird hier alles dufte.«

Sehr zufrieden mit dem Ausgang des Gespräches ging er zurück zu Bente und Magdalena und half bei der Versorgung der Bewohner. Heute durfte er Teekannen aus der Küche holen und auf den Etagen verteilen und dann die Ekzeme an den Unterschenkeln von Gerda im zweiten Stock mit einer weißen Salbe einschmieren. Das klang einfach, wenn Gerda nicht so furchtbar kitzelig gewesen wäre. So dauerte das pro Bein gute zehn Minuten.

Dann noch das Bett von Fritz zum zweiten Mal an diesem Tag frisch beziehen und andere nützliche Dinge tun. Das ging Skip erstaunlich flink von der Hand, da er bestens gelaunt war.

Zu Mathilda führte ihn keine spezielle Aufgabe, daher klopfte er am Nachmittag einfach spontan an ihre Tür.

Im Gegensatz zum Vortag freute sich Mathilda sofort, als sie ihm die Tür öffnete. Sie war wohlauf und hatte ein langes Sommerkleid mit schmalen Trägern und bunten Blumen an. Ihre weißen Locken waren frisch getrimmt und der Raum duftete nach Rosenwasser. Sie setzten sich an einen kleinen Tisch, dessen eine Hälfte von der Sonne angestrahlt wurde.

»Wie geht es dir, Mathilda?«

»So weit so gut. Jetzt war ich schon zwei Tage nicht schwimmen, ich komme mir schon vor wie eine Oma«, klapperte sie los und lächelte dabei.

»Das Meer wird schon wieder ruhiger, und mit etwas Vorsicht und Annegret im Schlepptau geht das sicher bald wieder. Kanntest du Herbert?«

»Jeder kannte Herbert, den Stinkstiefel«, sagte sie und spielte dabei mit einigen hundert ihrer tausend Lachfalten. »Wir hatten nicht viel miteinander zu tun, aber es ist trotzdem traurig, dass er nun nicht mehr da ist.«

»Meinst du, es war eine Erlösung für ihn?«

»Das könnte nur er beantworten. Aber wenn ich mich nicht mehr alleine auf den Pott setzen könnte, würde ich mir vielleicht auch Gedanken über den Begriff ›Erlösung‹ machen.«

»Wie meinst du das?«

»Ich glaube, jeder Mensch sollte stets seine Würde bewahren dürfen. Dazu gehört auch, dass er das Ende seines Lebens würdig verbringen und auch selbst bestimmen darf.«

Skip hatte nicht mit der zunehmenden Tiefe der Unterhaltung gerechnet. Er spürte, dass das angestoßene Thema noch etwas weiterlaufen würde. Wie ein flacher Stein, der mit dem richtigen Effet auf dem Wasser einige Male tanzend aufsetzt, ehe er abtaucht.

»Hast du dir schon einmal Gedanken über den Tod gemacht?«, wollte Mathilda nun wissen.

»Sicher, aber mehr abstrakt. Nicht auf mich bezogen. Was man eben so überlegt. Was kommt nach dem Tod? Ist da etwas oder gar nichts? Haben es gute Menschen nach dem Tod besser als böse Menschen? Warum sterben manche Menschen zu früh? Solche Überlegungen.«

»Und, was glaubst du, kommt nach dem Tod?«

»Meistens glaube ich, da kommt gar nichts. Schalter aus. Alles schwarz. Auf der anderen Seite gefällt mir die Vorstellung von Wiedergeburt. Wir bestehen nur aus Molekülen, die zufällig zu etwas Menschlichem zusammengesetzt wurden. Nach dem Tod lösen sich die Moleküle wieder voneinander und gehen in die Erde, das Wasser oder in die Luft zurück. Aber kein Molekül geht verloren. Dann tauchen diese Moleküle zwangsläufig ja wieder in anderen Lebensformen auf, in Menschen, aber auch in Pflanzen oder Tieren.«

»Und was ist mit der Seele, wo geht die hin?«

»Ach, Mathilda, jetzt komme ich mir schon vor wie in der mündlichen Abiturprüfung.« Skip lachte.

»Ja, entschuldige bitte. Aber für einen jungen Menschen hast du dir da schon sehr viele Gedanken gemacht, die sich andere bis ins hohe Alter nicht machen. Wie geht es dir sonst mit deiner Arbeit hier im Haus?«

»Es ist alles noch sehr ungewohnt, aber insgesamt ganz gut. Und du bist übrigens die Erste, die es nach Frau Petersen erfährt: Ich veranstalte bald ein Konzert für Herbert hier im Haus! Das wird großartig. Ich muss noch sehen, welche Bands hier auf der Insel dafür in Frage kommen, habe aber bereits Kontakte an einer Strandbar hier in der Nähe geknüpft.« Er strahlte Mathilda erwartungsvoll an.

Mit hochgezogenen Augenbrauen hörte Mathilda gespannt zu, fragte aber skeptisch nach: »Und das hat Frau Petersen genehmigt?«

»Ja, also fast. Ich soll nur noch einen genauen Plan machen. Und der Plan wird großartig, und das wird sie dann auch erkennen.«

Mathilda legte den Sprachverstärker auf den Tisch. Sie nahm Skips große Hände ihn ihre kleinen Hände, zeigte ihr warmes und ehrliches Lächeln und freute sich so mit ihm zusammen.

Kapitel 8 – Strand mal anders

Zurück im Wohnheim wurde Skip von der unruhigen Nacht zuvor und vielen Eindrücken des Tages unfassbar müde. Trotzdem rief er vom Münzsprecher im Erdgeschoss endlich seine Mutter an. Er warf ein Fünfzig-Pfennig-Stück ein und legte einen kleinen Stapel Zehn-Pfennig-Stücke auf den Telefonkasten. Die silbrigen Wahltasten klebten etwas. Es dauerte eine knackende Ewigkeit, bis es in Heidelberg tutete und seine Mutter abnahm.

Sie war erleichtert und stolz, als er von seiner Arbeit in der Seniorenresidenz erzählte – von Mathildas Rettung im Sturm, von den Kolleginnen, von Herbert und dem geplanten Konzert. Den Ausflug an die Strandbar ließ er unerwähnt, um seine neue Rolle als Zivildienstleistender und aufstrebender Stern am Sylter Sozialfirmament nicht zu verwässern.

Seine Mutter erzählte, dass sie Apos Mutter beim Einkaufen getroffen hatte und bei Apo und seiner Familie wohl alles in Ordnung sei. Schöne Grüße sollte sie ausrichten.

Schöne Grüße zurück. Bei Apo würde sich Skip in den nächsten Tagen melden.

Während des mehrminütigen Gesprächs musste Skip regelmäßig Münzen nachwerfen, wenn die Anzeige zu blinken anfing.

»So Mum, die Münzen sind alle! Ich muss jetzt ins Bett. Morgen fange ich wieder ganz früh an zu arbeiten.«

»Ja, Skippy, pass auf dich auf und melde dich, sobald du kannst. Hast du genug zu essen? Dort gibt es sicher nur Fisch. Ich schicke dir vielleicht ein Päckchen mit den Sachen, die du gerne isst.«

»Das ist nett, Mum, aber ich habe hier genug zu Essen. Es gibt hier auch fast alles – wie bei uns in Heidelberg.«

Nach dem Herbert-Erlebnis und dem Gespräch mit Mathilda wollte er eigentlich noch sagen, dass er seine Mutter liebhat. Er zögerte jedoch einen Moment zu lange und die Leitung war unterbrochen. Wahrscheinlich hätte es seine Mutter auch nur verwundert oder beunruhigt, da er so etwas sonst auch nicht sagte.

Und bei Apo musste er sich dringend, am besten gleich morgen melden. Schade, dass er nicht dabei war, dachte Skip. Apo musste in Deutschland keinen Wehr- oder Zivildienst leisten, da er einen griechischen Pass hatte. In Griechenland hätte er eigentlich zum Militär gemusst. Aber Apos Vater hatte einen Deal mit einem zuständigen Beamten in Athen aushandeln können, der seiner Familie noch Gefallen schuldig war. Ob und wie viel Geld oder Ziegen oder Fetakäse hierfür geflossen sind, wollte Apos Familie nie verraten. Falls Skip doch einmal bei intimen Familienangelegenheiten der Zervakis nachfragte, nahm Apos Vater Skips Kopf zwischen seine kräftigen Hände und drückte ihm lachend einen Kuss auf die Stirne. »Skipopoulos, du weißt doch, wir Griechen finden für alles eine Lösung.« Und weil man mit vollem Mund keine Fragen stellen kann, gab es dann meist noch ordentlich Grillfleisch und Ouzo. Apo hatte von Natur aus auch die geileren Haare. Skips Locken mussten alle paar Wochen im Salon seiner Patentante aufgefrischt werden. Apo konnte entspannt seiner dunklen Naturwelle beim Wachsen zusehen, bisschen Spitzen schneiden, bisschen Haarspray, fertig. Ab Herbst wollte Apo zunächst bei seinem Vater in der Videothek arbeiten. Bisher hatte er dort nur an den Wochenenden geholfen. Er war unter anderem dafür zuständig, die zurückgebrachten Videokassetten auf Fehler zu überprüfen und sie nach Bedarf auf den Anfang zurückzuspulen. Im Gegensatz zu Skip war Apo ein echtes Schlitzohr und ausgesprochen geschäftstüchtig. Er erschloss sich immer wieder neue Einnahmequellen. Einige Zeit jobbte er in einem Nachtclub und gab zurückgegebene Garderobenmarken doppelt heraus. Den Gewinn behielt er still für sich. Eines Tages kam der Pächter jedoch zufällig dahinter. Apos Hinterteil konnte vor den Zähnen des clubeigenen Kampfhundes nur bewahrt werden, indem Apos Vater dem Pächter eine lebenslange Kundenkarte in der Videothek »schenkte«. Die Videothek war über viele Jahre im Ort sehr beliebt und mit allen einschlägigen Abteilungen ausgestattet. Im Erdgeschoss waren die aktuellen Kinofilme, bekannte Komödien und Romanzen. Dann kamen die interessanteren Filme ab FSK 16: Pseudo-Horror, Action oder nackte Titten. Hinter einer Trennwand schließlich lockten die FSK18-Streifen mit echtem Horror, sinnloser Gewalt oder ganz nackten Darstellern. Das Souterrain erreichten meist nur noch einzelne Männer, die nach unauffälligem Erdgeschoss-Schlendern wie zufällig die schmale Treppe zu den perversen Filmchen nahmen. Apo und Skip sahen sich bereits mit Fünfzehn aus Neugier allerlei Filme an, deren Titel oder Cover auf unbekannte Welten hindeuteten. Bei einigen Szenen wurde ihnen anfangs übel, bei anderen schalteten sie angewidert ab oder spulten vor. Im Lauf der Zeit verloren aber selbst die Neuerscheinungen wie »Spermadusche 5« oder »Analschwestern reloaded« aus dem Souterrain rasch ihren Reiz. Als zuverlässig stete Wichsvorlagen dienten meist attraktive Unterwäsche-Models aus dem Otto-Katalog oder Fotostrecken aus journalistisch feinsinnigen Hochglanzmagazinen wie Playboy oder Penthouse. Ganz zur Not reichte auch die bebilderte Aufklärungs-Kolumne in der *BRAVO* oder der *PopRocky*. So wie an diesem Abend unter einer Decke im Wohnheim.

Erleichtert schlief Skip wie ein Stein und fühlte sich am nächsten Morgen durchaus erquickt. Frisch geduscht und mit dem Geschmack von Minz-Zahnpasta im Mund federte er die Treppen zum Dienstzimmer hoch. Bereit für alles, was kommen möge.

Der Tag verlief wider Erwarten ziemlich ereignisarm: Teekannen, Gerdas Ekzeme, Betten frisch beziehen, kleine Botengänge für Frau Petersen, Rollstuhl-Chauffeur-Dienst im Haus. Seinem imaginären Zivi-Logbuch gab er noch zu Protokoll: ›Zum ersten Mal einen Urinbeutel geleert und die Urinmenge notiert. Keiner gestorben oder in Seenot geraten‹. Am Nachmittag durfte Skip etwas früher Feierabend machen. Mathilda hatte fest geschlafen, als er sie kurz vor Feierabend noch besuchen wollte.

Jetzt hatte er Zeit und Energie, die Insel zu erkunden. Im Wohnheim gab es einige ältere Fahrräder, die gegen ein Pfand ausgeliehen werden konnten. Skip setzte sich in Bewegung. Die Kette des schwarzen Hollandrades quietschte belustigt. Der Sattel war zu niedrig eingestellt, aber Skip konnte kein passendes Werkzeug finden. Also fuhr er mit wehenden Locken wie ein Affe auf dem Schleifstein durch Westerland nach Norden. Nach zwanzig Minuten erreichte er mit leichten Knieschmerzen Wenningstedt. Es war deutlich kleiner als Westerland. Auf den ersten Blick sah er kein Gebäude, das höher gewesen wäre als zwei Stockwerke. Auf dem Weg zum Strand fuhr er um einen kleinen Teich herum. Der Ort wirkte sehr aufgeräumt und etwas verschlafen. Der Strand glich dem Abschnitt in Westerland, war jedoch deutlich weniger belebt. Skip setzte sich an die Grenze zu den Dünen und ließ den Wind ein paar Schweißtropfen von seiner Stirn pusten. Auch hier fehlte einigen Menschen wohl das Geld für Badebekleidung. Bei FKK musste er immer an die DDR und Ostsee denken. Seine Mutter hatte ihm manchmal davon erzählt.

Er hatte sein Hemd ausgezogen. Da ihm aber trotz leichter Brise in der Sonne immer noch zu warm war, beschloss er, wenigstens mit den Beinen ins Wasser zu gehen.

Alleine schwitzen macht keinen Spaß. Poser schwimmen nicht. Schuhe aus, Socken aus, Jeans …. stopp! Seit seiner Kindheit hatte seine Mutter immer seine Unterwäsche gekauft. Die Wäsche bekam auch fast niemand zu Gesicht, deshalb hatte er diese Versorgungskette bis dato nie ernsthaft in Frage gestellt. Boxershorts wären als einmaliger Badehosen-Ersatz vielleicht noch akzeptabel gewesen. Aber Boxershorts machen unter den Stretch-Jeans sicht- und spürbare Falten. Daher trug Skip nie Boxershorts. Er öffnete die Jeansknöpfe. Zum Vorschein kam ein dunkelgrüner Slip des Modells Italienische Riviera hervor. Das Gummibündchen war ausgeleiert und ein kleines Loch an der Seite ließ blasse Haut durchblitzen. Also Jeansknöpfe wieder zu. Hinsetzen. Rauchen. Nachdenken. Es wurde ihm in der Nachmittagssonne immer wärmer. Schatten gab es nur in diesen bescheuerten Strandkörben, die sicher ein Vermögen kosteten. Wenn Apo hier wäre, könnten sie wenigstens zusammen schwitzen. Viele Menschen waren nicht am Strand. Aber in löchriger Italo-Unterhose oder ganz nackt dazustehen, schied nun einmal kategorisch aus – egal, wie leer der Strand auch war. So viel stand schon mal fest.

Vielleicht reichte es auch, wenn er die Jeans über den Knöcheln hochkrempelte und nur die Füße abkühlte. Er überprüfte noch einmal den korrekten Sitz der Sonnenbrille sowie seiner Locken und ging hinunter zum Meer. Die Nordsee begrüßte seine Füße freundlich und kühl.

Skip wagte sich ein wenig weiter vor und stakste vorsichtig parallel zum Ufer durch das knöcheltiefe Wasser.

Er blickte gerade zu seinen Klamotten und dem Fahrrad an der Dünengrenze, da spürte er einen extrem stechenden Schmerz in der rechten Fußsohle. Unter seinem Fuß hatte sich etwas bewegt. Er humpelte auf den trockenen Sand und betrachtete den Fuß. In der Sohle waren kleine rote Punkte zu sehen. Der brennende Schmerz nahm jetzt rasant zu und zog bis zum Knöchel.

»Solche Motherfucker, diese Krabben!« Skip versuchte aufzustehen. Der Schmerz war aber so stark, dass er sich sofort wieder hinsetzen musste.

Ein beleibter FKK-Schwimmer näherte sich prustend dem Ufer und ging einige Meter neben Skip auf den Strand. Er blickte zu Skip herüber, der sich erst stolz abwendete, dann aber doch mit schmerzverzerrtem Gesicht lässig winkte. Der nackte Mann ging federnd mit baumelndem Gemächt auf Skip zu.

»Na, min Jung. Was is' passiert?«

›Der nächste, der min Jung zu mir sagt, wird weggeflankt,‹ hatte Skip auf der Zunge, verbiss es sich aber im letzten Moment.

»Ich bin eben im Wasser auf irgendetwas getreten, vermutlich eine Krabbe oder so etwas. Das tut höllisch weh und der Schmerz zieht jetzt immer weiter das Bein hoch. Ich kann nicht mal mehr richtig auftreten.«

Der Mann sah kurz auf die Fußsohle. »Also nach Krabbe sieht das nicht aus.«

»Dann eben ein beschissener Seeigel!«

»Seeigel gibt es auf Sylt nicht.«

»Dann vielleicht ein radioaktiv mutierter Nordsee-Piranha oder Kampfmittel aus dem Zweiten Weltkrieg. Ich brauche etwas gegen diese Schmerzen!« Auf einer Schmerzskala von eins bis zehn war Skip nun bei vierzehn.

»Ich frage mal am DLRG-Turm. Bleiben Sie ruhig. Ihnen wird sicher gleich geholfen.«

Der junge Mitarbeiter des Sanitätsdienstes am Strand kam binnen drei Minuten mit einer Tasche und stellte geschult fest:

»Das sieht ganz nach einem Petermännchen aus.«

»What the fuck …?« Die Schmerzen erreichten bereits 43 auf der Skala, sein ganzer Körper verspannte sich immer mehr.

»Das sind kleine Fische mit Giftstacheln an den Rückenflossen. Das Gift verursacht starke Schmerzen, die einige Stunden anhalten. Petermännchen liegen in der Nordsee und westlichen Ostsee manchmal im flachen Wasser auf dem Grund. Eigentlich schwimmen sie weg, wenn jemand durchs Wasser läuft. Ein paar Mal pro Jahr tritt aber jemand drauf. Du bist dieses Jahr der Erste hier.«

»Dafür gibt es sicher einen Eintrag ins Goldene Buch, richtig?«, scherzte Skip mit schmerzverzerrtem Gesicht. Der Helfer lachte mitleidig, gab ihm eine Schmerztablette und legte ein Cold-Pack auf die Fußsohle. Über Funk rief er seine Kollegen.

Auf dem Weg ins Krankenhaus nach Westerland hatte Skip bereits eine Infusion in der Armbeuge, über die ihm starke Schmerzmittel gegeben wurden. Die Schmerzen ließen dadurch etwas nach. Skips Gedanken wurden fluffig wie nach einem ordentlichen Joint. Zudem sah ein Sanitäter ständig auf ein kleines EKG-Gerät, das den Herzrhythmus des Patienten aufzeichnete.

»Und warum ist mein Herzrhythmus so spannend? Oder können Sie das Gerät nur gut bei meiner Krankenkasse abrechnen?«

»Deinen Humor hast du nicht verloren. Ein gutes Zeichen. In seltenen Fällen gibt es durch das Gift Herzrhythmusstörungen. Bisher ist bei dir aber alles in Ordnung. Rauchst du eigentlich?«

»Ja, eine Kippe würde ich jetzt nehmen. Danke.«

»Nein, nein, hier drinnen darfst du natürlich nicht rauchen! Wir haben dir nur fast die doppelte Menge morphiumartiges Schmerzmittel geben müssen, als bei anderen Fällen dieser Art üblich, um deine Schmerzen zu senken. Das sehen wir manchmal bei Rauchern oder Drogenabhängigen.«

»Morphium ... soso. Fühlt sich auf jeden Fall gut an. Kann ich davon einen Vorrat auf Rezept haben? Scheint ja auf der Insel von diesen Peterdingern nur so zu wimmeln.«

»Leider nicht. So, wir sind jetzt übrigens da. Wegen der

Gefahr der Rhythmusstörungen musst du eine Nacht zur Überwachung im Krankenhaus bleiben.«

»Das klingt ja unwiderstehlich.« Skip verdrehte die Augen.

Auf der Station waren alle sehr zuvorkommend, was auch daran liegen konnte, dass Skip mit seinem Morphium-Schwips ständig was von einem Chefarzt-Zusatztarif seiner Krankenkasse faselte. Das war glatt gelogen und flog auch rasch auf. Aber versuchen konnte man es als lebensbedrohlich verunfallter Strandbesucher ja mal.

Die zugeschaltete Mitleidsmasche mit den unerträglichen Schmerzen führte nicht ins Einzelzimmer mit Kabelfernsehen, sondern direkt in ein Vierbettzimmer, das mit ihm nun ganz gefüllt war. Immerhin gab es regelmäßig gut dröhnendes Schmerzmittel nach Bedarf ins Blut.

Zwei der drei anderen Zimmergenossen schienen vom Alter und vom Habitus her für eine gepflegte Konversation unbrauchbar zu sein. Der Nachbar zur Linken mit Fensterplatz war aber nur ein wenig älter als Skip.

»Moin, ich bin Skip. Und ich habe Petermännchen.«

»Schön für dich«, sagte sein Bettnachbar kurz und blätterte weiter in einer Zeitschrift.

»Jetzt sag nur, du weißt, was ein Petermännchen ist.«

»Nein, hat das was mit Sackratten zu tun?«, fragte er, ohne Skip anzusehen.

»Verrate ich dir, wenn du mir sagst, warum du hier bist.«

»Warum willst du das denn wissen?«

»Na, ich dachte, das gehört zum guten Ton, wenn man hier ein Zimmer teilt. Aber ich war bisher noch nicht über Nacht im Krankenhaus. Bei Ambulanzbesuchen war ich aber mal Profi.«

»Also schön.« Er beugte sich etwas zu Skip rüber und flüsterte:

»Ich hatte einen Clown verschluckt, und der wurde heute Morgen herausgeschnitten.«

Gut, 1:0, resümierte Skip. Dann eben keine Gespräche. Er drückte den roten Knopf, damit die Schwester nochmal etwas »Schnaps« in die Vene nachgoss.

Die Zimmergenossen hatten nachts um die Wette geschnarcht, aber dank seines intravenösen Zaubertranks hatte Skip davon wenig mitbekommen. Sein Herz schlug brav und regelmäßig.

Also war alles in Ordnung bei der Abschlussvisite am nächsten Morgen. Die Residenz war verständigt, dass er sich heute noch einen Tag im Wohnheim ausruhen sollte.

Skip schlenderte durch den breiten Ambulanzflur und sah Mathilda in einem Quergang sitzen. Annegret saß daneben. Er lief winkend auf die beiden zu, die ihn sehr überrascht anblickten.

»Ich hatte Petermännchen«, sagte Skip stolz. »Dieses Jahr der Erste auf Sylt.«

Mathilda hatte ihren Stimmverstärker wohl nicht dabei und sprach daher ganz leise. Skip setzte sich neben die beiden und verstand etwas von Routine-Untersuchung in der HNO-Abteilung. Mathilda nickte und lächelte kurz. Annegret sah aber seltsam besorgt zu Mathilda herüber.

Skip wünschte viel Erfolg bei der Untersuchung und versprach, sie gleich morgen wieder in der Residenz zu besuchen.

Sein Fuß stach noch etwas, aber Annegrets Blick hatte nun auch seinen Magen verkrampfen lassen.

Kapitel 9 – Jetzt erst recht

Skip duschte im Wohnheim und zog sich um. Sein erster Gang danach führte ihn zur Post. Dort hob er etwas Geld von seinem blauen Postsparbuch ab. Auf das Sparbuch hatte seine Mutter vor seiner Abreise noch etwas Reserve eingezahlt »für alle Fälle«. Bis er das erste Zivi-Gehalt bekommen sollte, würde es noch ein paar Wochen dauern. Auf jeden Fall wollte er nicht mehr in die Lage kommen, seine Drinks nicht mehr bezahlen zu können.

Dann humpelte er ein wenig durch die Fußgängerzone von Westerland und war froh, dass der Fuß nur noch leicht pochte. Nach einem Fischbrötchen mit Cola machte er sich auf Recherche für das Tribute-to-Herbert-Konzert.

Skip ging zunächst zur Touristeninformation, aber dort war nichts Brauchbares zu erfahren.

Danach führte ihn sein Instinkt zu Frau Jansen ins Amt. Vitamin B war in dieser Branche ganz wichtig, das war ihm klar.

Frau Jansen empfing ihn nach einer kurzen Wartezeit freundlich in ihrem Büro. Sie trug einen dunkelblauen Blazer. Lidschatten und Nagellack waren farblich darauf abgestimmt.

»Herr Kipplinger, das ist ja eine Überraschung. Wie geht

es Ihnen denn in der Seniorenresidenz? Ist man dort nett zu Ihnen?«, fragte sie mit echter Neugier.

»Ja, vielen Dank. Alle sind sehr nett und ich habe mich schon etwas eingelebt. Frau Jansen, eine Frage: Einer der Senioren ist vor zwei Tagen unerwartet verstorben. Herbert Schibulsky. Und in der kurzen Zeit war mir der Herbert doch schon sehr ans Herz gewachsen. In der Residenz sind alle ganz traurig, weil er ja immer alle aufgeheitert hat, mit seiner grundsympathischen Art.«

»Och, das tut mir aber leid für Sie und die Herrschaften dort.«

»Ja und jetzt möchten wir – also die Frau Petersen von der Residenz und ich – ein Farewell-Konzert für den Herbert dort organisieren. Und weil der Herbert ja so gerne moderne Musik hörte, kann es ruhig etwas laut sein und krachen. Wir dachten da an so lokale Bands von der Insel oder vom nahegelegenen Festland.«

»Das ist eine ganz liebreizende Idee von Ihnen beiden. Und wie kann ich da helfen?«

»Sie haben doch sicher den Überblick und die Kontakte zu vielen Musikern und Bands hier im Norden. Und vielleicht kann die Stadt die Veranstaltung ja auch finanziell etwas unterstützen. Da würden Sie mit einem Mal ganz viele hilfsbedürftige Menschen glücklich machen. Und dass Sie ein guter Mensch sind, das habe ich ja bereits bei unserem ersten Gespräch erfahren dürfen.«

Frau Jansen nestelte schon wieder eifrig an ihrer Perlenkette.

»Wissen Sie, Herr Kipplinger, ich helfe ja immer gerne und wo ich kann. Ich kann Ihnen auf jeden Fall eine Kopie von der Liste aller Musiker geben, mit denen wir in der

Musikmuschel regelmäßig zusammenarbeiten. Finanziell kann ich da nicht viel versprechen, da unser Künstler-Budget bis zum Abschluss der Renovierungsarbeiten eingefroren ist.«

»Diese Liste würde uns auf jeden Fall schon ein ganzes Stück weiterbringen«, hoffte Skip laut. Noch. Er bedankte sich herzlich und setzte sich mit der frisch kopierten Künstlerliste auf eine Bank vor dem Amt.

Die Liste der Interpreten las sich wie ein Gruselkabinett der Volksmusik. »Adele und Markus – Liebeslieder im Sand«, »Wenningstedter Fischblasen-Kapelle«, »Das Störtebeker Ensemble – der Kopf bleibt drauf« und so weiter. Das Einzige, was für Skip irgendwie international klang, war ein »Shanty-Chor«.

Der nächste Anlauf führte ihn zum einzigen Musikgeschäft in Westerland. Statt E-Gitarren und Verstärkern dominierten dort aber Holz- und Blechblasinstrumente und ein paar Klangschalen das Sortiment. Der nordisch-zurückhaltende Besitzer mit weißem Backenbart konnte wie erwartet keine sachdienlichen Hinweise liefern.

Skip humpelte zurück Richtung Wohnheim. Sein Fuß brauchte nun doch ein wenig ärztlich verordnete Ruhe.

Nach einer angemessenen Mittagspause schaute Skip bei der Strandbar vorbei. Jimmy polierte gerade Gläser und einige Gäste verteilten sich locker auf der Terrasse.

»Helbing-Cola?«, fragte Jimmy.

»Haha, erst einmal Cola ohne Helbing. Danke.«

»Hast du heute wieder Geld dabei oder zahlt Madame Jaqueline wieder für dich?«, stichelte Jimmy.

»Madame wer …? Ach so!« Er schüttelte er den Kopf.

»Die ältere Blondine, meinst du. Keine Sorge, die Cola kann ich mir heute auf jeden Fall leisten. Eine Frage, Jimmy!« Skip beugte sich in konspirativer Absicht leicht über den Tresen. »Ich suche eine lokale Band für ein Konzert hier in Westerland. Rock oder eventuell Pop. Du kennst hier doch sicher coole Musiker oder Bands, oder?«

»Hm …«, überlegte der Österreicher und polierte weiter.

»Die guten Bands spielen alle in Hamburg oder Kiel. Hier auf der Insel fällt mir niemand ein. Aber frag doch mal die vom Surfcenter nebenan, die spielen öfters Gitarre und Bongos, wenn Flaute ist.«

Flaute, das traf es bisher ganz gut. Skip trank erst einmal in Ruhe seine Cola aus und überlegte. Aus den Boxen der Bar sang gerade Falco, *dass Amadeus Schulden hatte, trank und doch von allen Frauen geliebt wurde.*

Im Windsurfcenter hingen zwei braungebrannte Mitzwanziger mit langen Haaren rum und bastelten an einem Gabelbaum, der wohl nicht in Ordnung war. Als sie Skip erblickten, stand einer von ihnen im bunten Hawaiihemd und Surfershorts auf und begrüßte ihn kumpelhaft.

»Hi, ich bin Nick, was können wir für dich tun, mein Bester?«

»Einerseits wollte ich eventuell Windsurfen lernen und andererseits suche ich Musiker für ein Konzert hier im Ort.«

»Schöne Sache, Mann. Windsurfen lernt hier jeder, der möchte und ein bisschen Zeit mitbringt. Was für Musiker denn?«

»Gitarre und Rockmusik am liebsten.«

Da blickte auch der andere auf: »Bongos kann ich anbieten, wenn die Bezahlung stimmt«, und lachte dabei.

Nick schüttelte grinsend den Kopf. »Das ist Max, hör nicht auf ihn. Versteht von Musik genauso wenig wie vom Windsurfen.«

Eine blau-weiße Adilette flog daraufhin knapp an Nicks Schulter vorbei.

»Und werfen kann er auch nicht!«, feixte er seinen Surferkollegen an, suchte aber dennoch hinter einem Regal Schutz, bevor Max »nachladen« konnte.

»Wegen der Bezahlung verhandeln wir gerade noch mit der Stadtverwaltung«, bluffte Skip davon unbeeindruckt mit ernster Miene.

»Und was ist mit Groupies?«, blödelte Max weiter.

»Die könnt ihr natürlich mitbringen. Das dürfte für zwei Frauenmagneten wie euch doch kein Problem sein, oder?«

»Also gut. Wir trinken jetzt erst einmal ein Bier und dann erzählst du mal genau, was dir so vorschwebt, okay? Die nächsten Schüler kommen in einer halben Stunde zum Kurs.«

Sie setzten sich vor dem Surfcenter auf eine Bank aus weißen Europaletten und bunten Polstern. Nick hatte zwei Astra-Bier aus dem Kühlschrank geholt und reichte Skip eine. »Hier, deine Knolle.« Da erinnerte sich Skip, dass Marie damals auch »Knolle« zum Astra gesagt hatte. »Danke, gibt ja auf der Insel doch noch vernünftiges Bier!«, freute er sich beim Anstoßen.

Nick strahlte eine innere Zufriedenheit und Zuversicht aus, als hätte er sein ganzes Leben auf Hawaii verbracht. Nach den ersten Sätzen über den Ablauf eines Surfkurses im Center, nach der Wind- und Wellenvorhersage für die nächsten sieben Tage war sich Skip nicht sicher, ob ihm das wirklich Spaß machen könnte. Immerhin konnte man Neoprenschuhe mit einer dicken Gummisohle anziehen, durch die kein Giftstachel durchkommt. »Echt, ein Petermännchen? Gestern?« Nick wollte es kaum glauben. »Manche sagen ja, das bringt Glück, so ähnlich, wie wenn einem ein Vogel auf den Kopf kackt.«

»Dann mal her mit dem Glück! Bisher hat mir das Vieh nur höllische Schmerzen gebracht«, zweifelte Skip und rieb sich dabei sein Bein.

Bei der zweiten Hälfte der Knolle kam das Gespräch dann auf das geplante Konzert für einen verstorbenen Inselbewohner. »Im Altersheim?«, fragte Nick.

»Seniorenresidenz« korrigierte ihn Skip. »Und es würden sich nicht nur die Bewohner freuen, sondern natürlich würden auch externe, junge Gäste kommen und feiern.« Marie käme vielleicht auch, dachte Skip. »Ein Fest für alle Generationen!«

Nick drehte die Knolle in seiner Hand, blickte auf den Horizont und hatte sich entschieden:

»Surfen bringen wir dir gerne bei, aber für die Musikshow im Altersheim musst du leider jemand anderen suchen. Tut mir leid.«

»Verstehe. Mir tut es auch leid. Herbert hätte sich sicher gefreut.«

In dem Moment trat Max mit dem reparierten Gabelbaum in der Hand aus der Tür.

»Welcher Herbert?«

»Schibulsky. Warum?«

»Herbert Schibulsky? Wie geht's denn dem alten Miesepeter?«, fragte Max offensichtlich interessiert.

Nick sah Skip an, der sah Max an.

»Er ist leider vor zwei Tagen verstorben. Herzinfarkt. Woher kanntet ihr euch denn?«

Max lehnte sich an den Türrahmen und musste seine Gefühle kurz sortieren.

»Oh je. Herbert war ein guter Freund meines Vaters. Die beiden haben früher zusammen in Charlottenburg eine Kneipe betrieben. Das ›Schibulsky's‹.«

»Und dein Vater?«, fragte Skip vorsichtig.

»Mein Vater ist schon vor vielen Jahren gestorben. Herbert hat später einen Schlaganfall erlitten und ist dann vor etwa zwei Jahren hier in Westerland gelandet. Ich habe ihn manchmal besucht, zuletzt vor einem Monat. Aber es war schwierig, sich mit ihm zu unterhalten. Er meckerte meistens nur über irgendwas. Und woher kanntest du Herbert?«

»Ich bin der neue Zivi in der Residenz und habe Herbert dort noch einige Tage versorgt und schätzen gelernt. Harte Schale, weicher Kern«, malte Skip seine Beziehung zu Herbert aus.

Nick stieg jetzt wieder ins Gespräch ein.

»Und Skip will jetzt ein Konzert für Herbert im Heim organisieren, so zum Abschied.«

Max zögerte einen Moment, sprach dann aber mit voller Überzeugung:

»Klar helfen wir da!« Er nahm Nick das Bier aus der Hand. »Für Herbert!«, rief Max und reckte die Knolle in die Höhe. »Für Herbert!«, stimmte Skip begeistert ein.

Kapitel 10 – Eine Brille für Poseidon

Die Petermännchen-Geschichte wurde am nächsten Tag in der Residenz von Kollegen und Bewohnern mit einem großen Hallo aufgenommen. Skip musste die Geschichte mehrfach wiederholen, wobei er jedes Mal andere Details betonte und an der Dramatik feilte.

Teekannen musste er mit seinem schlimmen Bein auch nicht schleppen. Er durfte dafür in allen Zimmern Sonnenblumen auf den Tischen verteilen. Damit machte er sich beliebt und konnte dabei auch mit den ein- oder anderen Bewohnern sprechen, die er noch nicht gut kannte.

Georg aus dem zweiten Stock sagte nicht viel, winkte aber jedem, der vorbeiging mit einem hellbraunen Teddybär zu.

»Wie heißt denn Ihr Freund?«, fragte Skip in einem guten Moment.

»Balu«, nuschelte Georg erfreut.

»Ach, wie aus dem Dschungelbuch? Und woher kennen Sie Balu?«

»Der ist mir zugelaufen.«

»Zugelaufen. Aha. Und warum hat der so einen dicken Bauch?«

»Der isst mir immer den Nachtisch weg. Deswegen.«

»Jetzt wird mir alles klar. Dann versuche ich mal, Ihnen

beim nächsten Essen einen zweiten Nachtisch aufs Tablett zu schmuggeln, damit Sie selbst auch was abbekommen, okay?«

Georgs Freude schwappte aus seinen Augen und Balu winkte fröhlich hinter Skip her.

Die Eincreme-Zeit von Gerdas Unterschenkeln konnte er mittlerweile auf weniger als die Hälfte reduzieren, wenn Gerda dabei Kreuzworträtsel machte. Dann war sie nicht ganz so kitzelig.

Bente stellte ihm dann noch Luise vor, die schon drei Jahre in der Residenz wohnte. Tagsüber war Luise immer sehr orientiert, scherzte und hatte zu vielen tagesaktuellen Themen etwas zu sagen. Aber jeden Abend gegen 19 Uhr klingelte Luise, sagte, sie sei nun müde und wolle, dass man ihr ein Taxi nach Hause riefe. Wenn Bente ihr erklärte, dass sie doch schon zuhause sei und sich gerne ins Bett legen könne, fühlte sie sich veralbert: »Nein, nein, ich kann doch nicht hierbleiben, ich habe doch gar keine Sachen dabei«, sagte sie dann immer. Wenn Bente ihr daraufhin zeigte, dass Luises Sachen in den Schränken waren, war sie jedes Mal aufs Neue völlig verblüfft und willigte irgendwann ein, ausnahmsweise eine Nacht dort zu bleiben, wenn es gar nicht anders ging.

An diesem Freitagnachmittag würde Skip Luises Auftritt nicht mehr verfolgen können, sondern verabschiedete sich von seinen Kolleginnen im Dienstzimmer ins Wochenende.

An den Wochenenden hatte Skip frei. Bente und Magdalena hingegen mussten immer zwölf Tage lang durcharbeiten, um dann zwei Tage frei zu haben. Zwölf Tage am Stück kamen Skip schon sehr extrem vor. »Ihr bekommt dafür ja auch ein gutes Gehalt, oder?«, hatte Skip versucht, etwas Positives an diesen Arbeitsrhythmus zu finden.

»Das wäre schön«, seufzte Bente. »Mir reicht das gerade so, aber auch nur, weil ich noch bei meinen Eltern im Haus wohne. Dafür muss ich jeden Tag mit dem Zug vom Festland pendeln. Hier auf der Insel ist alles zu teuer geworden.«

»Warum ist hier denn alles teurer als auf dem Festland?«, wunderte sich Skip. »In Heidelberg und Umgebung sind einige große Firmen, viele Studenten und Touristen. Dass dort die Preise steigen, leuchtet mir ein. Aber auf Sylt?«

Bente zuckte mit den Schultern. »So ganz genau weiß ich das auch nicht, aber seit Gunter Sachs hier ein paar Mal war und mit der ›High Society‹ – Bente machte mit beiden Zeige- und Mittelfingern Gänsefüßchen in der Luft – Champagner getrunken hat, ist Sylt total angesagt. Im Sommer kommen die ganzen reichen Hamburger mit ihren Porsche-Karren und fahren in Kampen im Kreis. Auf vielen anderen Nordsee-Inseln fahren kaum Autos und man muss mit der Fähre übersetzen.

»Sylt is' aber auch sehr scheene Insel«, ergänzte Magdalena. »Nur im Winter is' lange dunkel und Wetter nich' so scheen.«

»Wahrscheinlich ist bald wieder eine andere Region angesagt und die Einwohner bekommen ihre Ruhe zurück«, nahm Skip mal schwer an.

Er duschte im Wohnheim und zog ein frisches T-Shirt in einem freundlichen Sommerschwarz an. Dann fuhr er mit dem Bus nach Wenningstedt. Dort musste er noch das Fahrrad abholen. Ein Inbusschlüssel, mit dem er die Sattelhöhe an seine Figur anpassen konnte, wurde zuvor auch noch gefunden.

Auf einer kleinen, faltbaren Inselkarte sah der Abstand zwischen Wenningstedt und Kampen nicht sehr weit aus. So beschloss er, sich selbst ein Bild vom berühmten Nachbarort zu machen. Das Treten fiel ihm mit der richtigen Sattelhöhe nun deutlich leichter und er erreichte das mondäne Örtchen Kampen trotz steifer Brise im Gesicht nach gut fünfzehn Minuten.

Viele zwar spießige, aber hübsche reetgedeckte einstöckige Häuser schmiegten sich in eine sanft-hügelige Landschaft. Im Unterschied zu Westerland sahen die Geschäfte hier teuer und schicker aus. Auf den kleinen Straßen waren wohl nur Luxuskarossen erlaubt. Deren Luxushupen provozierte Skip gezielt, indem er gemächlich in der Mitte der Straße fuhr und sich dabei alles in Ruhe ansah.

In einer relativ kurzen Straße reihten sich mehrere Kaffees und Restaurants aneinander. Davor parkte alles, was die deutsche Automobilindustrie für den großen Geldbeutel erfunden hat.

Aus dem Augenwinkel sah er jemanden winken. Er rollte langsam weiter und blickte zur Seite. Vom Fahrersitz eines weißen Porsche-Cabriolets heraus klappte eine drahtige Hand mit Sommersprossen an einem ausgestreckten Arm auf und ab. Unverkennbar Madame van Osten. Sie hatte wohl gerade eingeparkt.

»Na das ist ja ein Zufall«, rief »Madame« und schob ihre wuchtige Sonnenbrille elegant auf den Scheitel.

»Ja, Moin«, erwiderte Skip.

»Ach das ist ja süß, sportlich sind Sie auch noch!« Sie deutete auf seinen rostigen Drahtesel.

»Damit bin ich sehr flexibel und komme auch an Orte, die mit dem Auto nicht zugänglich sind. Ich bin auch auf der Suche nach Orten für den Videodreh für die erste Single.«

So langsam überspannte er vielleicht den Bogen seiner Selbstdarstellung, aber das störte ja keinen großen Geist. Frau van Osten ahnte mittlerweile auch, dass nicht alle Details von Skips Erzählungen stimmten, aber das war im Moment auch nicht von Bedeutung.

»Na dann viel Erfolg bei Ihrer Suche! Meine Nummer haben Sie ja. Wenn ich irgendwie helfen kann.«

»Genau. Vielen Dank und bis bald.«

Genug gesehen von der Dünen-Schickeria, dachte sich Skip, radelte gemütlich mit Rückenwind ins Wohnheim zurück und summte Janis Joplin vor sich hin:

Oh Lord, won't you buy me a Mercedes Benz, my friends all drive Porsches ...

Am frühen Abend telefonierte er mit Apo, der ihn von seinen Eltern aus zurückrief, was für Skip deutlich münzschonender war.

Nach einem kurzen Update zu den Ereignissen der letzten Tage wollte Skip nun doch noch wissen, was in der Heidelberger Abschiedsnacht passiert war.

»Alter!«, setzte Apo gewichtig an. »Bis wohin kannst du dich denn erinnern?«

»So bis zur zweiten oder dritten Runde Asbach-Cola im CRASH, würde ich sagen.«

»An die pummelige Blonde mit dem Pferdeschwanz und den dicken Titten kannst du dich aber noch erinnern, oder?«

»Äh ...«

»Also nein. Na gut. Die stand eine Zeit lang mit ihrem Freund neben dir an der Bar. Du hast dann immer mal wieder auf ihren Vorbau geglotzt. Irgendwann wolltest du dann einen Strohhalm zwischen ihre Titten stecken, um da etwas Luft abzulassen.«

»Strohhalm? Luft ablassen?«

»Ja, keine Ahnung, was du dir dabei gedacht hast, aber sie fand das nicht so lustig und ihr Freund daneben erst recht nicht. Den konnte ich gerade noch davon abhalten, dir den Strohhalm durch die Nase ins Hirn zu schieben. Hat mich eine Runde Tequila gekostet.«

»Danke. Aber da kam doch sicher noch was?«

»Na dann ging's erst richtig los!«, freute sich Apo. »Du hast dein Hemd aufgeknöpft und hast dir Salz auf die Brust geschüttet. Dann bist du mit einem Tequila und einem Stück Zitrone in der Hand immer um die Bar gelaufen und hast alle Mädels gefragt, ob sie einen Body Shot von dir haben wollen. Wollte nur keine«

»Dann ist ja gut, oder?«

Apo lachte. »Außer der Dicken mit den schwarzen kurzen Haaren, die immer Pogo tanzt.«

»Die mit den Tattoos am Hals? Nee, oder?« Skip ahnte Schlimmes.

»Doch, Mann. Die war auch schon voll drauf. Die hat dir die Brust komplett, also wirklich komplett abgeleckt, den Tequila gesoffen und die Zitrone gegessen.«

»Du meinst ausgelutscht.«

»Nein, Mann. Gegessen. Und dann hat sie dich mit auf die Tanzfläche gezerrt.«

»Auf die Tanzfläche? Nee, so betrunken kann ich gar nicht gewesen sein.«

»Na klar! Und dann hat sie dich so lange geschubst, bist du zurückgeschubst hast. Irgendwann habt ihr sogar richtig gepogt.«

»Poser tanzen nicht!«, wiederholte Skip eine der goldenen Regeln, die sich Apo und er mühsam erarbeitet hatten.

Apo lachte wieder. »Irgendwann ist dir entweder vom Pogo schlecht geworden, oder jemand hat dir einen Ellenbogen in den Bauch gehauen. Auf jeden Fall war ich gerade am Pissen, als du gekrümmt ins Klo reinkamst und ins Waschbecken gekotzt hast.«

»Na gut, ist dir ja auch schon passiert.«

»Eben. Aber du wolltest dir dann im Pissoir die vollgekotzten Haare waschen.«

»Das hast du hoffentlich verhindert, oder?«

»Klar. Dann war mit dir aber nicht mehr viel anzufangen, trotz Cola an der Bar. Irgendwann hast du dann Hunger bekommen und wolltest unbedingt zur Currywurst-Bude.«

»Kann passieren.«

»An der Wurstbude hast du deine Bestellung dreimal aufgeben müssen, da dich der Heinz nicht verstanden hat. Irgendwann hat er dann was zu dir sowas gesagt, wie: ›Was willst denn du mit deiner Fotze* im Gesicht?‹«

Skip war irgendwie stolz: »Echt, Heinzi hat direkt mit mir geredet? Der hat noch nie was mit mir geredet!«

»Echt«, sagte Apo respektvoll.

»Nachdem du die Currywurst gegessen hattest, wolltest du mit dem leeren Karton als Schiff auf dem Neckar Boot fahren. Davon konnte ich dich nach einigen missglückten Trockenübungen und einem Nickerchen am Ufer abhalten.

---

* kerniger, volkstümlicher Begriff für einen Oberlippenflaum

Habe dich dann irgendwann nach Hause gebracht. War schon hell. Vielleicht halb acht.«

»Okay, deswegen hat mich der Wecker nicht wach bekommen. Der hatte schon gedudelt, bevor ich ins Bett gegangen bin. Macht jetzt alles Sinn. Und wie kam das ZIVI auf meine Stirn?«

»Ach so, das haben dir noch so ein paar Obdachlose am Neckarufer draufgeschrieben.«

Kurze Pause. »Du verarscht mich jetzt?«

»Ja, war nur Spaß. Das habe ich zuhause bei dir noch gemacht, du ZIVI, du!«

Hörbares breites Grinsen auf beiden Seiten der Leitung. Auch durch solche Nächte fühlten sie sich sehr verbunden.

Die Vorgänge dieses denkwürdigen Abends waren hinreichend aufgeklärt. Nun musste dem Griechen noch die Insel schmackhaft gemacht werden. »Mann Apo, du fehlst hier echt. Es gibt eine coole Strandbar und den Barkeeper kenne ich auch schon gut. Die Bräute würden dir hier auch gefallen. Am Strand alle im Bikini. Und keine echte Konkurrenz. Die Männer sind alle uralt und Spießer.«

»Echt jetzt?«

»Na wenn ich es dir doch sage, Mann! Und mit den Jungs vom Surfcenter plane ich jetzt das Konzert für Herbert. Die sind gut drauf und kennen die ganzen coolen Leute auf der Insel. Dann kommen garantiert auch viele junge Zuschauer in die Residenz. Logisch, oder?«

»Und die haben eine eigene Band?«

»Also der eine kann supergut Gitarre spielen und der andere spielt Drums. Mit ein bisschen Playback für den Gesang wird das amazing, Alter.«

»Klingt alles sehr gut, Skip. Muss ich dir lassen.«

»Aber Apo, ganz ehrlich, ich könnte dich hier für die ganze Vorbereitung echt gut brauchen. Was hast du denn jetzt im Sommer geplant?«

»Hm, eigentlich wollte ich zu meinem Cousin nach Kreta reisen, mit dem Auto nach Italien und dann mit der Fähre. Aber meine Tante hat wohl Gallensteine oder sowas und muss ins Krankenhaus. Daher weiß ich noch nicht genau, ob ich fliege.«

»Dann komm doch hier hoch! In meinem Zimmer ist genug Platz. Ich schlafe dann auf einer Isomatte. Du bekommst das Bett. Und wenn du eine Braut abschleppst, schlafe ich auf dem Gang. Versprochen.«

»Ich überleg's mir, okay?«

»Ja, aber nicht zu lange, sonst habe ich die ganzen Bräute schon klar gemacht. Die stehen hier auf so Typen wie uns.«

Für Samstag waren kaum Wellen und leichter Wind angesagt, was für eine Anfängerstunde Windsurfen ideal sei, meinte Nick.

Ausgeschlafen und motiviert machte sich Skip am Vormittag auf den Weg zur Windsurfstation. Mit zwei anderen Anfängern wurde erst einmal Theorie gemacht. Lee, Luv, Strömung, auf- und ablandiger Wind usw. Auf die spezielle Gefahr der hinterfotzigen Petermännchen-Attacken wies Skip noch einmal ungefragt und ausführlich hin.

Dies sei an diesem Strandabschnitt seit Jahren nicht vorgekommen, da dort zu viel Betrieb im Wasser herrsche, musste er sich umgehend belehren lassen. Es trug auch zur Beruhigung der beiden anderen Schüler bei, die mit großen Augen die Geschichte mit Krankenwagen, EKG und Morphium vernommen hatten.

Danach wurden große Surfbretter auf den Sand gelegt und mit einem kleinen Übungssegel wurde das Aufholen und Steuern geprobt. Segel nach hinten kippen, Brettspitze dreht sich in den Wind, Segel nach vorne kippen, Brett dreht sich mit dem Wind. Alles ganz einfach, befand Skip.

Das Schwierigste war zunächst das Anziehen des Neoprenanzuges. Der war schwarz, was Skip gut gefiel, aber sehr eng und kniff im Schritt, was Skip nicht so gut gefiel.

Als er den Anzug endlich zurechtgezogen hatte und seine Sonnenbrille aufsetzte, wies ihn Nick kurz darauf hin, dass der Reißverschluss nach hinten gehört. Also Sonnenbrille wieder ab, Neoprenteil nochmal umständlich aus, und umgekehrt wieder an, Sonnenbrille wieder auf. Mittlerweile war Skip schon etwas verschwitzt.

Die Bretter wurden in Richtung Wasser gezogen und mit etwas größeren Segeln als zuvor bestückt.

Nick wies alle seine Surfer-Schäfchen an, beisammenzubleiben und die Bretter erst einmal über den ersten Wellenkamm zu schieben. Bis dahin könnten alle noch stehen.

Dann wurde es interessant. Nick machte vor, wie man auf das Brett kam, die Füße neben dem Mast platzierte und dann langsam an einer Leine das Segel hochzog. Einige Meter fahren, Segel nach hinten neigen, warten, bis sich das Brett in den Wind dreht, langsam um den Mast herumrutschen, Segel wieder hochnehmen. Fertig war die Wende.

»So, und jetzt ihr!«

Skip hatte schon Probleme, überhaupt auf das Brett zu kommen und die Wellen sahen vom Strand aus betrachtet auch viel kleiner aus. Endlich kniete er auf dem Brett und wollte aufstehen, verlor aber umgehend das Gleichgewicht. Mit einem gepflegten »Fuck« klatschte er nach hinten in die lachende Nordsee. Nur nichts anmerken lassen, beruhigte er sich selbst.

Skip wischte sich die nassen Haarsträhnen aus dem Gesicht und bemerkte, dass seine Sonnenbrille baden gegangen war. Danach zu tauchen war wenig erfolgversprechend, da man in der Brandung unter Wasser die Hand vor Augen nicht sehen konnte. Blind den Sandboden abzutasten war wegen möglicher Revierverteidigung etwaiger Petermännchen auch keine Option. Er rechnete im Kopf aus, wie sehr eine neue Sonnenbrille den Kontostand seines Postsparbuches beeinflussen würde, und befand das für schmerzlich, aber machbar.

Nach einigen Anläufen stand er immerhin wackelig mit der Leine in der Hand auf dem Brett und zog das Segel mühsam aus dem Wasser. Es tat sich erst sehr wenig, dann war das Segel auf einmal oben, was Skip wieder aus dem Gleichgewicht brachte. Nach unzähligen Versuchen war er irgendwann sogar zu müde zum Fluchen. Das salzige Meerwasser und die nasse Leine hatten unterdessen schmerzhafte Blasen an mehreren Fingern erzeugt.

Die beiden anderen Anfänger hatten irgendwann den Dreh raus und fuhren juchzend ein paar Meter mit aufgerichtetem Segel, bevor sie wieder in die Fluten stürzten.

Nick schrie Skip vom Ufer aus hin und wieder Durchhalteparolen zu, wie »Fast geschafft, Skip, auf das Gleichgewicht beim Hochholen achten!« oder »Zur Belohnung gibt's gleich eine Knolle!« Es nutzte nur leider alles nichts.

Skip saß schließlich resigniert auf dem schaukelnden Brett und ließ seine Beine links und rechts herunterhängen. Seine Augen waren vom Salzwasser gerötet, von der hellen Sonne musste er ständig blinzeln. Es würde Jahre unmenschlicher Quälerei und dutzende Sonnenbrillen benötigen, bis er damit eventuell Marie beeindrucken konnte.

Früher war Windsurfen nie ein Thema von Apo und Skip gewesen. Nun aber war er sich sicher, dass dieser Unfug fest in ihr ewiges Regelwerk aufgenommen werden musste. »Poser surfen nicht.«

Nick trug Skips Surf-Material auf den Strand und konnte seinem Schützling trotz hawaiianischen Aufmunterungsübungen nicht aus seinem emotionalen Waterloo befreien. Nach drei oder vier Bier aus dem Windsurfer-Kühlschrank überkam Skip eine gedämpfte Wurschtigkeit. Mit gesenktem Haupt und offenen Händen trottete er ins Wohnheim.

In der Dusche spülte er sich die Salzkrusten aus dem Gesicht. Das warme Wasser brannte auf seiner Nase. Im Spiegel sah er, dass seine Nase so rot war wie ein Feuerwehrauto und der Sonnenbrand bereits kleine Blasen auf der Spitze erblühen ließ. Skip war innerlich und äußerlich völlig demoliert. Im Edeka gegenüber holte er sich mit letzten Kräften eine Notfallverpflegung: eine Tüte Chips, eine Flasche Asbach Uralt und eine Flasche Cola. Eigentlich wäre er gerne in die Strandbar gegangen, denn da war samstags sicher einiges los. Aber ihm tat alles weh, sein Zinken leuchtete wie Rudolphs Rentiernase und in der Bar würde er sicher wieder zu viel Geld ausgeben. Die verlorene Sonnenbrille zerstörte seinen Poser-Look und riss ein kleines Loch in sein Budget.

Er prostete sich daher bei seinem Seelenwärmer-Abendmahl häufiger als notwendig selbst zu und fiel dann in den Schlaf – ohne Zähneputzen.

Kapitel 11 – Katerstimmung

Den Sonntag verbrachte Skip weitgehend im Bett, leckte seine Wunden und ließ seinen Walkman heiß laufen, allerdings nur auf halber Lautstärke, sonst wäre ihm der Kopf geplatzt. Ihn quälten Schmerzen und Muskelkater in Regionen seines Körpers, in denen er gar keine Muskeln vermutet hatte. Die Schmerzen im Rücken und an den Fingern kamen von seinen erbärmlichen Windsurf-Versuchen. Die Kopfschmerzen und der Ganzkörper-Kater mit an Sicherheit grenzender Wahrscheinlichkeit vom Asbach. »Lieber vom Rembrandt gemalt als vom Asbach gezeichnet«, hatte Apo an solchen Tagen immer gesagt. Der ursprüngliche Spruch von seinem Abreißkalender war mit Rembrandt und Weinbrand, aber da kam eben kein Asbach drin vor.

Skip vermisste seinen Fernseher, seine Atari-Konsole, seinen Plattenspieler. Er vermisste Apo, seine Mutter, Heidelberg, sogar die Japaner, die dort mit Sonnenschirmen und Kameras in der Fußgängerzone bis hinauf zum Schloss herumwimmelten, und irgendwie auch das gesamte windstille Süddeutschland. Er hatte eindeutig – einen Inselblues. Und das nach bereits einer Woche. Vielleicht war es auch nur Heimweh, aber das klang nicht so cool. Poser haben kein … Ach, scheiß drauf!

Erst am Abend drehte er eine schleppende Runde zur Strandpromenade, fühlte sich aber schlapper als schlapp und schlich dann wieder ins Bett zurück.

Das Einschlafen nach einem Tag im Bett ist schwer. Vor allem, wenn es fast bis Mitternacht noch hell ist und man durch die dünne Gardine Zeitung lesen kann.

Dann wird jedes Geräusch in der Umgebung zum Feind. Ein Feind kam aus dem Erdgeschoss, wo irgendein Vollpfosten am Münzsprecher unendlich lange und viel zu laut mit seinem »Schatzi« telefonierte. Immer wenn Skip dachte, das Gespräch sei zu Ende, schaffte es doch wieder eine Wortsalve nach oben und kroch unter seiner Tür abgehackt bis an seine Trommelfelle. »Ja ...vermisse dich auch ... nein ... hier ... nicht, keine Sorge ... bald wieder zuhause ... beruhige dich ... hör mir doch mal zu ... für wen mache ich das denn alles?« Undsoweiter, undsoweiter.

Der Hörer wurde im Erdgeschoss endlich wütend auf die Halterung geknallt. Ruhe.

Solche Gespräche würde er nie führen, war sich Skip sicher. Wenn er die richtige gefunden hatte – Marie zum Beispiel – würde immer alles sehr harmonisch und liebevoll sein. Und sie würden für immer zusammenbleiben, wie Störche.

Dass Skips Vater seine Mutter und ihn damals verlassen hatte, würde er ihm nie wirklich verzeihen. Im Laufe der Zeit hatte Skip zwar auch andere Kinder kennengelernt, deren Eltern sich getrennt haben. Dennoch war er der Einzige, dessen Vater nicht einmal an den Wochenenden Zeit für sein Kind fand. In den ersten zwei Jahren hatte Skip zu seinem Geburtstag und zu Weihnachten jeweils noch ein kleines Paket aus den USA bekommen. Die Briefmarken hatte er mit Wasserdampf abgelöst und in einem Briefumschlag in seinem Schreibtisch aufbewahrt. In den Paketen waren typisch amerikanische Schleckereien, wie Marshmallows, Erdnussbutter, Bananen-Marmelade oder Jellybeans. Einmal hatte sein Vater auch eine Baseballkappe der New York Knicks geschickt. Das Porto musste mehr gekostet haben als die Kappe, die ihm viel zu groß war. Skip war irre stolz und war einen ganzen Monat lang jeden Tag damit herumgelaufen. Dann hatte ein Windstoß beim Fahrradfahren die Kappe von Skips Kopf geweht und ein großer Laster war darüber gerollt. Skip hatte die dreckige und abgewetzte Mütze aufgehoben und zuhause in die Waschmaschine getan, und extra viel Waschpulver dazu, in der Hoffnung, dass die Mütze wieder wie neu aus der Maschine kommen würde. Leider wurde sein Wunsch nicht erfüllt. Er hob die Mütze trotzdem noch einige Jahre in der Schublade zusammen mit den Briefmarken auf.

Ab dem dritten Jahr nach Carls Weggang kamen statt Pakete nur noch einseitige Briefe.

Als zum ersten Mal auf Skips Geburtstagstisch gar keine Post seines Vaters lag, war er sich sicher, dass der Postbote den Brief nur etwas später bringen würde. Aus Amerika war das ja schließlich ein langer Weg. Doch eine Woche später war noch immer kein Brief angekommen. Skip verdächtigte einige Zeit lang seine Mutter, die Post versteckt zu haben. Auch am folgenden Weihnachtsfest wartete Skip vergebens auf eine Nachricht seines Vaters. Die Post von seinem Vater blieb auch in den nächsten Jahren aus, sodass seine Hoffnung Schritt für Schritt erlosch. An die Stelle der Hoffnung trat eine dumpfe Leere. Apo und Musik gaben ihm Halt und Profil.

Der Asbach-Kater und die Musik, die er den halben Tag lang gehört hatte, spülten diese Erinnerungen und merkwürdig sehnsüchtige Emotionen in ihm hoch.

Der Inselblues hatte ihn fest im Griff. Und von Marie keine Spur. Dabei war er Marie bereits nähergekommen, als er in diesem Moment wusste.

Irgendwann wurden seine trüben und sehnsüchtigen Gedanken selbst auch müde und er schlief ein.

Wieder auf Schicht in der Residenz hatte Skip den Tee aus der Küche geholt und schob die Kannen mit dem Edelstahlwagen im ersten Stock leise klappernd aus dem Fahrstuhl.

Er blickte durch das Fenster ins Dienstzimmer, konnte aber keine seiner Kolleginnen erspähen. Die meisten Türen der Zimmer waren offen, aber auch die Bewohner waren nicht zu sehen. Er stellte den Wagen an der Wand ab. Kein Klappern mehr. Auch sonst war kein Laut hörbar – keine Essensgeräusche, kein Kichern, kein Furzen. Unangenehme Stille.

Skip ging ein paar Meter weiter bis zum Treppenhaus. Er nahm gerade noch eine Bewegung hinter sich war, konnte aber nicht mehr ausweichen. Mächtige Arme umklammerten ihn wie ein Schraubstock und ließen ihm kaum Luft zu Atmen.

»So, min Jung!«, dröhnte eine Bassstimme an sein Ohr. Es war der Kapitän. Aber was und warum ...?‹, dachte Skip. Er wurde wie ein Vorschulkind hochgehoben und durch das Treppenhaus nach unten getragen.

Skip schrie und strampelte, aber der Seemann verstärkte nur seinen eisernen Griff und sprach kein Wort. Der Kapitän trug ihn in den Speisesaal. An den langen Tischen waren fast alle Plätze besetzt, unzählige Augenpaare starrten ihn an. In seiner Panik erkannte Skip nur einige Gesichter sofort. Luise sah ihn ausdruckslos an, Frau Petersen fixierte ihn streng und schüttelte unablässig den Kopf, sogar Frau Jansen saß in einer Ecke. Skip rief lauthals um Hilfe. Jemand lachte leise. Es war Georg, der am Tischende in der letzten Reihe saß. Er und Balu schienen ihn auszulachen. »Was habt ihr mit mir vor?« Niemand antwortete Skip.

Er wurde auf einen freistehenden Stuhl in der ersten Reihe gesetzt und mit Leinen festgebunden, die sich seltsam nass anfühlten. Der Kapitän blieb direkt hinter ihm stehen und legte seine wuchtige Hand auf Skips linke Schulter.

Der Stuhl wurde in Richtung der Bühne gedreht, die durch einen Vorhang verdeckt war.

Gerda ging mit einem Eimer voller Creme durch die Reihen. Jeder Gast tauchte Zeige- und Mittelfinger in den Eimer und malte sich breite weiße Streifen auf die Wangen, die wie Kriegsbemalung aussahen.

Das Licht ging aus, nur ein Scheinwerferkegel erleuchtete noch den Vorhang. Skip fragte sich, wie es mitten am Tag so dunkel im Speisesaal sein konnte.

Hinter dem Vorhang waren nun Schritte und flüsternde Stimmen zu hören. Ein lauter Schlagzeugwirbel zerriss abrupt die Stille. Skip zuckte zusammen. Eine Flöte setzte mit schiefen Tönen ein, gefolgt von etwas, das wie Topfschlagen klang. Niemand außer Skip wunderte sich über diesen skurrilen Sound.

Der Vorhang ging in der Mitte ein wenig auf. Alle klatschten frenetisch Beifall, nur Skip blieb regungslos. Hinter einem antiken Standmikrofon tauchte eine Frauensilhouette auf. Es war Mathilda. Sie trug ein langes schwarzes Paillettenkleid und eine Federboa um den Hals.

Nach einer einzigen Handbewegung von ihr ebbte der Applaus komplett ab. Sie atmete tief und ganz dicht vor dem Mikrofon ein. Dann erklang sehr zart und zurückhaltend eine glockenhelle Mädchenstimme, die sich wie eine gigantische liebevolle Welle über den Saal ergoss. Skip hatte das Gefühl, darin zu ertrinken, war aber gleichzeitig bis ins Mark gerührt. Hatten die Ärzte im Krankenhaus bei Mathilda doch noch ein Wunder vollbracht?

Während sie sang, ging der Vorhang langsam weiter auf.

Links neben ihr stand Bente und schlug rhythmisch mit einem Holzlöffel auf einen leeren gusseisernen Kochtopf. Rechts neben ihr spielte Magdalena Blockflöte und traf vereinzelt einige Töne.

Erst nachdem der Vorhang ganz geöffnet war und eine zweite Reihe Scheinwerfer anging, konnte Skip das Schlagzeug sehen. Der Schlagzeuger selbst war nicht zu erkennen, dafür aber seine Drumsticks, die ungelenk auf die Trommeln und Becken niederprasselten.

Mathilda sang so herzzerreißend, dass Skip die Tränen herunterliefen. In welcher Sprache sang sie? Italienisch? Spanisch?

Er sah sich im Saal um. Alle fixierten ihn, statt zur Bühne zu schauen.

Das Lied endete mit einem langgezogenen Refrain.

Mathilda verneigte sich wie eine Grande Dame und deutete mit einer eleganten, ausladenden Handbewegung auf ihr Ensemble.

Bente und Magdalena verbeugten sich ebenfalls kurz. Dann wurde der Schlagzeuger in das Sichtfeld der Zuschauer geschoben. Er saß im Rollstuhl und trug nichts, außer einer hellgrünen Windel.

›Unmöglich‹, dachte Skip, ›Herbert war also gar nicht tot und alle haben ihn nur reingelegt.‹ Ob Apo sogar dahintersteckte?

Er war erleichtert und wollte lachen. Doch Herbert stieg aus seinem Rollstuhl, ließ sich von Bente von der Bühne helfen und ging staksig auf Skip zu, bis er nur eine Handbreit vor ihm stand.

Skip wollte mitsamt dem Stuhl aufstehen und weghüpfen, konnte aber die Beine kaum bewegen, da seine Füße in Gerdas Creme-Eimer steckten. Die weiße Masse fühlte sich zäh wie Kaugummi und schwer wie Blei an. Unterdessen hatte Herbert mit zittrigen Fingern die Klettverschlüsse seines Schlüpfers gelöst. Mit einem Ruck zog er die randvollgeschissene Windel aus dem Schritt und drückte sie den Zivi ins Gesicht.

Skip stockte der Atem. Er bekam Panik und riss die Augen auf.

Er lag auf dem Bauch im Bett. In seinem Wohnheim. Es war schon etwas hell.

Ein Alptraum, nur ein Alptraum.

Kapitel 12 – Hilfestellung

Zu Skips großer Erleichterung waren am »echten« Montagmorgen in der Residenz die Flure belebt, alle Bewohner wohlauf und genauso gesprächig oder still, wie er sie am Freitag das letzte Mal gesehen hatte. Herbert war immer noch tot.

Mathilda lauschte mit einem sanften Lächeln Skips Alptraumbericht und kommentierte: »Manchmal träume ich auch noch davon, dass ich wieder auf einer Bühne stehe, singe und mir die Leute Beifall spenden.«

»Ach ja?«

»Nur mein Ensemble sieht in meinen Träumen anders aus.«

»Ohne Herbert am Schlagzeug? Wie soll das denn gehen?«

Skip lachte, Mathilda lachte mit, verzog dann aber das Gesicht und legte eine Hand auf ihren Bauch, als ob ihr etwas weh täte.

»Ist alles okay?«

»Ja, alles in Ordnung. Ich habe wohl nur etwas viel zum Frühstück gegessen. Mach dir keine Sorgen. Es geht mir gut.«

Skip spürte, dass dies nicht die Wahrheit war. Zudem hatte er auf dem Tisch das Frühstückstablett gesehen. Mathilda hatte kaum etwas davon angerührt.

»Was haben die Ärzte im Krankenhaus denn gesagt?«

»Ach, nur Routine. Ich soll mich mehr bewegen.«

»Nur nicht bei Sturm mitten in der Nacht, oder?«

»Das wohl eher nicht«, sagte sie und versuchte dabei zu lächeln.

Skip legte seine Hand auf Mathildas Hand, die immer noch auf ihrem Bauch ruhte. Als er ihre Finger umschloss, spürten seine Fingerkuppen einen Knoten an der Bauchdecke. Mathilda schob seine Hand sanft weg.

»Was macht denn eigentlich dein Konzert?«

»Mathilda, ich bin kein Arzt, aber das an deiner Bauchdeckte fühlt sich nicht gesund an.«

»Ach was, das ist so ein Grützbeutel. Den habe ich schon ganz lange.«

Skip wollte trotz seiner Besorgnis nicht zu aufdringlich sein. »Dann ist ja alles in Ordnung. Ich gehe jetzt mal wieder auf meine Runde bei den anderen Bewohnern und gucke, wer mir vor dem Mittagessen vielleicht eine Windel ins Gesicht schmeißen möchte.«

»Ist eigentlich Post für mich gekommen?«

»Hm, ich glaube nicht, aber ich frage mal Bente.«

»Das ist nett. Bis später.« Mathilda winkte müde.

Zum Mittagessen gab es Heilbutt mit Kartoffeln und Gemüse. Skip ging davon aus, dass sich der Fischgeruch mindestens bis zum nächsten Wochenende im ganzen Haus halten würde.

Er half Gisela beim Essen. Gisela war eine burschikose

Achtzigjährige aus Bremen, wohnte im ersten Stock und hatte Parkinson. Dadurch – also nicht durch Bremen, sondern durch den Parkinson – zitterte sie und hatte Probleme, das Besteck ruhig zu halten. Sie durfte daher nur mit einem Löffel essen. Mit Messer oder Gabel konnte sie sich selbst verletzen. Die Kartoffeln waren an diesem Tag deutlich zu sehr al dente aus der Küche gekommen. Gisela hatte vor Skips Eintreffen beim Versuch, der bissfesten Beilage mit ihrem stumpfen Löffel zu Leibe zu rücken, bereits eine glasige Kartoffel vom Tisch katapultiert. Skip zerteilte ihr die anderen Kartoffeln und versuchte, sie aufzuheitern:

»Kaum zu glauben, dass aus solch unbezwingbaren Knollen so etwas Leckeres wie Pommes Rot-Weiß entstehen kann!«

Gisela mampfte vor sich hin. »Grün-Weiß ist besser«, gluckste sie dann.

»Pommes Grün-Weiß? Was soll das denn sein?«

»Nicht Pommes. Werder. Werder Bremen ist grün-weiß.«

»Dann gucken wir nach der Sommerpause mal am Samstag zusammen Sportschau, wir zwei, oder?«

»Jetzt sag nicht, du bist Bayern-Fan!?«

»Keine Sorge, Ich bin für den SC Freiburg, aber der spielt nur in der zweiten Liga.«

»Na Gott sei Dank! Von einem Bayern-Fan hätte ich mir nicht beim Essen helfen lassen«, sagte Gisela bierernst.

Georg und Balu saßen neben Gisela und hatten beide ein Auge auf deren Nachtisch geworfen. Eine leere Schüssel, in der sich zuvor Rote Grütze mit Vanillesauce befunden hatte, stand bereits vor Balu.

Um den drohenden Mundraub zu vermeiden, holte Skip

aus der Küche noch eine zweite Portion Rote Grütze. Balu verneigte sich zum Dank tief.

Kapitel 13 – Das Testament

Frau Petersen hatte es Bente nur unter vier Augen erzählt. Diese hatte es nur Magdalena ganz im Vertrauen berichtet und nach weniger als zwei Stunden wussten es alle Angestellten in der Residenz. Herbert hatte ein Testament geschrieben und darin der Dünenresidenz etwas vermacht. Was genau, wollte Frau Petersen noch nicht verraten. Dies solle in einer anberaumten Personalversammlung am Nachmittag bekannt gegeben werden.

Damit war wilden Spekulationen im ganzen Haus Tür und Tor geöffnet.

»Vielleicht hat er ein Schweizer Bankkonto gehabt und wir werden alle reich«, mutmaßte Bente nicht ganz ernst im Dienstzimmer.

»Weißt du, glaube ich nicht, dass Herbert hat Geld gehabt«, vermutete Magdalena auf dem Raucherbalkon.

»Ja, wenn ich es dir doch sage! Eine Plantage in Südamerika hatte der«, hörte Skip eine Unterhaltung zwischen den Köchen mit, als er den Teewagen aus der Küche abholte.

›Wenn er mir etwas vererbt haben sollte, dann nur seine Windeln‹, dachte sich Skip. Annegret kam ihm auf dem Flur entgegen.

»Wann geht ihr wieder schwimmen?«, fragte er sie fröhlich.

»Hoffentlich bald. Sobald Mathilda wieder ganz fit ist«, erwiderte Annegret freundlich, sah ihm dabei aber nur sehr kurz in die Augen. Skip überlegte, ob er Annegret nach dem Knoten an Mathildas Bauchdecke fragen sollte, entschied sich aber dagegen und sagte nur:

»Gut, so. Ich glaube, sie vermisst eure Ausflüge schon etwas.«

»Das glaube ich auch. Bis bald, Skip.«

Fast das gesamte Personal, welches an diesem Tag Dienst hatte, versammelte sich neugierig und überpünktlich um 16 Uhr im Speisesaal. Skip wollte zunächst nicht mitkommen, da er sich noch nicht als festen Teil des Personals ansah. Bente hakte sich einfach bei ihm ein und nahm ihn mit ins Erdgeschoss. Die Türen wurden geschlossen, weil kein Bewohner die Besprechung stören sollte.

›So kann Gerda nicht noch in letzter Sekunde mit ihrem Eimer Creme hereinplatzen‹, dachte Skip und fühlte sich relativ sicher.

Frau Petersen hatte einen Brief in der Hand und stand vor dem kleinen Podest. Ihre Wangen waren zart errötet.

»Liebe Kolleginnen und Kollegen, wie Sie alle wissen, ist vor einer Woche Herbert Schibulsky leider unerwartet verstorben.«

Alle nickten, einige senkten den Blick zum Boden.

»Er hat seine letzten beiden Jahre hier ganz bewusst bei uns verbracht. Er hat das Leben in Berlin gegen unser Haus Dünenblick getauscht. Trotz seiner direkten Art oder gerade deswegen ist er vielen von uns sehr ans Herz gewachsen.«

Viele nickten, vereinzelte Augenpaare unter diskret hochgezogenen Brauen suchten auch Blickkontakt mit Kollegen im Raum.

»Heute Morgen habe ich Post vom Notar bekommen. Herbert hat unser Haus in seinem Testament bedacht.« Sie hob den Brief mit beiden Händen vor ihre Brust.

Alle blickten nun gespannt auf das Dokument in Frau Petersens Hand.

»Es ist mir eine große Ehre und Freude, Ihnen sagen zu können, dass Herbert Schibulsky unserem Haus …« Sie hielt kurz inne, atmete noch einmal tief ein.

Alle hielten mit ihr jetzt gespannt den Atem an.

»Unserem Haus … seine geliebte gelbe Ente vermacht hat.«

Sie strahlte über das ganze Gesicht, reckte das Papier triumphierend in die Höhe und wedelte damit, als ob sie olympisches Gold gewonnen hätte.

Alle sahen sich ungläubig an, einige klatschten im Zeitlupentempo.

Einer der Köche fasste sich ein Herz und fragte: »Was denn für eine Ente? Eine Bade-Ente?«

Frau Petersen guckte amüsiert.

»Eine Bade-Ente? Nein, nein! Eine motorisierte Ente, eine »Deux Chevaux«, ein Auto!«

Da ging ein Raunen und verständnisvolles Zunicken durch die Anwesenden. Einige beschleunigten ihr Klatschen etwas.

Als Leiterin mit Personalerfahrung spürte Frau Petersen

sofort, dass ihre Begeisterung noch nicht von allen geteilt wurde und legte daher nach:

»Wie Sie wissen, haben wir für größere Besorgungen unseren Lieferwagen. Dennoch benötigen wir eigentlich für kleine Fahrten mit unseren Bewohnern oder dem Personal ein geeignetes Transportmittel. Jedes Mal ein Taxi zu rufen, um jemanden zum Bahnhof oder in die Nachbarorte zu fahren ist doch sehr teuer und umständlich, habe ich recht?« Sie blickte ermutigend in die zurückhaltenden Gesichter.

»Wir werden Aufkleber mit unserem Logo auf den Türen anbringen. Blau auf gelb sieht sicher hübsch aus. Das ist dann gleichzeitig fahrende Werbung für unser Haus.«

»Wo steht denn die Ente?«, wollte Bente wissen.

»Meines Wissens steht sie in einer Scheune im Osten von Sylt. Herberts Tochter hatte auf seinen Wunsch hin das Auto damals von Berlin auf die Insel gefahren. Anfangs stand die Ente auf dem Parkplatz vor der Residenz. Da er selbst nicht mehr fahren konnte, wurde die Ente dann irgendwann untergestellt«, erklärte sie.

»So, wenn es keine weiteren Fragen mehr gibt, gehen wir alle wieder frisch an die Arbeit!« Sie steckte den Brief unter ihre Achsel und klatschte zweimal in die Hände.

Kapitel 14 – Post aus Holland

Skips Sonnenbrand-Nase schälte sich in den folgenden Tagen munter, die Röte wich einem Sommersprossen-Braun.

Er verstand sich mit den meisten Bewohnern immer besser. Balu war meistens satt und zufrieden, Gerdas Unterschenkel sahen passabel aus, Gisela hatte sich mit einer Möwe angefreundet, die sie auf der Terrasse mit alten Brötchen fütterte. Die Möwe störte es offensichtlich gar nicht, dass Giselas Hände so zitterten. Annegret ging mittlerweile wieder schwimmen, aber noch ohne Mathilda.

Im Ort hatte er sich mittlerweile eine bezahlbare neue Sonnenbrille gekauft – nicht ganz so cool wie die alte, aber immerhin war sein Look wieder komplettiert.

Abends saß Skip gerne noch auf ein Bier vor dem Surfcenter und tüftelte mit Nick und Max an Ideen für das Konzert.

Als Termin für das Konzert hatten sie sich jetzt auf den Samstag in zwei Wochen geeinigt. Da war die Erinnerung an Herbert noch frisch genug und durch die Schulferien waren noch viele junge Leute auf der Insel.

Die Auswahl der Songs wurde in epischer Breite diskutiert, letztlich aber durch die limitierten Möglichkeiten der

»Band« bestimmt. Einfache Gitarrenriffs und eingängige Lyrics waren Trumpf, das stand rasch fest.

»Wann proben wir denn?«, wollte Max wissen. Alle drei sahen sich achselzuckend an.

»Proben ist was für Amateure«, waren sich nach einigen Knollen alle drei einig. Aber ein Soundcheck am Vorabend musste schon sein, klar.

Frau Petersen war ein harter Brocken, aber mit Versprechungen wie

»Aber sicher Frau Petersen, wir werden sehr darauf achten, dass es nicht zu laut wird« und

»Außer den Bewohnern kommen vielleicht nur ein paar enge Freunde« oder

»Natürlich, wir räumen auch gleich im Anschluss alles wieder auf. Der Saal wird nachher sauberer sein als vorher. Ehrenwort« überzeugte Skip die Residenzleitung schließlich.

Apo wollte eventuell auch noch kommen, aber die griechischen Gallensteine waren auf Kreta noch nicht klar sortiert.

An einem Vormittag kam ein Brief für Mathilda an. Skip sah ihn im Dienstzimmer bei der übrigen Post für die Bewohner liegen. Er ging damit gleich zu Mathildas Zimmer und sah dabei ein wenig zu neugierig auf den Brief.

Für »Mathilda S. Rubio«

Absender   *P. van der Steen,*
Amsterdam, Niederlande.

Mathilda freute sich, nahm den Brief und legte ihn auf ihren Nachttisch.

»Willst du ihn gar nicht lesen? Du hast mich doch schon einige Male gefragt, ob Post für dich gekommen sei.«

»Doch, aber ich lese ihn gerne allein«, entgegnete sie sanft.

Skip entschuldigte sich für seine Neugier und ging leise aus dem Zimmer. Manchmal fühlte er sich bereits wie ein enger Verwandter von Mathilda. Dabei kannte er sie gerade ein paar Wochen.

Seit mehreren Tagen war niemand gestorben und Skip durfte am Computer des Dienstzimmers DIN-A4-Aushänge für das Konzert erstellen und ausdrucken – offiziell nur für das schwarze Brett im Speisesaal. Wenn niemand guckte, druckte er ein paar Dutzend Seiten, die er mit Nick und Max verteilen oder aufhängen wollte.

In der Version für das schwarze Brett stand

Bunter Musikabend für Herbert – Samstag, 12. Juli.
Beginn 20:15 Uhr. Eintritt kostenfrei.
Für Getränke ist gesorgt

20:15 Uhr war genau ausgetüftelt. So konnten alle Bewohner vorher noch die Tagesschau angucken.

Auf allen anderen Aushängen stand:

Tribute to Herbert –
Classic Rock meets Hawaiian Style and Cocktails.
Free Entrance.
Saturday July 12th. 20.45 – Open End.
Location: »Dünenblick Residency«, Westerland.
Come as you are!

Dazu noch eine stilisierte Gitarre und ein paar herumfliegende Musiknoten. Mehr Layout war aus dem PC nicht herauszuquetschen.

Die Herausforderung bestand nun darin, die Aushänge so zu platzieren, dass das Zielpublikum auf der Insel erreicht werden konnte, ohne dabei Gefahr zu laufen, dass Frau Petersen und Co. darüber stolperten.

Surfcenter und Strandbar waren safe. Riskanter, aber unumgänglich waren strategisch wichtige Orte in Westerland und Umgebung: Supermärkte, das schwarze Brett im Schulzentrum und Bushaltestellen. Für Aushänge im Freien steckte Skip das Papier in Plastikhüllen, um dem Sylter Wetter zu trotzen.

Die Zwischenbilanz nach zwei Abenden Wild-Plakatieren: ein blutiger rechter Daumen von unzähligen Reißzwecken, mit denen die Aushänge an Holzmasten und Zäunen befestigt worden waren; mehrere Rollen Tesafilm sowie ein zerfetztes Hosenbein, da ein kläffender Terrier seinen Lieblings-Pinkelpfahl mit seinen Zähnen verteidigt hatte.

Parallel überprüfte Skip minutiös die Ton- und Lichttechnik im Speisesaal. Bis auf ein Mikrofon funktionierte anfangs eigentlich gar nichts.

Nach einigen Such- und Bastelaktionen fanden sich in Schränken und Schubladen im Keller brauchbare Kabel, ein zweites Mikrofon und Ersatzbirnen für die Deckenstrahler. Der Sound der alten Wandboxen war hustend bis rumpelnd, aber wohl laut genug. Die Surferjungs konnten noch einen wuchtigen Ghettoblaster aus dem Surfcenter beisteuern. Legte man ein Mikrofon vor den Ghettoblaster, war das Playback akzeptabel.

Skip informierte regelmäßig alle wichtigen Personen

über die Fortschritte der Vorbereitungen: seine Mutter, die mächtig stolz war, wie selbständig und selbstlos ihr Sohn das alles in kurzer Zeit organisierte; Apo, der nun tatsächlich am Donnerstag vor dem Konzert nach Sylt kommen und über das Wochenende bleiben wollte. Skip freute sich extrem darüber, glaubte es aber erst so ganz, wenn Apo in Westerland tatsächlich aus dem Zug stieg.

Mathilda hielt Skip immer auf dem neuesten Stand. Im Gegenzug erzählte sie ihm dafür gerne von ihren früheren Auftritten. Sie war schon viel rumgekommen in ihrem Leben, hatte unter anderem in Paris, Berlin und Baden-Baden gewohnt. Gesungen hatte sie auf Englisch, Deutsch und Französisch. Sie schwelgte in Erinnerungen:

»Die meisten Liebesbriefe und Einladungen von Verehrern habe ich während meiner Zeit in Paris erhalten. In den Fünfzigerjahren waren die nicht gut auf Deutsche zu sprechen. Aber mit meinem spanischen Nachnamen bin ich dort nicht aufgefallen und als internationale Künstlerin angesehen worden.«

»Eben, woher hast du denn diesen Nachnamen eigentlich?«

»Mein Vater war Argentinier. Er kam Ende des letzten Jahrhunderts als Maler, also Künstler, über verschiedene Stationen in Europa nach Köln. Dort hat er in einem Lokal meine Mutter kennengelernt.«

»Hat er deine Mutter auch gemalt?«

»Natürlich. Er hat eine Zeit lang fast nichts anderes gemalt! Das war schlecht fürs Geschäft, aber er liebte sie einfach so sehr«, lachte sie.

Skip lachte mit. Er musste auf einmal wieder an den Brief aus Holland denken.

»Und in Amsterdam hast du auch gelebt?«

Mathildas sah in fragend an: »Nein, warum glaubst du das?«

»Ich dachte nur, wegen des Briefes neulich … «

»Das ist nur ein Freund, der dort wohnt. Ich war noch nie in Amsterdam, aber es soll ja sehr schön dort sein.«

»Und da kann man in Shops ganz legal was zum Kiffen kaufen!«, sagte Skip spontan, biss sich aber sofort auf die Lippe.

»Sag nur, du hast schon mal gekifft, Skip! Dazu bist du doch noch viel zu jung!« Sie sah ihn durchbohrend an.

»Naja, ein- oder zweimal vielleicht«, druckste Skip herum.

»Und?«

»Ganz lustig. Das bringt einen so gut runter.« Er wartete einen Moment auf Mathildas Reaktion.

Sie schaute ihn nur an und schwieg vorerst.

Dann grinste sie schelmisch und flüsterte ohne Stimmverstärker: »Wir haben früher auch manchmal einen durchgezogen nach den Auftritten.«

»Echt jetzt?«

Sie legte den Finger an ihre Lippen und grinste immer noch etwas. »Psst! Das muss ja nicht gleich jeder wissen.«

»Okay«, flüsterte Skip, »das bleibt unter uns, versprochen.«

›Wenn es dir wieder gut geht, rauchen wir mal eine Tüte zusammen‹, dachte er.

Nach diesem Gespräch hatte Skip auch mal wieder Lust auf einen Joint. Apo würde vielleicht etwas mitbringen.

Sonst könnte er vielleicht auch die Surfer fragen. Neulich hatte es dort einmal so verdächtig süßlich gerochen.

Kapitel 15 – Vor dem Soundcheck

Skip patrouillierte abends noch einige Male durch sein Marketingrevier, um zu kontrollieren, ob die Aushänge noch aushingen. Das taten noch relativ viele. Fehlende füllte er wieder nach.

Am Wochenende vor dem Konzert machte er samstags noch einen Ausflug mit dem Bus in den Sylter Süden. Er besichtigte einen rot-weiß gestreiften Leuchtturm und ging bei bedecktem Himmel einige Kilometer am Strand im Westen der Insel entlang zurück nach Westerland. Er gewöhnte sich sogar langsam an den ständigen Wind im Gesicht. Vom flachen Wasser hielt er aber weiterhin respektvollen Abstand.

Abends traf er Nick und Max in der Strandbar.

Skip hatte mittlerweile sein erstes Zivi-Gehalt bekommen und fühlte sich reich. Das musste gefeiert werden.

Mit »Drei Bier, drei Helbing, Jimmy!« fing der Abend an. Die Sonne blieb hinter einer grauen Wolkendecke, aber der Wind war abgeflaut und es war vergleichsweise mild.

Nick philosophierte über das Windsurfen und erzählte, dass er auf seinen eigenen VW-Bus sparte, mit dem er dann um die Welt fahren wollte. Dem Wind hinterher. Einmal mit Robby Naish auf dem Wasser vor Hawaii surfen!

Max berichtete von seinem Studium in Kiel. Meeresbiologie. »Klingt nach Schwimmen mit Flipper, bedeutet aber eher, Algen unter dem Mikroskop zu untersuchen«, erklärte er.

Wie üblich wurden die Gespräche mit jeder Runde immer sinnfreier.

»Hey Skip, nimmst du die Sonnenbrille nur zum Schlafen ab, oder wie?«, fragte Nick, da es schon ordentlich dämmerte.

»Wieso sollte ich die denn zum Schlafen abnehmen?«

»Sauber!«, gratulierte Max.

»Kennt ihr eigentlich eine Marie, die hier surft?«, fragte Skip beiläufig.

»Marie? Glaube nicht. Was ist denn mit der?«, fragte Nick.

»Ach, nicht so wichtig.«

»Na raus mit der Sprache, stehst du auf die?«, folgerte Nick mit hawaiianischem Feinsinn.

»Ja, nee. Ich hab die halt mal getroffen, in Hamburg, letztes Jahr.«

Nick ließ nicht locker: »Mal getroffen, letztes Jahr … und die kommt dir jetzt mit einigen Umdrehungen im Kopf ganz zufällig in den Sinn?«

Skip versuchte, so cool wie möglich zu wirken. »Okay, die hat mir schon etwas den Kopf verdreht. Die ist echt hübsch und kann Bierflaschen mit dem Feuerzeug aufmachen.«

Nick und Max sahen sich an und gackerten. Nick beruhigte sich rasch wieder und schaute Skip mit strengem, aber etwas glasigem Blick ins Gesicht:

»Alter, du bist verknallt, wie es aussieht! Diese Marie kennen wir zwar nicht, aber Mädchen, die mit Feuerzeugen Flaschen aufmachen, gibt es hier wie Sand am Meer.« Nick stand dabei auf, streckte die Arme zur Seite und drehte sich langsam in alle Richtungen. Er entdeckte eine Gruppe von Mädchen zwei Tische weiter und rief in deren Richtung:

»Hey, wer von euch kann ein Bier mit einem Feuerzeug aufmachen?« Die Mädchen sahen kurz zu Nick herüber, schüttelten die Köpfe und vertieften sich wieder in ihre Gespräche.

Skip wurde rot hinter seiner Sonnenbrille und bat:

»Hey, setz dich wieder hin, okay?«

»Schon gut, aber wenn du dir nicht helfen lassen möchtest, geht die nächste Runde auf dich«, lachte Nick und nahm den letzten Schluck aus seiner Bierflasche.

Skip ging mit breitbeinigen Schritten zur Bar. Er hob das runde Tablett mit drei Bier und drei Helbing von der Theke an. Jemand tippte ihm von hinten auf die Schulter.

»Na, was habt ihr denn zu feiern?«, fragte eine raue Stimme.

Jaqueline trug eine rote Bluse und einen dunkelblauen Blazer mit breiten Schulterpolstern. Die Frisur sah nach Denver-Clan aus. Ein fast leeres Weinglas in der Hand und ein leichter Silberblick deuteten an, dass sie nicht mehr ganz nüchtern war.

»Nichts Besonderes. Jungs-Abend einfach.«

»Das sind immer die besten Abende«, zwinkerte sie ihm zu.

»Schon eine Villa gefunden?«

»Villa? Ach ja, noch nicht. Vielleicht gehen wir doch in Hamburg ins Tonstudio.«

»Ach, das wäre ja schade. Sylt hat doch so viel Schönes zu bieten«, raunte sie und kam dabei näher an sein Ohr. Ihr Parfum an diesem Tag war weniger aufdringlich und gefiel Skip erstaunlicherweise.

»Ja, mal sehen. Ich muss dann mal zu den Jungs zurück, das Bier wird sonst warm.«

»Na klar. Bis später vielleicht«, flötete sie.

Das Gespräch mit Jaqueline war Nick und Max nicht verborgen geblieben.

»Du lässt ja auch nichts anbrennen, oder? Eben noch Feuerzeuge im Kopf und jetzt mit der High Society flirten!«, legte Max grinsend vor.

»Kennt ihr die?«

»Nicht wirklich. Aber die ist eine von den Ladies, die manchmal hier die Korken knallen lassen. Fährt einen weißen Porsche, glaube ich.«

Skip beließ es für den Moment dabei und verteilte die Getränke. »Auf Herbert!« »Auf Herbert!« Die Schnapsgläser klirrten.

Kapitel 16 – Strandbar-Filmriss

Skips Ringrichter war wieder in Aktion. Bei »Zwei« setzten sich Skips Oberlider zäh in Bewegung. Es war hell. Er sah eine goldene Stehlampe und ein großes Bücherregal aus Glas und Stahl. Seine Augen waren auf einmal ganz weit offen. Der nächste Blick ging nach unten. Er lag auf einem weißen Ledersofa. Alleine. Ab dem Nabel abwärts mit einer dünnen, bunten Wolldecke bedeckt. Er hob die Decke vorsichtig hoch. Außer einer schwarzen Unterhose – ohne sichtbares Loch – hatte er nichts an.

Der große Raum war weiß gefliest, ein großer Perserteppich lag neben dem Sofa. Durch bodentiefe Fenster fiel Licht von mehreren Seiten her in den Raum. Zu viel Licht für seinen Zustand. Skip suchte blinzelnd seine Sonnenbrille, konnte sie aber nicht sogleich finden.

Er setzte sich auf. Sein Kopf pochte schmerzhaft. ›What the fuck …?‹ Wo war er nur? Wie war er hier hingekommen?

Er wickelte sich die Decke um die Hüfte und machte vorsichtige Schritte durch den Raum. Im Haus war es sonst still. Draußen ziepten irgendwelche Vögel. Vor den Fenstern erstreckte sich eine Terrasse mit einem blauweiß gestreiften Strandkorb und ein großer Garten mit allerlei grünen und blühenden Pflanzen. Skip ging auf einen gläsernen Esstisch zu. Auf dem Tisch lag seine Sonnenbrille. Daneben waren ein Glas Wasser, eine Tablette Alkaselzer in der typisch grünen Packung und ein Zettel. Auf einem der Stühle lagen sein Shirt und seine Hose, ordentlich zusammengelegt, seine Sneaker standen neben dem Stuhl.

Skip setzte die Brille auf, nahm einen Schluck Wasser, kratzte sich am Bauch und las den Zettel.

»Guten Morgen. Ich musste leider schon los. Zieh dann einfach die Tür beim Rausgehen zu. Meine Nummer hast du ja. Irgendwie, irgendwo, irgendwann … J.«

Skip wurde ganz mulmig. »J.? – Jaqueline?« Vom Stil her passte alles zu ihr.

Er zog sich so schnell an, wie es ging. Sein Portemonnaie und der Schlüssel vom Wohnheim waren noch in der Jeans.

Bevor er zur Wohnungstür ging, nahm er noch eine Banane aus einer Obstschale auf dem Tisch.

Er lugte vorsichtig aus der Tür nach draußen. Niemand war zu sehen. Skip zog die Tür hinter sich zu und ging auf einem breiten Weg mit großen Natursteinplatten einige Meter zur Straße. Nun konnte er sehen, dass es sich um ein weißes Haus mit Reetdach handelte.

Auf der Straße schälte er die Banane. Ein Auto hupte ihn an. Es war ein Porsche, aber kein weißer. Skip wich zurück, ließ das Auto vorbeirollen und versuchte, sich zu orientieren. In der Straße sahen alle Häuser ähnlich aus. Auch über den Dächern oder den hohen Hecken dazwischen konnte er nichts Vertrautes entdecken. Eine helle Wolkendecke bedeckte flächig den Himmel. Es roch nach Meer und einige Möwenschreie waren zu hören.

Zwei Straßenecken weiter traf er auf eine breitere, verkehrsreichere Straße. Er warf die Bananenschale über eine Hecke und bog nach links ab, da dort die Häuser etwas dichter standen und einige Geschäfte erkennbar waren.

Diverse Autos und Wohnmobile mit unterschiedlichen Kennzeichen fuhren in beide Richtungen an ihm vorbei.

Die Überschriften einiger Luxus-Boutiquen kamen ihm bei näherem Hinsehen bekannt vor. Auch wenn gerade kein Porsche vorbeifuhr, war ihm nun klar, wo er sich befand. In Kampen, mittendrin.

Auf der Busfahrt von Kampen nach Westerland versuchte Skip, den Verlauf des gestrigen Abends zu rekonstruieren.

Seine Gedanken fühlten sich an wie alter Kräuterquark und nur selten konnte er ein paar grüne Stückchen herausfiltern.

»Irgendwie, irgendwo, irgendwann …« stand auf dem Zettel, den er noch einmal aus der Tasche holte.

Da rauschten ein paar vertonte Erinnerungsfetzen an ihm vorbei. Jaqueline tanzte mit beiden Armen über dem Kopf vor ihm und Nena – seine Nena – sang dazu:

Ich stürz…Raum…Zeit, Unendlichkeit, ….Motten… Licht…..irgendwie…irgendwann, irgendwo…Zukunft, … warte nicht mehr lang.

Skip überlegte, ob er eventuell selbst getanzt haben könnte. Daran konnte er sich nicht erinnern. Gut.

Mehr Erinnerung kam aber auch nicht.

Nick und Max wussten mehr, war er sich sicher. Nicht so sicher war er hingegen, ob er alles so genau wissen wollte.

Bis zum Nachmittag hatte sich Skip mit ein paar Nickerchen, Cola und Chips wieder stabilisiert.

Er beschloss, zum Surfcenter zu gehen, um herauszufinden, was letzte Nacht passiert war.

Als er an der Strandbar vorbeikam, standen einige Menschen auf der Terrasse, sodass Jimmy dahinter verdeckt war. Andernfalls hätte Skip mit einem höhnischen Gesichtsausdruck des Barkeepers rechnen müssen.

Auf dem Palettensofa vor dem Surfcenter döste Nick barfüßig mit seiner Baseballkappe im Gesicht.

»Moin«, sagte Skip und erschrak etwas vor seiner versoffenen, rauen Stimme. Bis dahin hatte er an diesem Tag noch gar nichts gesagt.

Nick schob die Kappe etwas hoch, grinste und warf ein »Da ist ja unser Gigolo« zurück.

Max kam sofort neugierig aus dem Center hinzu. Er boxte Skip leicht auf die Schulter. »Na?«

»Wie na?«, fragte Skip, um erst einmal herauszufinden, wie viel mehr die beiden wussten als er selbst.

Max formte eine lockere Faust, führte diese vor seinem leicht geöffneten Mund auf und ab und drückte dabei im gleichen Rhythmus die Zunge in die Backe. Dabei sah er Skip erwartungsvoll an.

»Hey, ich hab einen totalen Filmriss«, stöhnte Skip und setzte sich neben Nick auf das Sofa. Er ließ den Kopf hängen, stützte seine Ellenbogen auf die Knie und fuhr sich mit beiden Händen seitlich durch die Haare.

»Jetzt tu nicht so. Wir wollen die ganze Geschichte hören! Wie war es denn mit der High Society in der Kiste?«, fragte Nick.

»Ob ihr mir es glaubt oder nicht: Ich kann mich nicht daran erinnern.«

»Aber daran, dass du eine halbe Flasche Champagner in der Bar verspritzt hast und mit der Lady dann in den Porsche gestiegen bist, kannst du dich hoffentlich noch erinnern«, stichelte Max

Skip musste sehr verzweifelt ausgesehen haben, denn Nick bremste. »Aber du siehst echt fertig aus, Alter. Magst du eine Cola oder ein Konterbier?«

Mit einer Wasserflasche in der Hand berichtete Skip dann detailliert, wo und wie er aufgewacht und wie er wieder ins Wohnheim gefahren war.

»Okay, dann weiß also vielleicht wirklich nur die Lady, was wirklich passiert ist«, fasste Nick zusammen.

»Dann ruf die doch an! Ihre Nummer hast du doch, oder?«

»Mache ich die nächsten Tage sicher. Klar.«

Max gähnte lautstark. »Aber der Abend war insgesamt schon ganz weit vorne. Gut, dass heute Flaute ist. Unterricht hätte ich heute nur schwer durchgestanden.«

Damit war das Thema Strandbar-Filmriss vorerst für alle drei erledigt. Vorerst.

Kapitel 17 – Ein Grieche auf Sylt

In den folgenden drei Tagen arbeitete Skip tagsüber mehr oder weniger motiviert in der Residenz.

Wo es ging, seilte er sich ab, um im Speisesaal Ideen für das Konzert zu sammeln.

Nick und Max hatten darauf bestanden, zwei gekreuzte Surfbretter als Bühnen-Deko im Hintergrund zu verwenden. Zudem sollte eine fast drei Meter hohe Plastikpalme aus dem Surfcenter aufgestellt werden.

Frau Petersen war einverstanden, dass dafür »ausnahmsweise« der Residenz-Transporter benutzt wurde. »Das ist eine schöne Idee, Skip. Pflanzen machen einen Raum ja gemütlich.« Sie war ganz angetan.

Für den Rock-Charakter hatte Skip im Keller große schwarze Leinentücher gefunden, die rund um die Bühne aufgehängt werden sollten. An die Tücher würde er noch Schnipsel aus Alufolie tackern, die dann das Scheinwerferlicht reflektieren sollen. Ein Standventilator würde die Haare und Alufolie in Bewegung halten. Für mehr Glamour reichte das Budget wohl nicht.

In einem Ramschladen im Ort hatte Skip noch günstig einige Spielereien gefunden, die er je nach Stimmung im Laufe des Konzerts einsetzen würde.

Die Songauswahl stand fest. Als Vorprogramm würde Nick auf der Ukulele spielen und Max ihn auf den Bongos begleiten.

Das Hauptprogramm mit Gesang, Gitarre, minimalistischem (Kinder-) Schlagzeug und Playback vom Band von A wie Alice Cooper bis Z wie ZZ-Top würde für etwa 45 Minuten reichen. Einige Songs konnten dann sicher nach Bedarf als Zugabe wiederholt werden. Ansonsten hatte Skip noch mehrere Mixtapes, die dann noch abgefeuert werden konnten.

Am Mittwochabend hatte Skip noch einmal kurz mit Apo telefoniert, der ihm seine geplante Ankunftszeit am Bahnhof durchgab. Im Gegensatz zu Skip würde Apo früh morgens losfahren und erst am Abend in Westerland ankommen.

»Dann nimm dir genug flüssigen Proviant mit, Apo. Ich freu mich echt! Das wird ganz groß!«

»Ja, und wenn das mit den Bräuten nicht klappt, dann zahlst du alle Drinks, bis ich abreise. Das Ticket war schon teuer genug. Von der Kohle wäre ich glatt bis Griechenland gekommen.«

Dass Skips Mutter ihm einen kleinen Fahrtkostenzuschuss gegeben hatte, musste Apo ja nicht extra erwähnen, fand er.

»Abgemacht! Dann hole ich dich morgen vom Bahnhof ab.«

Am Donnerstagvormittag besuchte Skip Mathilda. Es ging ihr mittlerweile besser, aber schwimmen wollte sie immer noch nicht.

Skip erzählte ihr, dass Apo nach Sylt käme und dass sie ihn dann unbedingt mal kennenlernen müsse.

Mathilda freute sich über so viel junge Energie und ließ sich von Skips Vorfreude auf das Konzert anstecken. Sie erfuhr auch deutlich mehr Details als Frau Petersen.

»Was macht ihr denn, wenn Frau Petersen das gar nicht gefällt und sie die ganze Sache vorzeitig beenden möchte?«

Skip hatte sich dies auch schon überlegt.

»Das könnte ein klitzekleines Problem werden, richtig. Aber mit Apo zusammen fällt mir da schon etwas ein.«

Er wollte gerade vom Tisch aufstehen. »Bitte bleib noch einen Moment, ja?« sagte Mathilda.

»Natürlich. Was kann ich denn für dich tun?«

»Der Brief aus Amsterdam. Darüber möchte ich mit dir reden. Aber du musst mir versprechen, niemandem davon etwas zu sagen. Nicht einmal Annegret.« Bei den letzten Worten hatte sie einen ungewohnt strengen und ernsten Tonfall.

Skip legte die Arme verschränkt auf den Tisch und nickte.

»Mein Krebs hat gestreut. Das habe ich schon länger gespürt. Vor einigen Tagen haben es mir die Ärzte dann auch bestätigt«, erklärte sie sehr ruhig und sachlich.

Skips Magen zog sich zusammen. Er schluckte einige Male.

Mathilda legte ihre Hand auf seinen Unterarm und sprach ohne Stimmverstärker leise und besänftigend:

»Das gehört zum Leben. Ich habe den Vorteil, dass ich nun weiß, dass ich auf dem letzten Teil meiner Reise bin. Daher kann ich in der verbliebenen Zeit noch Dinge erledigen, die mir wichtig sind. Herbert hatte diese Möglichkeit nicht erhalten.«

Der Kloß in Skips Bauch hatte sich jetzt bis zu seinem

Hals ausgedehnt. Seine Augen wurden feucht. Er wischte sich mit dem Handrücken über die Augen.

Mathilda lächelte Skip an und sagte mit fester Stimme. »Und ich möchte selbst bestimmen, wann der Vorhang fällt.«

Skip liefen ein paar Tränen über die Wangen und er suchte nach einem Taschentuch, um sich die Nase zu putzen.

Nachdem er sich etwas gefangen hatte, fragte er:

»Gibt es nicht noch eine Therapie? Wenn nicht hier auf Sylt, dann bestimmt in Hamburg, oder?«

»Die Ärzte haben gesagt, dass der Krebs schon sehr weit fortgeschritten ist. Eine Chemotherapie wäre möglich, ist aber sehr anstrengend. Vielleicht würde ich die Chemotherapie auch nicht überleben. Selbst wenn die Therapie anschlagen sollte, würde es mir vielleicht nur einige Wochen oder Monate schenken.«

Sie öffnete ihren Morgenmantel, nahm Skips Hand und legte sie auf ihren Bauch. Durch das dünne Nachthemd hindurch spürte Skip nicht nur einen harten Knoten auf ihrer Bauchdecke, sondern eine ganze Reihe von holzharten Geschwülsten unterschiedlicher Größe. Wie Wurzelknollen, die teils einzeln, teils verbacken langsam, aber unaufhaltsam heranwuchsen und sich von ihrer Lebensenergie speisten. Eine längliche wulstige Narbe zog sich von ihrem Brustbein bis weit unter den Bauchnabel und zeugte von dem kläglichen Versuch, den Krebs mit einem geschickt und tief geführten Skalpell aufzuhalten.

Erschrocken zog er die Hand zurück.

»Keine Angst, das ist nicht ansteckend. Und die Knoten tun auch nicht weh, zumindest die am Bauch nicht. Ich habe wohl auch einige Knötchen in den Knochen, haben sie herausgefunden. Die piesacken mich schon manchmal. Aber ich habe Tabletten, die helfen ganz gut.«

Skips Gedanken und Gefühle rasten wie eine Achterbahn zwischen seinem Kopf und seinem Bauch hin und her.

»Und was kann ich dabei für dich tun?«

»In den Niederlanden ist aktive Sterbehilfe einfacher als in Deutschland. Ich habe seit längerer Zeit Briefverkehr mit einem Arzt in Amsterdam, der dort todkranken Menschen hilft, das Leben selbstbestimmt zu beenden.«

»Und?«

»Und da ich es alleine nicht schaffe, wollte ich dich fragen, ob du mir hilfst, nach Amsterdam zu kommen.«

Die letzten Worte hatten Mathilda viel Überwindung gekostet. Für sie hing sehr viel vom Ausgang dieser Unterhaltung ab.

Skip war vor den Kopf gestoßen.

»Warum denn ich? Was ist mit Annegret, Frau Petersen und all den anderen?«

»Annegret ist strikt gegen Sterbehilfe und Frau Petersen möchte ich damit nicht belasten. Sie erscheint nach außen stark, ist aber sehr labil«, antwortete sie ruhig.

»Aber wir kennen uns doch erst so kurz.«

»Lange genug, finde ich. Du hast mir schon einmal geholfen und ich weiß, dass du einen guten Kern hast.«

Skip sah nicht überzeugt aus.

»Und außerdem möchtest du in Wahrheit auch gar nicht hier in der Residenz arbeiten, das hast du selbst gesagt, stimmt's? Wenn du ein paar Tage weg wärst, könnte das hier sicher verschmerzt werden.« Sie sah ihn fragend an und neigte dabei leicht den Kopf. »Auf so einer Reise gibt es sicher viel zu sehen und zu erleben. Das wäre doch aufregend, oder?«

Skip stand auf, trat von einem Bein auf das andere und rieb sich dabei nervös die Hände. »Mathilda. Das ist etwas viel auf einmal. Ich muss erst einmal in Ruhe über alles nachdenken, okay?«

Mathilda nickte und lächelte nachsichtig.

»Natürlich. Nimm dir die Zeit, die du brauchst. Ich wollte dich auch nicht überfallen.«

Skip machte einen Schritt rückwärts Richtung Tür, kam dann noch einmal zu Mathilda, die ihn fortwährend ansah. Er berührte kurz ihre Schulter. »Ich überleg's mir. Versprochen.«

Skip war völlig durch den Wind. Er rauchte eine Beruhigungszigarette auf dem Balkon. Magdalena kam dazu und fragte ihn, ob alles in Ordnung sei. Er sei so blass.

Skip sagte, er fühle sich nicht gut, habe vielleicht etwas Schlechtes gegessen. Sie schickte ihn nach Hause und wünschte gute Besserung.

Auf dem Weg ins Wohnheim bog er zum Strand ab und setzte sich auf den Sand. Er blickte in die Wellen und hörte Mathildas Stimme in seinem Kopf.

Wie viel Wucht so ein paar Worte haben können! Eine tiefe Traurigkeit lief durch seinen Körper. Fragen und Bilder stiegen in ihm auf.

Wie lange sie wohl noch zu leben hat? Er betrachtete seine Fingerkuppen, die sich ganz genau an die Knoten in ihrem Bauch erinnerten.

Hart. Zu hart, um lebendig zu wirken, zu weich, um nicht Teil ihres Körpers zu sein. Todbringend.

Bisher hatte er Amsterdam nur mit Grachten und Kiffen in Verbindung gebracht. Jetzt stellte er sich die Stadt wie eine Ansammlung kleiner Leichenhallen vor.

Wie lange hatte sie das schon geplant?

Warum hatte Mathilda genau ihn gefragt und nicht jemand anderen?

In diesem Moment hätte er sich über jegliche Ablenkung gefreut. Aber nicht einmal ein Nacktbader oder ein Hund kamen vorbei. Die Wellen rauschten monoton auf ihn zu.

Er zündete sich noch eine Zigarette an, die aber nicht schmeckte, und drückte sie neben sich wieder aus.

So saß er eine Weile und malte mit den Fingern Quadrate und Kreise in den Sand, wischte sie wieder weg, malte ein Strichmännchen, wischte es wieder weg.

Hatte Mathilda nicht ein Recht dazu, selbst zu bestimmen, wie und wann sie nicht mehr Leben möchte? Warum ist der Übergang vom Leben zum Tod so traurig?

Ihre Moleküle würden nach ihrem Tod aus dem Zusammenhalt gelöst und später wieder neuem Leben zugeordnet.

Wo die Seele hingeht, hatte ihn Mathilda mal gefragt. Das wusste Skip nicht und hatte auch keine konkrete Idee dazu.

Einige Spaziergänger liefen vorbei, die vielleicht einen langhaarigen Kerl mit Sonnenbrille und hängendem Kopf auf dem Strand sitzen sahen. Sicher hatte keiner von ihnen auch nur den leisesten Schimmer, was diesen jungen Mann gerade bewegte.

Als sein rechtes Bein fast eingeschlafen war, stand Skip langsam auf und ging ins Wohnheim.

Dort zog er wie in Trance ein neues Spannbettlaken auf und räumte seine herumliegenden Klamotten in den Schrank.

Mit etwas Klopapier wischte er Zahnpasta Reste aus dem Waschbecken. Für Apo sollte das ordentlich genug sein.

Er legte sich auf das Bett, verschränkte die Hände unter seinem Kopf und starrte lange an die Decke. Irgendwann schlief er ein.

Skip wachte auf und sah erstaunt auf die Uhr. Sein Freund stand schon fünfzehn Minuten lang genervt auf dem Bahnsteig.

Apo setzte sich auf eine Bank, holte ein letztes warmes Dosenbier aus der Sporttasche und wartete. Und fluchte. Er hatte nicht mal eine Adresse von Skip. »Ich hol dich ab, Apo«, äffte er, und öffnete die Dose zischend. »Das wird ganz groß, Apo«, und nahm einen Schluck.

»Schmeckt wie Pisse«, stellte er mit verzogenem Gesichtsausdruck fest.

Hübsche Mädchen hatte Apo auch keine gesehen. Der zweite Schluck schmeckte nicht besser.

Skip kam endlich außer Atem angelaufen und grinste dämlich. Apos Stimmung war im Keller. Er blieb bewusst sitzen und nippte an seiner Dose.

»Alter, was ist denn los mit dir? Ich fahr' extra zehn Stunden hierher und dann stehe ich hier rum wie ein Idiot.«

»Tut mir echt leid, Mann«, entschuldigte sich Skip keuchend, »aber heute ist mir so was Krasses passiert.« Dabei wusste er noch gar nicht, ob und wie er Apo vom Gespräch mit Mathilda erzählen sollte.

Apo stand auf, warf die halbvolle Dose in den Müll und umarmte Skip.

»Schon gut, Mann. Dafür darfst du erst mal meine Tasche tragen.«

Skip war wirklich froh, dass Apo wirklich den langen Weg auf sich genommen hatte. Andererseits dachte er immer noch an Mathilda. Auf dem Weg zum Wohnheim kamen sie am Rathaus vorbei. Skip erzählte von Frau Jansen, der ursprünglich geplanten Zivi-Stelle dort und von der Musikmuschel. »Wirst du ja nachher sehen«.

Im Wohnheim musterte Apo das Zimmer und befand es für »okay«. »Und ich schlafe im Bett, hast du versprochen.«

»Klar, ich penne auf der Isomatte.«

»Dann mal an den Strand zu den Bräuten!«, rief Apo, sah im Spiegel nach, ob seine Haare saßen, und setzte seine Sonnenbrille auf.

Zwei Poser nebeneinander sahen zusammen aus wie der Teil einer Rockband, die gerade ihre Instrumente im Hotel abgestellt hatte. Sie merkten, dass ihnen einige Blicke folgten, und liefen betont lässig zur Promenade. Skip erzählte in voller Länge von der Rettungsaktion in der stürmischen Nacht.

»Krass, denkt man gar nicht, dass es hier acht Meter hohe Wellen geben kann«, bemerkte Apo und blickte respektvoll auf das Meer.

Skip hatte einige Details der Geschichte etwas ausgeschmückt.

Das Surfcenter hatte schon geschlossen, also gingen die beiden direkt in die Strandbar. Dort begrüßte Skip Jimmy wie einen guten alten Bekannten.

»Hey Jimmy, wie geht's? Darf ich dir meinen besten Freund Apo vorstellen?«

Jimmy polierte gerade ein Glas, nickte lediglich kurz in Apos Richtung und fragte höflich: »Na, was wollt ihr trinken?«

»Zwei Bier, zwei Helbing bitte, Jimmy!«

»Auf ein geiles Wochenende!«, stießen die Freunde mit den Schnapsgläsern an.

Apo kippte den Helbing runter, schüttelte sich kurz und nahm einen Schluck Bier zum Nachspülen. »Schmeckt ein bisschen nach Griechenland.«

»Eben. Ist doch fast so schön wie in Griechenland. Weißer Sand. Anisgeschmack im Mund.« Skip strahlte.

Die Terrasse war recht gut gefüllt mit der üblichen Mischung aus älteren Leuten in bunten Stoffhosen und jüngeren in Shorts oder Röcken. Aus den Boxen tönte »Wild Boys« von Duran.

»Die Musik ist ausbaufähig, aber sind ja echt ein paar hübsche Bräute hier«, staunte Apo.

Skip war erleichtert, dass Apos erster Eindruck positiv war.

»Kannst mich ja gleich mal den Damen vorstellen«, sagte Apo und sah dabei zu einem Tisch mit drei Mädchen, die etwa in seinem Alter sein mussten.

»Ausgerechnet die da drüben kenne ich nicht.«

»Und alle anderen schon, oder was?«, lachte Apo.

»Nicht ganz. Aber ich bin ja auch erst einige Wochen hier.« Er war froh, dass Jaqueline nicht zu sehen war. Auf schwierige Gespräche hatte er in diesem Moment keine Lust.

In Heidelberg war nicht viel passiert. Apo ließ sich daher lieber von Skip auf den neuesten Insel-Stand bringen. Skip berichtete im Laufe des Abends ausufernd von den Konzertvorbereitungen, von den skurrilen Bewohnern, von seinem Herbert-Alptraum. Das Gespräch mit Mathilda am Vormittag erwähnte er besser nicht.

Apo bestellte fleißig für beide auf Skips Rechnung und die beiden wankten dann irgendwann ins Wohnheim.

Mit Mädchen hatten sie nicht gesprochen. Es hatte sich – mal wieder – nicht ergeben. Trotzdem war es ein guter erster gemeinsamer Abend.

Kapitel 18 – Noch einmal schlafen

Skip hatte auf der quietschenden Isomatte sehr bescheiden geschlafen und wachte mit Kopfschmerzen auf. Er überlegte, ob er sich krankmelden sollte, beschloss dann aber doch, in die Residenz zu gehen. Krank machen und am Samstag das Konzert veranstalten käme sicher nicht so gut. Außerdem wollte er noch einige Sachen vorbereiten.

Apo wollte ausschlafen, dann vielleicht an den Strand gehen und mittags mal bei Skip »auf Schicht« vorbeikommen. Skip hatte ihm den Weg aufgemalt.

»Das kennt aber hier jeder, kannst auch einfach jemanden mit weißen Haaren fragen, wo es lang geht. Bis später.«

Hinter den Dünen kamen ihm Mathildas Worte wieder in den Sinn.

In seinen Überlegungen zu ihrer Bitte war er noch keinen Deut weitergekommen.

Auf dem Parkplatz vor der Residenz stand eine gelbe Ente. Frau Petersen legte ein Maßband an der Fahrertür an.

»Das ging ja fix, Frau Petersen!«

Sie hielt das Maßband fest, drehte den Kopf etwas und rief: »Ja, toll, oder? Und die Aufschrift lassen wir auch gleich nächste Woche machen.«

Um sich abzulenken, machte er bei der Morgenrunde die Betten extra genau und erledigte alle kleinen Arbeiten sofort, die Bente und Magdalena ihm auftrugen.

Beim Durchsehen der Post für die Bewohner stellte er zufrieden fest, dass kein Brief aus Holland dabei war.

In der Küche organisierte er noch große Schüsseln und Zutaten für eine Bowle, die am Samstagabend bereitgestellt werden sollte. »Natürlich ohne Alkohol, Frau Petersen«.

Was Frau Petersen nicht wissen musste: Eine Bowle für die externen Gäste würden sie mit Rum »verfeinern«.

Mittags kam Apo ihn besuchen. Apo musste sich im Erdgeschoss in ein Besucherbuch eintragen. Er verzog die Nase. Aus der Küche zog ein kräftiger Fischgeruch durch den Flur.

Im Fahrstuhl fiel Apos Blick auf einen rechteckigen Aufkleber, der vom Hersteller auf Augenhöhe angebracht war.

Er holte den Kugelschreiber aus der Tasche, den er am Empfang eingesteckt hatte, und schrieb grinsend los.

»Apo …«, zischte Skip und wollte ihn davon abhalten.

»Keine Sorge, ich hab's gleich«, erwiderte Apo und hielt Skip mit seiner freien Hand auf Abstand.

Dann trat er einen Schritt zurück und betrachtete zufrieden sein Werk.

Auf dem Aufkleber stand jetzt unter der Zeile
Im Notfall rufen Sie …

1. Superman
2. Batman

Im Dienstzimmer stellte er Apo seinen Kolleginnen vor und einige Bewohner fragten, ob Apo noch ein neuer Zivi sei. Der bekam vom vehementen Kopfschütteln auf diese Frage fast ein Schleudertrauma.

Sie betraten den Speisesaal, der gerade nach dem Mittagessen aufgeräumt wurde.

Skip erklärte leidenschaftlich, wie das Konzert ablaufen sollte. Apo kratzte sich am Kopf und fragte sich ernsthaft, ob das alles so klappen würde.

»Wofür machst du dir den ganzen Stress nochmal?«

»Für Herbert. Der ist gestorben.« Apo sah ihn skeptisch an. Skip fügte daher hinzu: »Naja auch, um zu sehen, ob Marie vielleicht davon hört und vorbeikommt.«

»Wenn sie überhaupt gerade auf Sylt ist«, ergänzte Apo. »Alter, das ist echt schräg. Aber wenn du das unbedingt machen willst … habt ihr denn überhaupt Zusagen von Leuten, die noch nicht scheintot sind?«

»Also erstens: Viele Bewohner hier sind noch gut drauf. Zweitens haben in der Surfschule wohl schon einige gesagt, dass sie vorbeischauen wollen.«

»Na, ich bin gespannt.«

Zu Mathilda gingen sie an diesem Tag nicht ins Zimmer, Skip wollte erst seine Gedanken sortieren.

Er durfte früher Schluss machen und ging mit Apo an den Strand. Am Surfcenter gaben Nick und Max gerade einen Kurs, daher sagten sie nur kurz »hallo« und legten sich einige Meter weiter in den Sand. Dort saßen sie rauchend und ließen sich den leichten Seewind ins Gesicht pusten. Bikini-Schönheiten waren noch nicht zu erkennen, was Apo aber unkommentiert ließ.

»Wir brauchen noch einen Plan für morgen, um zu vermeiden, dass die Leiterin der Residenz das Ganze morgen abbricht. Wenn es wie geplant laut wird und hoffentlich 'ne Menge junge Leute kommen, dreht sie vielleicht durch.«

»Gut möglich«, nickte Apo und dachte bereits unter seinen schwarzen Locken wild nach.

»Wir müssten sie eine Zeit lang ablenken, am besten sogar außerhalb des Heims«, setzten sich seine Gedanken zusammen.

»Vielleicht gibt es einen Notfall im Nachbarort«, schlug Skip vor.

Apo schüttelte den Kopf. »Dann ruft man bei der Polizei oder Feuerwehr an, aber doch nicht im Altersheim.«

»Und wenn ein Bewohner abhaut und gesucht werden muss?«

»Nicht schlecht. Aber wer soll denn so etwas mitmachen?«

Skip pustete die Backen auf und blies hörbar Luft aus. »Keine Ahnung.«

Er ging in Gedanken alle Bewohner durch. Die meisten Bewohner müssten schon vor Tagen losgelaufen sein, um überhaupt weit genug von der Residenz zu sein, damit sich eine Suchaktion lohnt.

Der Plan wurde erst einmal wieder fallen gelassen. Auch andere Möglichkeiten, wie Frau Petersen zu betrunken machen oder ihr Schlaftabletten zu geben, erschienen zu kriminell und gefährlich.

Nachdem der Surfkurs vorbei war, gingen Apo und Skip zum Center und tranken mit Nick und Max ein Feierabendbier.

»Ich glaub, ich seh' doppelt«, hatte Max gewitzelt, beim ersten Anblick der beiden Poser nebeneinander.

Mit Apo verstanden sich die Surferjungs auf Anhieb gut, wie die meisten Menschen im Übrigen.

Skip ließ die drei quatschen und holte wie abgemacht den Transporter von der Residenz. Zu viert brachten sie zwei alte Surfbretter, die Gummipalme und die Musikausrüstung in den Speisesaal.

Dort machten sie einen Soundcheck und waren überrascht, welche Lautstärke aus der Anlage herauszuholen war. Apo stand dabei Schmiere, dass niemand im falschen Moment hereinplatzte.

Man einigte sich darauf, dass der Rest am nächsten Tag erledigt werden konnte.

Am Abend saßen Skip und Apo mit einem Sixpack auf den Stufen vor der Musikmuschel.

Beide waren müde und gingen vergleichsweise früh schlafen, denn: »Morgen ist Achterbahn!«

Kapitel 19 – Achterbahn

Skips zweite Nacht auf dem Boden war bereits gewohnter, aber nicht bequemer als die erste. Er war früh wach und holte zwei Becher Kaffee, ein paar Brötchen, Nutella und Bifis zum Frühstück.

Apo war beim Frühstück so lange gut gelaunt, bis er erfuhr, dass er gleich schon wieder mit Skip in die Residenz gehen sollte, um die Vorbereitungen abzuschließen.

Etwas mürrisch und mit einigen Raucherpausen gelang es ihnen aber doch recht rasch, die schwarzen Tücher um die Bühne herum aufzuhängen und die Aluschnipsel festzutackern. Apo hielt die Leiter, auf der Skip balancierte, um einige Deckenstrahler mit rotem Papier abzukleben.

Die Bowle wurde mit Trauben-Orangensaft, Bitter Lemon und Dosenfrüchten aus der Küche angesetzt. In einem Küchenregal standen noch drei Flaschen Rum, das sollte für die Gäste-Mischung reichen.

Beim Anblick der Flaschen erinnerte sich Skip an den Abend, an dem er Mathilda aus den Fluten gerettet hatte und sie in der Wäschekammer den gleichen Rum getrunken hatten.

»Komm, ich stelle dir Mathilda vor.« sagte er zu Apo, nachdem die letzten Handgriffe erledigt waren.

Apo reichte Mathilda höflich die Hand. Sie strahlte ihn an. Auf Mathildas Roboterstimme hatte Skip Apo vorbereitet, trotzdem zuckte er kurz zusammen, als sie den Stimmverstärker an ihren Hals hielt und losdonnerte:

»Du bist also Apo. Skip hat ja schon so Einiges von dir erzählt. Du hast so tolle Haare! Darf ich die mal anfassen?«

Apo guckte leicht irritiert, ließ Mathilda aber dann mit den Fingern durch seine Haare fahren.

»Alles bereit für den großen Abend?«, fragte sie Skip.

»Ich denke schon. Nur für Frau Petersen haben wir noch keine Lösung gefunden.«

»Euch fällt schon was ein.«

»Wir hatten überlegt, dass ein Bewohner als vermisst gemeldet wird, und Frau Petersen ihn suchen gehen muss.«

»Ach ja?«

»Aber uns fällt niemand von den Bewohnern ein, der bei sowas mitmachen könnte.«

Mathilda überlegte lange und antwortete dann:

»Ich würde euch ja gerne helfen, aber zu Fuß komme ich nicht weit.«

Apo schaltete sich ein: »Sie könnten auch den Bus nehmen.«

Skip sagte rasch: »Nein, das wäre doch zu anstrengend.«

»Ich kann aber noch Autofahren, denke ich«, sagte Mathilda keck und sah die beiden an.

»Wir haben aber auch kein Auto«, erklärte Apo.

»Wie wäre es mit dem Transporter?«, fragte Skip.

»Das ist mir viiieel zu sperrig, da fahre ich sicher eine Beule rein.« Mathilda schüttelte den Kopf.

»Was ist denn mit Herberts Ente?«, wollte sie wissen. »Die steht seit gestern hier unten auf dem Parkplatz. So eine Ente hatte ich früher auch einmal.«

Die drei guckten sich aufgeregt an. Skip ergänzte sofort: »Und die Schlüssel sind vielleicht sogar unten am Empfang. Ich meine, die lagen in der gleichen Schublade, wie die Schlüssel vom Transporter.«

Nach einer kurzen Pause sah er Mathilda noch einmal direkt an: »Und das würdest du wirklich tun?«

»Ach, da habe ich schon ganz anderen Unfug in meinem Leben gemacht. Und ins Kittchen komme ich dafür sicher nicht«, sagte sie lachend.

Alle drei fanden den Plan gut. »Abgemacht. Wenn du es dir aber noch anders überlegen solltest, wäre das vollkommen in Ordnung«, betonte Skip. Dann wandte er sich an Apo: »Geh doch schon mal runter, ich möchte noch kurz etwas mit Mathilda besprechen, was Privates.«

Apo schloss die Tür leise von außen. Die beiden schwiegen. Nach einer Weile sagte Mathilda »Ich hätte dich nicht mit dieser Amsterdam-Sache belasten dürfen. Dafür möchte ich mich entschuldigen.«

»Schon gut.« Skip hatte seit dem Vortag irgendwie auf ein Zeichen gewartet, das seine Entscheidung in der »Amsterdam-Sache« erleichtern würde.

Die Vorstellung von Mathilda am Steuer der gelben Ente gefiel ihm und setzte etwas in ihm in Gang.

»Und es gibt wirklich keine Aussicht auf Heilung mehr?« Mathilda schüttelte den Kopf.

»Wie funktioniert denn Sterbehilfe?«

»Man trinkt ein starkes Medikament und schläft dann ein.«

»Tut das weh?«

»Ich glaube nicht. Aber meine Knochen tun ja auch so die ganze Zeit weh.«

»Ist das legal?«

»In Holland ist das eine Grauzone. Es wird geduldet. Es gibt auch Bestrebungen, es zu legalisieren.«

»Wann wolltest du denn nach Amsterdam fahren?«

»Nächste Woche«, sagte sie ganz ruhig.

»Nächste Woche schon?«

Skips Blick wurde wässrig.

Sie sahen sich schweigend an. Mathilda lächelte sanft.

»Ich überlege es mir bis morgen, in Ordnung?«

»In Ordnung.«

Kapitel 20 – Tribute to Herbert

Gegen 20 Uhr saßen schon viele Bewohner an den Tischen im Saal. Direkt vor der Bühne hatten Skip und Apo die Tische weggeschoben. Einige Gäste blickten neugierig zum Vorhang, der die Bühne verdeckte, andere tuschelten miteinander. Bente und Magdalena saßen mit Frau Petersen an einem Tisch. Gäste, die nicht zur Residenz gehörten, sah Skip noch keine. Die Stimmung war wie bei einem Gottesdienst.

Apo, Nick und Max standen noch vor dem Hauseingang und tranken Bier aus der Flasche. Nick hatte sein Hawaii-Hemd und weiße Shorts an. Max trug ein schwarzes T-Shirt und eine schwarze Lederjacke.

Drinnen wurde die alkoholfreie Bowle auf einem Wagen hineingeschoben. Die Köpfe hoben sich erfreut.

Wer selbst gehen konnte, holte sich einen Becher, weniger mobilen Bewohnern wurde ein Becher gebracht.

Nach der Tagesschau trudelten dann noch einige Bewohner ein.

Nick und Max gingen hinter den Vorhang auf die Bühne und griffen sich Ukulele und Bongos.

Skip trat mit offenen Haaren und Sonnenbrille vor die Bühne, klopfte auf das Mikrofon in seiner Hand, das an einem langen Kabel hing.

»Guten Abend«, hallte es durch den Saal.

»Schön, dass Sie so zahlreich erschienen sind. Wir wollen heute noch einmal Abschied von Herbert Schibulsky nehmen.«

Er blickte durch die Reihen und sah in gespannte in Gesichter.

»Was viele vielleicht nicht wissen. Herbert hatte in Berlin eine Kneipe, in der immer viel gelacht und getrunken wurde. Dort lief meistens Rockmusik, habe ich mir sagen lassen. Daher wollen wir heute Herberts Leben noch einmal musikalisch Revue passieren lassen. Er hört uns vielleicht von dort oben zu«, und dabei blickte Skip theatralisch nach oben.

Viele im Saal nickten, einige bekreuzigten sich.

»Ich freue mich sehr, dass wir für heute Abend zwei der besten Musiker der Insel gewinnen konnten. Wenn sie gerade nicht auf der Bühne stehen, geben sie am Strand gleich hier um die Ecke Windsurf-Unterricht. Wer mal einen Kurs machen möchte, ist herzlich eingeladen. Entsprechende Flyer haben wir auf den Tischen ausgelegt.«

Auf der Werbung für das Surfcenter hatten Nick und Max bestanden. Die Bewohner, die noch selbständig laufen konnten, würden dem Center aber eher nicht die Bude einrennen.

Eine fleischige Männerhand erhob sich.

»Ja, Georg?«

»Was sind denn ›Fleier‹?«

»Informationsblätter. Liegen ja auf den Tischen.«

»Dankeschön.«

»Gerne. Noch weitere Fragen?«

Eine zittrige Frauenhand erhob sich.

»Ja, Gisela?«

»Können wir uns auch Lieder wünschen?«

»Das geht heute leider nicht, aber vielleicht beim nächsten Mal. So und nun ... Vorhang auf!«

Apo zog den Vorhang auf und schaltete die Deckenstrahler ein, die ein sanftes rotes Licht auf die Bühne warfen.

Nick stellte gerade noch die Bierflasche neben sich, winkte kurz in den Saal und hielt die Ukulele vor seine Brust. Max klemmte sich die Bongos zwischen die Beine.

Die beiden nickten einander zu, Nick gab mit dem Fuß den Takt an und schrubbelte dann gekonnt auf seiner Minigitarre. Dazu summte er in ein Mikrofon vor seinem Stuhl. Max trommelte fleißig auf seinen Bongos und rief manchmal so was wie »Uh« oder »Ah«.

Dem Publikum und Frau Petersen gefiel das offensichtlich. Einige klatschten fast im Takt und wippten dabei auf den Stühlen mit.

Nach dem ersten Stück griff sich Max das Mikrofon.

»Auch von unserer Seite einen guten Abend. Wir sind Nick und Max und spielen heute für Herbert. Mein Vater und Herbert waren enge Freunde. Daher ist es mir eine Ehre, für ihn hier spielen zu dürfen.«

Während er sprach, traten drei Jugendliche von hinten in den Saal, die sich irritiert umsahen. Apo hatte Instruktionen, alle externen Gäste umgehend mit einem Becher Rum-Bowle zu versorgen, die in der Nähe des Eingangs etwas verdeckt stand. Mit vollen Bechern in der Hand nippten die Jungs aber erst einmal skeptisch im Hintergrund.

Nick und Max setzten ihr Hawaii-Programm fort.

Skip sah, dass die Nachtschwester hektisch hereinkam und Frau Petersen etwas zuflüsterte.

Diese stand sofort auf und ging mit der Schwester zusammen raus.

Mathilda hatte es wohl tatsächlich getan. Skip sah zur Sicherheit einmal kurz draußen nach.

Frau Petersen stand auf dem Parkplatz und guckte sich verzweifelt um.

»Was ist denn los, Frau Petersen?«

»Ach, Mathilda ist verschwunden, ohne Bescheid zu sagen. Und die Ente ist auch weg. Ein Bewohner meinte auch, dass er Mathilda gesehen habe. Sie sei mit der Ente vom Parkplatz gefahren. «, berichtete sie ganz aufgeregt.

»Mathilda ist ja eine erwachsene Frau, die kommt schon klar. Aber es wäre sicher besser, wenn sie ihr hinterherfahren.«

»Aber sie sieht doch nicht mehr gut und ist bestimmt seit Jahren kein Auto gefahren. Und viel Benzin kann auch nicht im Tank sein. Und ich weiß ja gar nicht, in welche Richtung sie gefahren ist.«

»Ganz ruhig. Es ist ja noch hell. Am besten Sie fahren einfach mal die Hauptstraße nach Norden und fragen dann Passanten, eine gelbe Ente fällt ja sicher auf.«

»Meinst du?«

»Oder wollen Sie gleich die Polizei rufen? Dann könnten die aber fragen, wie eine Bewohnerin einfach mit der Ente abhauen konnte. Hat die überhaupt TÜV?«

»Das Auto ist in einem sehr gepflegten Zustand! Herr Schibulsky hatte immer darauf bestanden, dass der Wagen bewegt wird und alle zwei Jahre Inspektion und TÜV bekommt.« Aber bei dem Gedanken an fragende Polizisten wurde sie dann doch ganz blass.

»Oh Gott, nein. Wahrscheinlich hast du recht. Ich gehe sie suchen.«

Sie holte sich den Schlüssel des Transporters und fuhr los.

»Viel Glück Frau Petersen!«

Drinnen war der Weg frei für das Hauptprogramm.

»Meine Damen und Herren, nun folgt eine kleine Umbaupause, dann geht es sofort weiter.«

Aus den drei Jugendlichen waren mittlerweile fünf geworden, die sich fleißig Bowle nachfüllten.

Apo ließ die Rollläden an der Fensterfront herunter und der Raum wurde sehr dunkel, nur die Deckenstrahler erleuchteten noch die Bühne.

Der Standventilator wurde eingeschaltet und ließ die Aluschnipsel glitzernd im Licht tanzen.

Nick tauschte die Ukulele gegen seine Gitarre und Max nahm am Schlagzeug Platz.

Skip legte sein Mikrofon vor den Ghettoblaster.

»Fertig?«, fragte er Nick.

»Fertig.«

Skip drückte auf Play.

Es knisterte kurz, dann dröhnte Alice Cooper aus den Boxen. Nick und Max ließen ihre Haare im Ventilatorwind fliegen, spielten und sangen mit großer Hingabe und etwas Talent zu »School's Out for Summer« live mit.

Die Jugendlichen sahen sich lachend an und rückten mit vollen Bechern und pubertärer Neugier weiter zur Bühne vor. Apo holte eine zweite Schüssel »echte Bowle« aus der Küche und stellte sie auf einen Tisch in der Mitte des Saals.

Die Residenz-Bewohner nahmen den Beginn des Hauptprogrammes unterschiedlich auf. Einige Damen wippten eifrig mit, andere fummelten an ihren Hörgeräten oder steckten sich Taschentücher in die Ohren.

Es hatte sich schnell herumgesprochen, dass die »verfeinerte« Bowle besser schmeckte und »mehr Wumms« hatte.

Fortlaufend kamen noch mehr Teenager herein und freuten sich über Bowle und die Bühnenperformance.

Skip sah ein blondes Mädchen mit einer Begleitung am Eingang stehen. Für einen Moment dachte er, es wäre Marie. Sie war es leider nicht.

Apo ging zwischendurch einmal nach draußen, um zu sehen, ob Frau Petersen eventuell schon wieder zurückkäme. Nichts zu sehen. Alles in Ordnung.

Auf dem Weg nach drinnen brachte er noch weitere junge Leute mit, die sich noch nicht hineingewagt hatten.

Die Gottesdienststimmung war dahin.

Nick und Max waren froh, dass einige Besucher im Oberstufenalter vor der Bühne standen und tanzartige Bewegungen machten.

Nach drei weiteren Liedern musste Apo schon wieder neue Bowle holen und die Stimmung wurde gelöster.

Skip holte jetzt seine kleine Trickkiste und warf kleine Gummiratten von der Bühne. Er drehte den Ventilator in Richtung Publikum und blies Konfetti und Luftschlangen in den Saal. Apo schaltete die Deckenstrahler an und aus und ließ so die Bühne zum Song von The Police flackern. Apo unterstützte Roxanne mit dem Abschalten des roten Lichtes etwas zu enthusiastisch. Ein Deckenstrahler überlebte das Lichtschalter-Massaker nicht und verabschiedete sich mit einem Knall.

Das wurde vom angeheiterten Teil des Publikums als

willkommene Showeinlage gefeiert. Zwei Bewohner mit Rollator brachten sich jetzt lieber in Sicherheit und verließen den Saal. Mehrere Senioren hatten aber richtig Spaß und tanzten etwas ruckelig und teilweise im Takt vor sich hin. Zwei Damen im Rollstuhl wackelten und klatschten im Sitzen euphorisch mit. Georg drehte mit Balu in der Ecke Pirouetten. Mehr Rambazamba in dieser Altersklasse wäre auch beim besten Heino-Konzert nicht drin gewesen. Den Kapitän sah Skip immer nur mit einem vollen Becher Bowle vor dem Bart.

Kurz vor dem Ende der vorbereiteten Songs waren rund dreißig mehr oder weniger angetrunkene Gäste vor der Bühne, die mitklatschten und bei den Refrains mitgröhlten. Marie war nicht zu sehen.

Nick und Max schwitzten mächtig. Skip legte den Arm um Apos Schulter und brüllte ihm ins Ohr: »Läuft viel besser, als ich dachte!«

»Ja, Wahnsinn. Da muss einer seiner halben Schule Bescheid gegeben haben, dass man sich hier kostenlos besaufen kann«, brüllte Apo zurück.

»Was riecht hier eigentlich so komisch?«, frage Skip.

Währenddessen ging Mathilda ein wenig am Rand von Westerland spazieren. Zu Beginn des Abends hatte sie den Schlüssel zur Ente von Skip erhalten. Als sich im Erdgeschoss die meisten Bewohner und Frau Petersen im Saal versammelt hatten, hatte sie sich mit einer dicken Strickweste und einem Strohhut ins Auto geschlichen. Im Auto musste sie sich erst einmal an die alte Technik des Franzosen zurückbesinnen. Spiegel einstellen. Sicherheitsgurt an. So weit, so gut. Jetzt den Choke ziehen – musste man den jetzt ganz oder nur halb ziehen? Der Schalthebel rechts neben dem großen Lenkrad im Armaturenbrett klemmte, ruckelte dann aber doch in einen Gang, hoffentlich den richtigen. Die Kupplung war sehr weich und Mathildas Beine waren gerade lang genug, um das Pedal ganz durchzudrücken. Zündschlüssel drehen. Der Anlasser wimmerte zaghaft. Mit etwas Gas wurde das Wimmern forscher. Nach einigen Startversuchen war es ihr gelungen, den Motor knatternd aufheulen zu lassen. Ihr kleines Herz hatte wild gepocht. Die ersten Meter war sie unsicher über den Parkplatz gerollt. Nach der ersten Kurve hatte sich die schwergängige Lenkung der Ente ein wenig vertrauter angefühlt, aber ganz geheuer war ihr nicht zumute gewesen. Im Zeitlupentempo hatte sie sich dann aus der Auffahrt auf die kleine Nebenstraße gewagt. Ein Geländewagen war ihr dann sehr dicht aufgefahren und nach einigen Metern mit lautem Hupen an ihr vorbeigeprescht. Für eine große Inselrundfahrt waren ihre Fahrkünste doch zu eingerostet. Folglich hatte sie beschlossen, bei der nächsten Gelegenheit eine Parkmöglichkeit zu suchen. Da war ihr der Supermarkt gerade recht gekommen. Sie bog langsam auf den ziemlich leeren Parkplatz ein und fuhr im Schritttempo hinter einen Lieferwagen. Dort stellte sie den Wagen ab. Motor aus. Tief durchatmen. Sie stieg aus, um nachzusehen, dass die gelbe Ente von der Straße aus nicht auf den ersten Blick zu sehen war. War sie nicht.

Nun konnte sie sich unauffällig die Zeit vertreiben. Mit Skip war ausgemacht, dass sie maximal zwei Stunden »verschwunden« sein musste. Bevor es dunkel würde, sollte sie zurück zur Residenz fahren – falls Frau Petersen sie bis dahin nicht gefunden hätte.

Der Abend war noch mild, ihre Strickweste schützte sie vor einem leichten Nordseewind, der zu schwach war, ihr den Hut vom Kopf zu pusten. Sie tippelte langsam in einer Nebenstraße Richtung Ortskern. Dabei blickte sie sich ein paar Mal um. Da kein Suchtrupp der Residenz zu sehen war, beruhigte sich ihr Herz langsam und sie fühlte sich beschwingt und gleich zwanzig Jahre jünger. Die Geschäfte hatten schon geschlossen, aber die Fußgängerzone war noch gefüllt mit Menschen, die die Restaurants oder Eisdielen besuchten. Mathilda kaufte sich eine Kugel Erdbeereis in der Waffel und machte einen kleinen Schaufensterbummel.

Ein dumpfer Schmerz in ihrem unteren Rücken erinnerte sie daran, dass es ja noch einen ungebetenen Gast in ihrem Körper gab. Sie setzte sich auf eine Bank und ruhte sich aus. »Warum hast du dir nicht jemand anderen gesucht?«, fragte sie ihren Krebs und legte dabei ihre Hand beschwörend auf den knotigen Bauch. An die Vorstellung, am Krebs zu sterben, hatte sie sich langsam gewöhnt. Aber als dann vor einigen Tagen feststand, dass ihr Körper den Kampf bereits innerhalb weniger Wochen verlieren würde, fühlte sich die Situation doch wieder neu und bedrohlich an.

»Sterben kann man wohl nicht trainieren«, hatte sie nach dem letzten Termin im Krankenhaus zu Annegret gesagt und dann in ihrem Zimmer lange geweint.

Sie wusste nicht, ob Skip ihr helfen würde, nach Amsterdam zu kommen. Sie hoffte es aber von ganzem Herzen. Er war ihr das vielleicht sogar ein wenig schuldig. Warum hatte er sie in der Sturmnacht denn aus dem Wasser gezogen? In den aufgewühlten Fluten zu ertrinken wäre ein guter Abgang von der Bühne des Lebens gewesen.

Die Energie, die sie bei der kurzen Fahrt mit der Ente verspürt hatte, war nun vollends aufgebraucht und sie lief mit kleinen, müden Schritten zurück zum Auto. Es dämmerte zaghaft, sie nahm eine falsche Abzweigung und war in einer schmalen Straße nach Norden, die ihr aber auch bekannt vorkam. Sie musste bereits in der Nähe der Residenz und der Ente sein. Während sie sich orientierte, hörte sie eine Feuerwehrsirene, die rasch näherkam. Mathilda ging hinter eine Hecke, da sie nicht sicher war, ob die Feuerwehr vielleicht nach ihr suchte. Zwei große Feuerwehrautos mit heulendem Martinshorn fuhren flott an ihr vorbei und bogen an der nächsten Ecke nach links ab, Richtung Residenz. Mathilda blickte über die Dächer, konnte aber keinen Rauch sehen. Die Sirenen der Feuerwehrwagen verstummten.

Sie beschleunigte ihren Schritt, fand den Supermarktparkplatz wieder und setzte sich tief atmend in die Ente. Nach einigen Minuten ließ sie den Motor an und steuerte wie auf rohen Eiern zurück zur Residenz.

Ihr stockte der Atem, als sie die Feuerwehrautos und die vielen Bewohner vor dem Eingang stehen sah. Kein Feuer zu sehen, kein Rauch zu riechen. Sie stellte die Ente am Rand des Parkplatzes ab und ging vorsichtig auf das Gebäude zu.

Annegret kam Mathilda eilig entgegen und nahm sie in den Arm: »Gott sei Dank, du bist wieder da!«

»Wieso? Was riecht denn komisch …? Ich rieche nix«, sagte Apo. »Das sind bestimmt die heißen Bräute. Hast du die eine mit dem roten Mini gesehen?«, rief er aufgekratzt.

Skip war mit dieser Antwort nicht ganz zufrieden und sah sich schnüffelnd um.

Sein Blick ging nach oben. An der Decke schmorte gerade ein rotes Tuch durch, das sie über einen Strahler geklebt hatten. Die erste kleine Flamme zeigte sich, fraß gierig das Papier auf und erreichte sekundenschnell die nächste rote Abdeckung daneben.

»Licht aus, und eine Leiter«, schrie Skip.

Apo rannte zum Schalter an der Wand. Klack. Dunkel.

Nick und Max hörten auf zu spielen. Die Musik vom Tape wummerte weiter »TNT« von AC/DC. Nur durch den Eingang hinten im Saal fiel etwas Licht herein.

An der Decke loderte das brennende Papier wie ein asiatischer Lampion und die Leute tanzten lachend darunter weiter.

Die Sprinkleranlage ging schon an, bevor die Leiter da war.

Die Bewohner hielten sich die Hände oder Servietten über den Kopf und flüchteten zum Ausgang. Die Musik lief munter weiter.

Der Großteil der angetrunkenen Menge vor der Bühne begrüßte die Showeinlage und tanzte und johlte im Regen der Sprinkler, bis alle klatschnass waren.

Nick und Max versuchten, die Technik vor dem Wasser zu retten. Skip schnappte sich Apo und half einigen Bewohnern im Rollstuhl zum Ausgang.

Skip stoppte die Musik. Viele Augenpaare auf der Tanzfläche blickten ihn fragend an. Ein Martinshorn war nun gut zu hören und wurde rasch lauter.

Skip wollte die Einsatzkräfte auf dem Parkplatz abfangen, da ja alles schon gelöscht war. Dennoch strömten einige

Männer in voller Montur in den Saal und mussten sich davon überzeugen, dass kein Brandherd mehr aktiv war.

Ein Feuerwehrmann zog ein klatschnasses Mädchen an der Hand aus dem Saal und redete zornig auf sie ein. »Deine Mutter und ich müssen uns wohl etwas überlegen, wenn du hier auf illegale Partys gehst. Und betrunken bist du auch!«

»Wo ist denn die Leitung des Hauses?«, wollte ein Feuerwehrmann wissen.

Skip setzte an: »Ja, also Frau Petersen ist ... «

Frau Petersen hatte die Suche nach Mathilda erfolglos abgebrochen und rollte gegen kurz vor 22 Uhr wieder auf den Parkplatz der Residenz. Dort parkte auch die gelbe Ente, auf den ersten Blick unversehrt. Erleichterung machte sich in Frau Petersen breit. Doch dies war nur von sehr kurzer Dauer.

Im Eingangsbereich hatten sich einige Bewohner versammelt und redeten wild durcheinander. Mathilda stand auch in der Gruppe, sagte aber nichts

Frau Petersen schwante nichts Gutes, nachdem sie die ersten Wortfetzen verstanden hatte: »Brand«, »Feuerwehr«, »Wasser von oben«, »Meine schöne Dauerwelle«. Dann erblickte sie Mathilda, sagte kurz und streng: »Wir reden später« und schritt in Richtung Speisesaal. Der kleine Trupp folgte ihr und redete weiter durcheinander.

Im Saal angekommen, wich Frau Petersen das Blut aus dem Gesicht.

Auf dem Boden standen große Pfützen, in denen Konfetti und Pappbecher schwammen. Einige Stühle lagen herum, auf den Tischen klebten nasse Flyer und matschige Dosenfrüchte.

An der Decke waren ausgefranste schwarze Brandflecken.

Skip und Apo kamen gerade mit Eimern und Putzlumpen herein und versuchten zu beschwichtigen

»Wir machen nur noch schnell sauber, Frau Petersen. Das wird alles wie neu.«

»In mein Büro, aber sofort!« Die Blässe in ihrem Gesicht war nun einem kräftigen Dunkelrot gewichen, das ihre tiefe Zornesfalte besonders gut zur Geltung brachte.

Das folgende halbstündige Gespräch lässt sich wie folgt zusammenfassen:

Skip wurde mit sofortiger Wirkung beurlaubt, es würde eine Meldung an Frau Jansen geben. Die Kosten des Feuerwehreinsatzes würde Skip wohl selbst tragen müssen.

Welche Schäden durch das Wasser entstanden waren, war noch nicht absehbar. Falls die Versicherung nicht greifen sollte, kämen auf Skip weitere Kosten zu. Eventuell folgte sogar noch eine Anzeige wegen Ausschanks von Alkohol an Minderjährige.

Skip, Apo, Nick und Max saßen nach dem Debakel im Sand vor der Strandbar. Dort, wo das Licht der Bar seine Kraft verlor, kreiste ein glimmender Joint und versuchte, die Gemüter zu beruhigen.

Apo blies langsam einen tiefen Zug aus und imitierte schrill Frau Petersen: »So etwas habe ich ja in all den Jahren noch nicht erlebt!« Er legte dabei einen Handrücken an seine Stirn und verdrehte theatralisch die Augen.

Skip war immer noch sehr mitgenommen und sagte müde: »Die ist eigentlich ganz okay. An ihrer Stelle hätte ich auch so reagiert. Wir hätten ja fast die Residenz abgefackelt und die besoffenen Kiddies hätten noch um das brennende Haus herumgetanzt.«

»Bis auf das spontane Ende war es doch ein gelungener Gig«, wollte ihn Nick aufheitern.

Skip ließ den Kopf hängen: »Und jetzt bin ich so was von am Arsch. Ich muss in ein paar Tagen aus dem Wohnheim raus, muss mir einen neuen Zivijob suchen, was sicher nicht hier auf der Insel sein wird, und alle sind sauer auf mich. Holy shit!«

Max legte sich angedröhnt nach hinten in den Sand und blickte in den dunklen Himmel. »Aber Mathilda war echt cool. Einfach mit der Ente losfahren. Respekt. Wo ist sie eigentlich hingefahren?«

Skip grinste nun doch etwas: »Ja, Mathilda hat's drauf. Ich habe sie nur kurz gesprochen und mich bedankt, nachdem wir den Einlauf von der Petersen bekommen hatten. Jetzt haltet euch fest: Sie ist einfach nur hundert Meter weiter auf den Supermarkt-Parkplatz gefahren und hat die Ente dort etwas versteckt abgestellt. Dann ist sie ein wenig spazieren gegangen. Ist das genial, oder was?«

»Und die Petersen fährt mit Vollgas und Puls 180 über die ganze Insel«, gackerte Apo.

Skip zog am letzten Rest des Joints.

»Drogenfahndung. Ihre Ausweise bitte, meine Herren!«

Er hustete heftig und drehte sich langsam erschrocken um.

Im Halbschatten stand Jaqueline mit einer Sonnenbrille im Haar, funkelnden Ohrringen und einer Designertasche unter der Achsel. Sie lachte knapp über den aus ihrer Sicht gelungenen Scherz.

»Darf ich euch mal kurz Skip entführen? Ihr kriegt ihn auch gleich wieder«, sagte sie kühl und selbstbewusst.

»Na nun geh schon, du Gigolo!«, scherzte Nick und machte mit beiden erhobenen Handrücken eine schiebende Bewegung in Skips Richtung.

Skip stand etwas mulmig und angedröhnt auf und ging mit Jaqueline ein paar Meter den Strand hinunter.

»Du hättest dich ja mal melden können, du ›Gigolo‹!«

»Ja, tut mir leid, aber ich hatte so viel zu tun.«

»Hey, das ist sonst immer mein Spruch, wenn ich jemanden versetze«, erwiderte Jaqueline und versuchte, ihn streng anzusehen.

»Eine Frage«, fasste sich Skip ein Herz und wollte dabei so cool wie möglich wirken: »Neulich Nacht, also da haben wir …?«

»Da haben wir … was?«

»Na du weißt schon. Also haben wir?«

»Jetzt sag nicht, du kannst dich daran nicht mehr erinnern?«

Skip schüttelte kleinlaut den Kopf.

»Mein lieber Mr. Gigolo. Der Abend war ja ganz spaßig und du bist ein ganz süßer Typ. Irgendwie anders. Und aus irgendeinem Grund habe ich dich noch mit zu mir genommen.«

»Und?«, fragte Skip – nun nicht mehr so cool, wie er gerne sein wollte.

»Wenn du es so genau wissen willst: Wir haben kurz in der Küche zu Musik aus dem Radio getanzt, aber du bist fast umgefallen und hast dich auf einen Stuhl am Tisch plumpsen lassen. Dann sollte ich mich auf deinen Schoß setzen und du hast deinen Kopf unter meine Bluse gesteckt.

Du hast mehrmals ›Nena‹ zu mir gesagt, kurz gestöhnt und einen nassen Fleck in deinem ausgebeulten Schritt bekommen. Das war mir dann doch alles zu freakig.«

Skip atmete verwundert, aber erleichtert aus. »Nena? Echt? Und warum habe ich dann auf dem Sofa geschlafen? Du hättest mich doch besser rausgeworfen.«

Eigentlich wollte ich dich rauswerfen, aber da du nicht mehr richtig gehen und sprechen konntest und komatös am Tisch eingeschlafen bist, habe ich dich einfach sitzen lassen. Später musst du dich wohl selbst noch ausgezogen und aufs Sofa begeben haben. Deine Klamotten habe ich morgens noch zusammengelegt.«

»Aber ich hätte dich doch auch bestehlen können.«

»Mein Schlafzimmer und das Büro hatte ich abgeschlossen. Auf dem Band der Überwachungskamera an der Haustür habe ich später gesehen, dass du nur eine Banane ›geklaut‹ hast. Und deinen Zivildienstausweis hatte ich zur Sicherheit kopiert: Steven Kipplinger, neunzehn Jahre. Da stand aber komischerweise gar nichts von Band-Manager.« Sie sah ihn höhnisch an.

Skip sackte in sich zusammen. Das war der unrühmliche Schlussakt eines völlig verkorksten Abends. Seine Kiste mit Wörtern der Entschuldigung hatte er schon bei Frau Petersen erfolglos geleert. Daher sagte er nichts, nickte und ging mit hängendem Haupt zurück zu den Jungs.

Jaqueline ging wortlos mit erhobener Nase in die andere Richtung.

Kapitel 21 – Kuchen hilft

Skip wurde wach, als ihn eine Möwe in die Hand zwickte. Er blinzelte und wollte sich die Augen reiben, nahm dabei aber eine Ladung Strand an seinem umgekrempelten Jackenärmel mit und der Sand rieselte über sein Gesicht. Er setzte sich auf, schüttelte sich und spuckte schlecht gelaunt ein paar Sandkörner aus.

Apo lag neben ihm und schnarchte noch. Es war bereits hell, aber außer den beiden war niemand an der Küste zu sehen – auch Nick und Max nicht. Einige leere Bierflaschen, ausgedrückte Zigaretten und Joints um sie herum deuteten an, warum der Weg ins Wohnheim gegen den Schlaf am Strand verloren hatte. Die Strandbar ein Stück hinter ihnen ruhte sich ohne Gäste aus.

Skips Klamotten fühlten sich klamm an. Er rüttelte Apo wach, der sich benommen umsah. Die beiden stapften dann einsilbig Richtung Promenade.

Bei der ersten offenen Bäckerei kauften sie zwei Becher Kaffee und setzten sich an einen kleinen Bistrotisch vor den Laden.

»Meinst du, Marie hätte es gefallen?«

Apo sah seinen Freund müde und genervt an. »Alter, jetzt vergiss doch mal diese Marie! Sie war nicht da, vielleicht ist sie gar nicht auf der Insel, vielleicht war sie auch nie auf dieser Insel!«

»Hast wahrscheinlich recht.«

»Was hast du denn jetzt vor?«

»Keine Ahnung. Erstmal duschen und dann mal sehen.«

Der Kaffee war langsam in Skips Kopf angekommen. »Warst du eigentlich schon mal in Amsterdam?« fragte er Apo.

»Nee, wieso?«

»Ach nur so.« Eine fauchende Mischung aus Frust, Kater, Koffein, Hilfsbereitschaft, Perspektivlosigkeit und Abenteuerlust braute sich zwischen Skips Ohren zusammen.

Nach einer heißen Dusche und einem Nickerchen im Wohnheim sah die Welt noch keinen Deut besser aus.

Skip und Apo gingen zur Residenz, um dort Skips Spind zu leeren und um zu sehen, ob sie noch beim Aufräumen helfen konnten.

Vor Ort sah alles wenigstens etwas freundlicher aus. Die Putzkolonne hatte in einer frühen Extraschicht das meiste schon erledigt. Es roch noch feucht und ein wenig nach Bowle. Die Brandflecken an der Decke starrten wie böse schwarze Augen auf Skip und Apo herab.

Unter den strengen Blicken von Frau Petersen brachten die beiden Freunde die Surfbretter und die Gummipalme zurück zum Surfcenter.

Apo blieb am Surfcenter und Skip fuhr den Transporter zurück. Er übergab den Schlüssel Frau Petersen persönlich, die mit verschränkten Armen am Eingang auf ihn gewartet hatte.

»Darf ich noch einmal zu Mathilda hoch?« Sie zögerte kurz und ließ ihn dann passieren. »Aber nur kurz, und dann räumst du deinen Spind aus.«

»Wie geht es dir, Skip?« Mathildas Lachfalten waren zu Sorgenfalten geworden.

»Ganz okay«, schönte er seine Gefühlslage und lächelte sie an. »Und dir?«

»Och, das Übliche. Ich habe schon Aerobic gemacht und mich dann mit neuer Bestzeit für die nächste Inselrallye qualifiziert«, flunkerte sie zwinkernd.

Skip sah aus dem Fenster in den Himmel und fragte: »Wie wäre es denn mit einer Rallye – nach Amsterdam? Ich könnte noch eine Copilotin brauchen.«

Mathildas Herz machte einen Sprung. Nach außen blieb sie aber betont ruhig. »Skip, du musst das nicht machen. Aber ich weiß es sehr zu schätzen. Vielen Dank.«

»Mathilda, ich war selten so ernst in meinem Leben. Wenn du dort unbedingt hinmöchtest, begleite ich dich.« Nach einer kurzen Pause ergänzte er: »Mich hält doch hier jetzt eh nichts mehr.«

Mathilda legte ihre Hände um seine, sah ihn durchdringend an und lächelte. »Danke. Vielen Dank.«

»Und wie kommen wir jetzt da hin?«

Mathilda grinste verschmitzt. »Gib mir bitte doch mal die Strickweste, die dort über dem Stuhl hängt.«

Dann zog sie aus der Tasche der Weste einen Autoschlüssel.

»Ich habe gestern Abend zwei Schlüssel von der Ente mitgenommen, den zweiten habe ich gar nicht zurückgelegt. Habe ich aber auch erst heute Morgen bemerkt. Wenn das kein Wink des Schicksals ist«, kicherte sie.

Skip sah sie skeptisch an. »Aber wie sollen wir denn die Ente nehmen, ohne dass dann alle gleich hinter uns her sind?«.

»Da fällt uns schon was ein.«

Sie planten, am Dienstagmorgen ganz früh loszufahren, bevor das Leben in der Residenz erwachte.

»Sterbehilfe? In Holland? Alter, tickst du noch richtig?«, rief Apo.

Draußen regnete es leicht. »Ich hab' mir das gut überlegt, glaub mir«, erwiderte Skip.

»Und ich soll da noch mitkommen? Und helfen, eine süße Omi umbringen zu lassen?«

Skip hatte eigentlich gehofft, dass Apo cooler reagieren würde, und war nun in akuter Erklärungsnot

»Sie ist todkrank und wünscht sich das so sehr. Wenn du sie nur etwas besser kennen würdest, könntest du es sicher verstehen.«

»Dafür kommst du vielleicht in den Knast, Mann!«

»Na, ich selbst mache die Sterbehilfe ja nicht. Ich begleite sie nur bis nach Amsterdam.«

»Und bis dahin hast du schon eine Karre geklaut und vielleicht stirbt sie ja auch auf dem Weg dorthin. Dafür gibt es sicher auch irgendwelche Paragrafen.«

»Die Ente würde Mathilda ›ausleihen‹.«

»Beihilfe, Alter!«

Sie beschlossen, eine Runde um den Block zu gehen und etwas frische Luft zu schnappen. Einige Minuten lang liefen sie schweigend mit den Händen in den Hosentaschen und hochgezogenen Schultern durch den Ort.

Der Regen wurde stärker. Sie betraten ein kleines Eck-Café. Die Scheiben waren beschlagen und drinnen war es feuchtwarm. Es roch nach Bohnenkaffee und Schlagsahne.

Die Einrichtung und die Gäste hatten etwa das gleiche Baujahr.

Skip und Apo standen mit nassen, langen Strähnen und Sonnenbrillen im Eingangsbereich. Das emsige Klappern der Kuchengabeln und Kaffeelöffel verstummte. Eine Dame nahm ihre Handtasche auf den Schoß und ließ die beiden dabei nicht aus den Augen.

Erst nachdem sie ihre beschlagenen Sonnenbrillen abgesetzt hatten und auf einem kleinen Tisch in der Ecke Platz genommen hatten, kehrte wieder rege Normalität unter den anderen Gästen ein.

Apo schaffte drei, Skip vier Stücke Blechkuchen mit Apfel, Pflaume und Kirsche.

Kuchen hilft bei vielen Problemen. Auch Posern. Auch diesmal.

Apos Laune hellte sich wieder auf, aber von Mathilda oder Holland wollte er an diesem Tag nichts mehr hören.

Der Kuchen wurde nachts etwas fachgerecht verdaut. Die Regenwolken wurden am Sylter Morgenhimmel wieder gegen eine Sommersonne ausgetauscht.

Mathilda musste an diesem Montag noch einige Sachen erledigen, bei denen ihr Skip nicht helfen konnte. Sie nahm ein Taxi in die Stadt, hob Bargeld ab und telefonierte vom Postamt mit dem Arzt in Holland. Sie studierte Fahrpläne und kaufte eine Autokarte für Europa zum Ausklappen. Zurück in der Residenz packte sie ihre wichtigsten Sachen in einen hellbraunen Lederkoffer.

Bereits vor einiger Zeit hatte sie angefangen, Abschiedsbriefe für verschiedene Menschen zu schreiben, die ihr im Laufe des Lebens wichtig geworden waren und selbst noch lebten. Das waren nicht mehr so viele, aber ein kleiner Stapel kam zusammen. Der Stapel wanderte ebenfalls in den Koffer, den sie wieder achtsam im Schrank verstaute.

Nun, da ihr Entschluss feststand und die Reise konkrete Formen annahm, wurde sie von Stunde zu Stunde entspannter. Daher merkte Annegret selbst, mit der sie noch einmal zum Strand ging, nichts von Mathildas Plänen.

Frau Petersen konnte Mathilda auch nicht lange böse sein, dafür hatten sich die beiden zu gern. Beim Abendessen kaute sie jeden Bissen mindestens zwanzig Mal und versuchte, sich auch sonst alles in Ihrer Umgebung genau einzuprägen.

Wer wusste schon, woran man sich beim Sterben so erinnern würde.

In der letzten Nacht vor der Reise schlief sie erstaunlich rasch und ruhig ein.

Kapitel 22 –Erste Etappe

Apo hatte irgendwann im Laufe des Montags eingewilligt, zumindest auf dem ersten Teilstück mitzufahren.

Skip hatte am Abend bereits alles Notwendige für den Auszug aus dem Wohnheim vorbereitet.

Am Dienstagmorgen um 5 Uhr warteten Skip und Apo wie verabredet am Rand des Residenz-Parkplatzes auf Mathildas Erscheinen.

Einige Minuten vergingen ohne eine Regung in der Residenz. Skip schlich sich zum Eingang. Die Schiebetür war um diese Zeit noch nicht automatisch von außen zu öffnen. Er versuchte, durch das spiegelnde Glas ins dunkle Innere zu sehen.

Mathilda erschien, sah Skip und winkte. Dann verschwand sie wieder. Skip wurde etwas nervös und blickte sich um. Alles ruhig.

Kurz darauf erschien Mathilda mit einer Flasche Rum im Arm und einem Zeigefinger senkrecht über ihren geschürzten Lippen.

Die Schiebetür öffnete sich summend und sie deutete an, dass Skip ihren Koffer am Fahrstuhl nehmen sollte.

Mathilda war überrascht, dass Apo auch dabei war,

merkte aber, dass diese Frage auch später geklärt werden konnte, und nahm auf der Rückbank Platz, neben ihrem Koffer, den Skip dort hingestellt hatte.

Skip erhielt von Mathilda klare Instruktionen, wie man eine Ente anlässt und fährt. Skip war von Natur aus kein begnadeter Autofahrer. Der Motor heulte hochtourig und laut auf. Skip lief ein Schweißtropfen an der Schläfe herab. Alle drei blickten gespannt zum Gebäude. Alle Fenster blieben dunkel. Mit etwas mehr Fußspitzengefühl rollte der gelbe Amsterdam-Express los.

Mathilda dirigierte Skip nach Norden. »Aber zum Autozug geht's es doch in die andere Richtung?«, fragte Skip beunruhigt.

»Ja, aber wir nehmen die Fähre. Ich habe die Fahrpläne verglichen. Die Fähre legt dreißig Minuten vor dem ersten Autozug ab. Und falls sie uns nachfahren, würden sie uns sicher zuerst am Bahnhof in Westerland suchen.«

»Warum haben wir eigentlich nicht einfach den Zug genommen?«, fragte Apo.

»Wir wollen ja vielleicht noch ein paar Zwischenstopps machen und sind so viel flexibler. Außerdem fahre ich überhaupt nicht gerne Zug«, erklärte Mathilda sehr überzeugend.

Skip blickte Apo grinsend mit hochgezogenen Augenbrauen an und hob dabei die Schultern. Apo blies sich eine Strähne aus der Stirn und stützte seinen rechten Arm auf die Beifahrertür. »Na, ihr müsst es ja wissen.«

Bis sie etwa sechzig Minuten später auf die Fähre in List gerollt waren, hatte sich das Trio ständig umgesehen, ob von irgendwo her Ungemach drohte.

Die Fähre schloss mechanisch dumpf ihren Schlund. Die

drei entspannten sich. Skip holte Kaffee, Kakao und belegte Brötchen an Deck. Mathilda beschloss, Apo genauso zu vertrauen wie Skip, der für seinen Freund die Hand ins Feuer hielt.

Sie schipperten Richtung dänische Küste. Die Sonne ließ die ruhige Nordsee vor ihnen glitzern. Mathilda hielt ihren Strohhut im Seewind fest. Wie ein Familienausflug.

Nicht einmal 30 min später hatten sie dänischen Boden unter den Rädern. Der Weg zur deutschen Grenze war gut ausgeschildert. Um an der Zollkontrolle als Gruppe in der gelben Ente so unauffällig wie möglich auszusehen, wechselte Mathilda auf den Beifahrersitz. Skip und Apo hatten sich die Haare zusammengebunden und ausnahmsweise ihre Sonnenbrillen abgenommen. Die Ente wurde sowohl auf dänischer Seite als auch von den deutschen Beamten schon von Weitem beäugt, aber durchgewunken, als Mathilda ihr Lieblingsoma-Lächeln aufsetzte.

Sie hatte auf ihrem Kopfkissen in der Residenz einen Brief hinterlassen, in dem sie sich für das »Ausleihen« der Ente entschuldigte. Niemand im Auto war sicher, dass Frau Petersen nicht doch die Polizei informieren würde.

An der ersten deutschen Raststelle machten sie den Tank voll.

»So und nun nach Hamburg!«, freute sich Mathilda.

»Wieso nach Hamburg? Wir würden es heute sicher schon viel weiter schaffen«, wunderte sich Skip.

»Na, weil Hamburg die schönste Stadt der Welt ist!«, dröhnte Mathilda mit Stimmverstärker.

Und weil bis dahin alles so gut gelaufen war und die Sonne schien, fuhren die drei nun mit offenen Fenstern und rasanten 90 km/h über die Autobahn nach Hamburg.

Mathilda saß auf der schmalen Rückbank, lehnte sich seitlich an ihren Koffer und betrachtete von hinten die langen Haare der beiden Jungs. Bei manchen Liedern aus dem Radio nickten beide synchron mit den Köpfen. So ähnlich war sie 1966 auch mit ihrer Ente, einer grünen, von Baden-Baden nach Mailand gefahren. Ihre damals beste Freundin Vivien saß neben ihr auf dem Beifahrersitz. Vivien war zehn Jahre jünger als Mathilda und eine Schriftstellerin. Schriftsteller müssen immer unterwegs sein, um neue Dinge zu sehen und zu erleben, worüber sie schreiben konnten, hatte ihre Freundin gesagt. Und da alleine reisen keinen Spaß machte, überredete sie Mathilda regelmäßig, zusammen irgendwo hinzufahren. Frei nach Goethe, war unterwegs zu sein das Ziel.

›Haben wir damals gelacht und geraucht‹, dachte Mathilda.

In ihrer Zeit in Paris in den 50er Jahren hatte sie viel geraucht, da war das schick und für eine Künstlerin gehörte das irgendwie dazu. Zurück in Deutschland hatte sie dann weitgehend wieder aufgehört. Erst auf der Fahrt nach Mailand hatte Mathilda wieder ernsthaft zu rauchen begonnen. Vivien hatte gesagt, Italiener würden ständig und überall rauchen und das auch von allen anderen erwarten. Die beiden wollten in Mailand ja nicht unangenehm auffallen. So qualmten sie mit ihrer Ente über die Alpen und hatten einen Mordsspaß an allem. Nicht nur die reiferen Italiener waren ganz bezaubert von den beiden, die so manche Bar aufgemischt hatten.

Nach zwei Umzügen innerhalb Deutschlands hatte Mathilda Vivien mehr und mehr aus den Augen verloren. Seit Mathildas Krebs eingezogen war, hatten sie sich nur noch einmal gesehen und sonst ein paar Briefe geschrieben.

Ob ihr Kehlkopfkrebs wirklich mit dem Rauchen zu tun hatte, konnte ihr kein Arzt verlässlich sagen. Es gäbe auch Nichtraucher, die daran erkrankten.

Kurz vor Hamburg schüttete der Himmel noch einiges Wasser aus dunklen Wolken über die Ente, deren alte Scheibenwischer nicht darauf ausgerichtet waren. An einigen Stellen tropfte das Regenwasser auch durch die alten Fensterdichtungen herein.

Daher reduzierte Skip die Geschwindigkeit und drehte dafür das Radio weiter auf. NDR 3 spielte fast rauschfrei einen ähnlichen Musik-Mix wie Jimmy an der Strandbar.

Apo – wieder auf dem Beifahrersitz – sang lautstark bei Survivor mit:

»Das ist ein cooler Text - Ein Kämpfer sollte niemals aufgeben. Auch wenn sein Körper sagt: Aufhören, schreit sein Wille: niemals! Bist du eine Kämpferin, Mathilda?« rief Apo fragend nach hinten.

»Ich glaube schon. Warum?«

Apo antwortete nicht sofort, sondern klopfte zum Rhythmus des Songs mit der flachen Hand auf seinen Jeans-Oberschenkel

»Du meinst, weil ich jetzt nicht mehr gegen den Krebs kämpfen will?«

Apo nickte und klopfte weiter auf seinen Schenkel.

»Wenn du auf dem Boden liegst und der Ringrichter schon bis Zehn gezählt hat, ist der Kampf vorbei«, sprang ihr Skip bei.

»Ja, so ähnlich«, sagte Mathilda.

»Okay. Ich versuche nur, es zu verstehen«, erwiderte Apo.

Kapitel 23 – Nicht auf der Reeperbahn nachts um halb eins

Die drei fuhren in Othmarschen von der Autobahn ab und machten zunächst einen Abstecher nach Blankenese. Weil es dort so schön ist, hatte Mathilda gebeten.

Sie gönnten sich Kaffee und Blechkuchen in einem Café, das auf einem Ponton sanft in der Elbe schaukelte.

Vor ihnen schob sich ein haushoher Frachter vorbei, der länger als ein Fußballfeld sein musste.

Auf dem Weg in die Innenstadt Hamburgs bewunderten sie die Villen rechts und links der Elbchaussee. Mathilda war auf der Rückbank eingenickt. Sie erreichten St. Pauli.

Skip musste sich konzentrieren, den Blick auch hin und wieder auf die Straße zu lenken, während sie über die Reeperbahn fuhren. Selbst am Tage sahen die bunten Schilder und großen Neoleuchten der sündigen Meile nach Abenteuer aus.

Mathilda war aufgewacht und roboterte wie bei einer Stadtführung »Da eben links rein sind die Beatles aufgetreten und bekannt geworden«.

»Aber jetzt suchen wir uns erst einmal ein hübsches Hotel«, kommandierte sie bestens gelaunt. Mit dem Zeigefinger und einigen knappen Richtungsanweisungen manövrierte Mathilda das Trio vor ein großes weißes Gebäude an der Außenalster.

Der Portier in der roten Robe und mit schwarzem Zylinder öffnete mit einer leichten Verneigung die gelbe Beifahrertür. »Herzlich Willkommen im Hotel Atlantic«.

Skip und Apo blickten nach dem Aussteigen fasziniert entlang der eleganten weißen Fassade des Luxushotels nach oben. Der Portier half Mathilda beim Aussteigen, stand nun neben Skip und wartete. Nach einer Weile räusperte er sich. Skip sah ihn an, wusste nicht, was nun zu tun sei. Auch Apo zuckte mit den Schultern. Mathilda half: »Du kannst dem netten Herrn nun den Autoschlüssel geben. Er parkt den Wagen für uns.« Sie zog einen Geldschein aus ihrer Handtasche, gab ihn dem Portier und bedankte sich. Ein anderer Portier trug das Gepäck voraus.

Sie stiegen einige Treppenstufen mit Teppich unter den Sohlen hinauf und liefen dann durch eine imposante Empfangshalle.

Skip hatte damit gerechnet, dass sie spätestens jetzt irgendjemand ansprechen würde, was sie dort verloren hatten und/oder die Nase rümpfen würde.

Nichts dergleichen geschah. Das Personal und andere Hotelgäste wirkten alle sehr höflich. Vielleicht lag es an Mathildas elegantem Auftreten. Vielleicht lag es auch daran, dass man davon ausging, dass sich nur Menschen, die es sich leisten konnten, in diesem Hotel zu Gast waren. Da durfte man sich schon ein bisschen wie ein Rockstar fühlen.

Skip und Apo standen breitbeinig in der Halle und waren innerlich bereit, Autogramme zu schreiben. Ein älterer Herr an der Rezeption begrüßte Mathilda mit einem sehr herzlichen Lächeln. Im Lift nach oben sah Apo etwas zu interessiert auf den obligatorischen Notfallaufkleber an der Wand des Fahrstuhls. Skip hoffte, dass Apo keinen Stift dabeihatte. Hatte er nicht.

Ping! Viertes Obergeschoss.

Apo ging durch die zwei großen hellen Räume und schaute aus dem Fenster. »Zimmer kann man das nicht nennen!«, sagte er staunend.

»Es ist auch kein Zimmer«, antwortete Mathilda. »Es ist eine Suite. Was anderes war auch nicht frei. Das Benzin bis nach Holland kann ich mir aber trotzdem noch leisten. Der Empfangschef hat früher in Paris gearbeitet und ich hatte noch etwas gut bei ihm. Bitte keine Fragen hierzu. Ich nehme das Schlafzimmer und ihr könnte euch auf den Sofas im anderen Zimmer ausbreiten, in Ordnung?«

Apo und Skip nickten einhellig.

»Und was ist das für ein See?«, wollte Apo wissen.

»Das ist die Alster, die Außenalster, um genau zu sein.«

»Da kann man sogar segeln!«, rief er erfreut und verfolgte die Segelboote auf dem Wasser.

»So, ich muss mich nun etwas ausruhen. Ich habe unten um 19 Uhr einen Tisch zum Abendessen reserviert.«

Mathilda schloss leise die hohen Verbindungstüren zwischen den beiden Räumen.

Skip ging kurz menschlichen Bedürfnissen im Badezimmer nach. Apo hatte im großen Fernseher eine Folge von »Ein Colt für alle Fälle« aufgestöbert.

Für Skip und Apo war die blonde, sexy, lustige, talentierte, bildhübsche, unvergleichliche, geile Jody der eigentliche Star der Serie. Der Regisseur hatte ihr aber im Vergleich zu diesem komischen Stuntman viel zu wenig Spielzeit pro Folge gegeben. Da waren sie sich sowohl nüchtern als auch angetrunken stets einig.

Mathilda hatte sich zum Abendessen schick gemacht. Sie trug ein langes, elegantes Kleid mit Blumenmustern und einen dünnen Seidenschal mit goldenen feinen Streifen und dazu passende Ohrringe. Im Gesicht ein dezentes Makeup mit hellblauem Lidschatten, roten Lippen und etwas Rouge auf den Wangen.

Skip und Apo hatten auch alles gegeben, also geduscht und ein wenig Haarspray verwendet.

Sie saßen eine Tischreihe von der großen Fensterfront entfernt. Die Kronleuchter glitzerten in der Abendsonne, die noch warm hineingrüßte.

Apo und Skip klappten die großen Speisekarten auf und warfen sich skeptische Blicke zu. Wenn das schon auf der Karte alles so kompliziert klang, wie mochte das dann auf dem Teller aussehen.

Mathilda regelte die Angelegenheit elegant mit dem Kellner. Sie bestellte für sich ein Vier-Gänge-Menü und eine Flasche Champagner. »Ihre Enkel« durften ausnahmsweise von der Kinderkarte bestellen. Schnitzel Pommes und Spaghetti Bolognese.

»Welches Bier können Sie denn dazu empfehlen?« fragte Apo naseweis.

»Ein Holsten sollte dazu vorzüglich passen, mein Herr.«

»So soll es sein. Dann zwei Holsten bitte.«

Angestoßen auf die erfolgreiche erste Etappe wurde aber standesgemäß mit Champagner. »Auf dich, Mathilda!« Die Gläser klirrten.

Nach guten Gesprächen und kunterbunten Ausschmückungen der Ereignisse der letzten Wochen rauchten die Jungs nach dem Nachtisch noch eine Zigarette. Verdauungsrauch stieg auch von mehreren anderen Tischen auf. Einige Zigarren im Raum komplettierten den Gemeinschaftsqualm.

Mathilda fing an zu husten und musste an die frische Luft.

Sie gingen zu dritt vor das Hotel und gelangten über eine breite Straße auf den Anfang eines Stegs an der Alster. Die Sonne war hinter den Häusern am gegenüberliegenden Ufer nicht mehr direkt zu sehen, aber der Horizont war noch mit einem dunklen Rotgold verziert.

Mathilda hörte langsam auf zu husten. Apo hatte währenddessen ein angetrunkenes Auge auf die kleinen Segelboote geworfen, die in einem abgesperrten Bereich des Stegs friedlich nebeneinander lagen.

Er kletterte über einen Zaun und stand kurze Zeit später triumphierend auf einer der Jollen. Er fand ein Paddel im Boot, löste die Leine und drückte und ruderte das Boot aus dem Verband.

Dann glitt er langsam auf Mathilda und Skip zu und freute sich wie ein kleines Kind: »Hey, seht mal! Damit machen wir jetzt eine kleine Rundfahrt! Und danach gehen wir noch auf die Reeperbahn!«

Er stoppte das Boot mit dem Fuß am Steg und reichte Mathilda galant die Hand: »Darf ich bitten, meine Dame?«

Skip wollte das Angebot gerade in Mathildas Namen dankend ablehnen, da stieg diese schon strahlend in das Boot. Alles fing wild an zu schaukeln, aber Skip und Apo zusammen konnten Mathilda und das Schiffchen noch stabilisieren.

Zu dritt paddelten sie jetzt in zunehmender Dunkelheit in die Mitte der Außenalster. Von allen Seiten sahen sie nun die glitzernden Lichter der umliegenden Gebäude und Straßenlaternen, die sich auf der Wasseroberfläche spiegelten.

So saßen sie eine ganze Weile und genossen die Stille, bis es ganz dunkel war.

Eines der vielen Lichter schien auf dem Wasser auf sie zuzukommen. Keiner der Drei reagierte, ehe das Licht sehr groß wurde.

Der Kapitän des Alsterdampfers sah das kleine Boot erst, als sein Bugscheinwerfer den weißen Rumpf der Jolle genau vor sich erfasste. Er ließ sofort das Signalhorn erklingen und versuchte zu erkennen, in welche Richtung sich die Jolle vor ihm bewegte.

Er sah zwei langhaarige Typen an Bord, die sich anschrien und beide in unterschiedliche Richtungen ruderten, einer mit bloßen Händen, der andere mit einem Paddel.

Die verängstigte ältere Dame in der Mitte sah er erst kurz vor dem Zusammenstoß.

Der Kapitän steuerte hart Backbord, rammte die Jolle aber noch mit der Steuerbordseite.

Die Passagiere des Ausflugsschiffes, die ein Dinner auf der Alster zum Sonnenuntergang gebucht und genossen hatten, schrien bei dem Aufprall. Ein paar Gläser fielen um. Durch die größere Masse passierte auf dem Dampfer bis auf einen leichten Ruck nicht viel.

Der Kapitän gab vollen Schub zurück und bremste sein Schiff ab. Er wendete in einem großen Bogen und suchte mit einer großen Taschenlampe das Wasser ab.

Die Jolle hatte sich wohl um seine eigene Achse gedreht. Die ältere Dame schien auf den ersten Blick unversehrt. Sie saß in der Mitte und bedeckte ihre Augen vor dem blendenden Lichtkegel.

Die beiden Langhaarigen mussten über Bord gegangen sein. Der Kapitän sah denn auch einen der jungen Männer, der versuchte, wieder auf die Jolle zu gelangen. Der andere war nicht zu sehen, aber gut zu hören:

»Fuck, fuck, fuck!« Kurze Pause. »Apo, du Hurensohn!« Längere Pause. »Und meine Sonnenbrille ist schon wieder weg!«

Das folgende Gespräch mit der Polizei lässt sich wie folgt zusammenfassen:

Apo, der Initiator der Aktion und Führer des Segelschiffes, hatte 1,4 Promille, musste seinen PKW-Führerschein abgeben. Er erhielt Anzeigen wegen Diebstahls eines Segelbootes, gefährlichen Eingriffs in den Schiffsverkehr, Führen eines Segelbootes im Zustand der Trunkenheit.

Apos scharfsinniger Einwand, dass er ja gar keine Segel gesetzt hatte und es daher ja nur ein Ruderboot gewesen sei, wollten die Beamten so nicht akzeptieren. Ebenso prallten Milderungsbemühungen wie »Aber die Boote sind doch zum Ausleihen da« an den Amtspersonen ab.

Sogar sein bewährter Joker, eine lebenslange kostenfreie Mitgliedskarte für die Videothek seines Vaters in Heidelberg, stach nicht.

Skip und Mathilda wurden wegen Beihilfe beim Diebstahl eines Segelbootes angezeigt. Dieses Verfahren wurde später eingestellt.

Kapitel 24 – Da waren's nur noch zwei

Apos Lust auf Abenteuer war nach den Desastern beim Konzert in der Residenz und auf der Alster bis auf Weiteres befriedigt. Er blieb noch bis zum Frühstück, verabschiedete sich sehr kurz angebunden und ging dann zu Fuß zum Hauptbahnhof um die Ecke.

Mathilda und Skip saßen noch eine Weile beim Frühstück.

Mathildas Stimmverstärker zog immer noch kurze Blicke der Gäste an den Nachbartischen auf sich. Letztere konzentrierten sich dann aber rasch wieder auf ihre eigenen Angelegenheiten.

Der Portier holte die Ente aus der Tiefgarage, lud das Gepäck der beiden ein und tippte sich zum Abschied kurz an die Krempe seines Zylinders. »Vielen Dank für Ihren Besuch. Beehren Sie uns bald wieder.«

»Das wäre wunderbar! Vielen Dank«, sagte Mathilda.

Sie fuhren ein kurzes Stück nach Süden durch die Stadt, dann über die stählernen Elbbrücken, und nahmen schließlich die Autobahn Richtung Bremen.

Beide sagten wenig. Skip vermisste Apo und hoffte, dass

Apos Vater vielleicht doch noch einen befreundeten Griechen bei der Hamburger Polizei kennen und irgendwas regeln konnte. Allerdings hatten alle Beamten der zuständigen Wache zu blond und norddeutsch für Griechen ausgesehen.

Mathilda war mit dem Kopf nun auch ein wenig mehr in Amsterdam.

»Wie wird man eigentlich Zivildienstleistender?«

Skip sah sie verwundert an. »Na, man muss eben verweigern, also sagen, dass man keine Waffen verwenden kann bzw. will.«

»So einfach ist das?«

»Naja, das muss man schriftlich genau erklären. Früher wurde man sogar noch eingeladen und musste das noch einmal vor einem Gremium wiederholen. Die stellen dann angeblich ganz komische Fragen.«

»Was denn zum Beispiel?«

»Den älteren Bruder eines Mitschülers haben sie zum Beispiel gefragt: ›Herr Moser, wenn sie mit Ihrer Freundin durch den Wald gehen …?‹ Der hatte zu dem Zeitpunkt gar keine Freundin gehabt und hat das auch gleich gesagt. Dann haben sie die Frage anders gestellt. »Gut. Wenn Sie mit ihrer *Mutter* durch den Wald gehen und Ihre Mutter wird von zwei Männern angegriffen, dann würden sie Ihre Mutter doch sicher verteidigen, oder?‹

›Na sicher‹, hat er gesagt.«

»Na sicher«, bestätigte Mathilda.

»Wenn die beiden Männer aber stärker sind und dort liegt ein großer Stock. Würden Sie diesen Ast nehmen, um Ihre Mutter zu verteidigen, Herr Moser?‹«

»Das sind ja Fangfragen!«, protestierte Mathilda.

»Eben. Aber der Bruder vom Moser wusste schon vorher, dass solche Fragen kommen würden und dann hat er gesagt, dass er mit bloßen Händen kämpfen und ganz laut um Hilfe rufen würde. Er selbst würde keine Waffe in die Hand nehmen, auch nicht zur Verteidigung.« Das hat ihm gereicht, um nicht zum Bund zu müssen.

»Gut gemacht!«

So fuhren sie weiter Richtung Holland.

Irgendwann sagte sie zu Skip: »Weißt du, was am Ende des Lebens das Schlimmste ist?«

»Nein, was denn?«

»Verpasste Gelegenheiten.«

Skip hob nur fragend die Augenbrauen, sah kurz zu ihr herüber und dann wieder auf den Verkehr.

»Dinge, die man sich nicht getraut hat, oder den richtigen Moment nicht erkannt hat. Diese Dinge gehen mir jetzt im Kopf herum.«

»Zum Beispiel?«

»Ach, so vieles. Kinder zu haben, zum Beispiel. Irgendwie war nie der richtige Zeitpunkt, dann war es zu spät. Aber auch viele kleine Dinge. Nie in Argentinien Tango getanzt zu haben. Nie probiert zu haben, wie Insekten schmecken. Meinen Eltern zu selten gesagt zu haben, dass ich sie liebe.«

Bei den letzten Worten schluckte Skip sichtbar und nickte.

»Ja, das kann ich gut verstehen.« Und er nahm sich fest vor, seiner Mutter so bald wie möglich zu sagen, dass er sehr stolz auf sie ist und sie sehr, sehr gern hat.

»Woher kannst du dir eigentlich so ein teures Hotel wie gestern leisten?«

»Ich habe ja früher ganz gut verdient und etwas beiseitegelegt. Wofür soll ich jetzt noch sparen? Das letzte Hemd hat keine Taschen.«

»Hast du denn keine Familie, der du etwas vererben möchtest?«

»Nicht wirklich. Keine Kinder, keine Geschwister. Aber in meinem Testament habe ich einige Menschen bedacht, die mir wichtig sind. Und einen Teil bekommt die Deutsche Krebshilfe.«

Sie fuhren an Bremen vorbei. »Weißt du, was das Schönste an Bremen ist?«

Mathilda schüttelte den Kopf und zog fragend die Augenbrauen hoch.

»Das Schönste an Bremen ist die Autobahn nach Hamburg. Das hat zumindest Uwe Seeler gesagt, also der Fußballer.«

Mathilda wusste zwar, wer Uwe Seeler ist, fand den Spruch aber bei Weitem nicht so komisch wie Skip.

Bei der nächsten Raststätte tankten sie nach und gingen kurz auf die Toilette. Am Pissoir standen zwei langhaarige Typen in Cowboystiefeln, abgewetzten Jeans, speckigen Lederjacken und rauchten beim Wasserlassen.

Skip stellte sich daneben und hörte, wie sich die beiden auf Englisch unterhielten. Vom Dialekt her waren es aber keine US-Amerikaner. Den Tonfall kannte Skip von seinem Vater gut. Vielleicht Engländer oder Schotten. Sie sprachen von Konzerten in Holland und von einer kaputten Gitarre.

Mathilda und Skip holten sich im Selbstbedienungsteil der Raststätte noch ein paar Snacks und Getränke. Beim Bezahlen wechselte Mathilda mit ihrer dröhnenden Roboter-stimme ein paar Worte mit der Kassiererin.

Die Englisch sprechenden Typen waren mittlerweile zu viert und standen mit einem Sixpack quasselnd in der Kassenschlange. Als sie Mathildas Stimme hörten, verstummten sie und wendeten die Köpfe nach vorne.

Einer rief: »Wow, a Robot-Granny! Great sound!« Dabei lachten sie anerkennend und sahen interessiert auf den Stimmverstärker in Mathildas Hand.

Vor dem Shop sprach einer von ihnen Mathilda an und fragte, ob er das Gerät mal kurz haben durfte. Mathilda war das erst nicht recht. Sie wollte aber auch nicht unhöflich sein und mit den jungen Männern keinen Streit anfangen. Skip nickte kurz zustimmend und schätze die Typen nicht als gefährlich ein.

Der Typ hielt sich den Verstärker an den Hals und rief »One, two, one two«. Doch seine Stimme klang ganz normal. Mathilda zeigte ihm, dass er beim Sprechen einen bestimmten Knopf an der Seite fest gedrückt halten musste.

»ONE TWOO, ONE TWOOOO!«, schepperte es jetzt los.

»Crazy shit« freute sich der Typ. Die anderen wollten es auch probieren, aber Mathilda schüttelte den Kopf, guckte so streng, wie sie konnte, und erhielt ihr Gerät auch brav zurück.

»Thank you very much. But it sounds definitely better with your voice. What's your name, Granny?«

»Mathilda.«

»Where are you from?«, wollte Skip wissen.

»We're from Down Under, Australia. Touring around Europe since a couple of weeks.«

»Okay, good luck for your tour, then«, wünschte Skip.

»Cheers, mate«, verabschiedete sich der Musiker.

Skip und Mathilda tuckerten langsam über den Parkplatz. Die Bandmitglieder von eben stiegen in einen klapprigen VW-Bus, der laienhaft schwarz lackiert war. In großen weißen Lettern stand auf der Schiebetür: »Five Apostles«, wobei ursprünglich »Six Apostles« dagestanden hatte und das »Six« durchgestrichen und einfach ein »Five« darübergeschrieben worden war.

»Könnte eine coole Band sein. Oder totaler Scheiß«, dachte sich Skip.

Bis zur holländischen Grenze wurden Mathilda und Skip wieder gesprächiger. Mathilda erzählte mehr von ihren Eltern und von einigen verflossenen Liebschaften. Über die Weltkriege wollte sie nicht reden, darüber gäbe es schon so viele Bücher und Filme. Das musste reichen. »Nur damit das aber klar ist: So etwas Schreckliches darf nie wieder passieren.« Skip nickte gehorsam.

Er wollte auch viel lieber ihre Einschätzung zur ganzen Sache mit Marie hören. Mathilda machte ihm keine allzu großen Hoffnungen, fand aber »wunderbar«, dass er sich mit so viel Leidenschaft und Einsatz bemühte, sie wieder zu sehen. »Sehr romantisch.«

An der holländischen Grenze wurden sie neugierig angesehen, aber ohne Kontrolle durchgewunken. Danach steuerten sie Groningen an.

Seit Bremen war die Landschaft wenig abwechslungsreich, was sich auch in Holland nicht änderte. So tuckerten die beiden am späten Nachmittag in einem großen Bogen durch den nördlichen Abschnitt der Niederlande.

Die Autobahn blieb abwechslungslos.

»Wenn du magst, können wir hier irgendwo an die Küste fahren.«

»Schöner als auf Sylt kann das hier auch nicht sein. Lass uns lieber nach Amsterdam durchfahren«, erwiderte Mathilda.

Sie fuhren in das Zentrum von Amsterdam. In der Dämmerung steuerten sie über kleine und große Brücken, die einen Mix aus modernen Gebäuden und alten Fachwerkhäusern verbanden. Entlang der Ufer von alten Kanälen hielten sie nach einer Unterkunft Ausschau. An den Frontseiten einiger spitzer Dachgiebel schwebten Flaschenzüge mit großen Rollen und alten Tauen.

Die ersten beiden Hotels hatten kein Zimmer frei. In einem kleinen Boutique-Hotel hatten sie dann Glück und ergatterten noch zwei Einzelzimmer in der zweiten Etage. Mathildas Zimmer blickte auf eine hübsche Gracht vor dem Hotel, Skips Zimmer zu einem ruhigen Hinterhof. Nicht einmal 48 Stunden später wollte Mathilda sterben.

Die kleine Küche des Hotels hatte eigentlich schon geschlossen, aber die Küchenhilfe hatte ihnen noch zwei Sandwiches belegt und etwas zu trinken gegeben.

Skip und Mathilda saßen auf einer Bank vor dem Hotel, kauten genüsslich und blickten auf den Wasserlauf.

An diesem Abend waren beide zu müde, noch etwas zu unternehmen, und gingen zeitig schlafen.

Am nächsten Morgen klopfte Skip an Mathildas Tür und holte sie zum Frühstück ab.

Frischer Kaffee wischte den letzten Schlaf aus dem Kopf und Mathilda ging ihre persönliche Tagesplanung durch:

»Um 14 Uhr habe ich einen Termin bei Dr. van Steen.«

Skip stutzte: »Heute schon, ich dachte, morgen!«

»Heute ist nur die Vorbesprechung und ich muss dort sicher einige Formulare unterschreiben. Einen Teil haben wir schon vorab auf dem Postweg erledigt.«

Für Skip klang alles so nüchtern und formell. Als ob man eine Operation macht oder ein Auto kauft.

Ein ganzes Leben wird mit einigen Seiten Papier und einem Schluck Gift ausgelöscht.

Aber so war das wohl, wenn man sich den Zeitpunkt selbst aussuchen, aber nicht von einer Brücke springen wollte.

Sie hatten vormittags noch Zeit, sich ein wenig die Stadt anzusehen.

Skip hatte bis dahin selten so viele Menschen unterschiedlicher Nationen und Hautfarbe in einer Stadt gesehen. Gut, am Heidelberger Schloss war es vielleicht ähnlich. Aber in Amsterdam war alles viel größer, bunter und lebendiger.

Mathilda tauschte an einer Wechselstube D-Mark gegen Gulden. Auch die holländischen Scheine waren bunter als das deutsche Geld, fast wie Spielgeld beim Monopoly.

Skip beobachtete, wie sich manche Leute aus einem merkwürdigen Automaten etwas zu Essen holten. Verschiedene Speisen boten sich in kleinen Styroporschalen oder Kartons in verglasten Fächern der hungrigen Laufkundschaft an.

»Frikandellen«, »Kroketten« und auch exotisch anmutende Dinge wie »Bami-Nasi gehakt«.

Skip entschied sich für eine »Frikandel«.

»Schmeckt wie eine Frikadelle. Ganz lecker«, stellte er schmatzend fest.

Mathilda hatte keinen Appetit und wirkte gedankenverloren.

Sie kamen am Sexmuseum vorbei. Skip hatte davon schon

einmal in einer Zeitschrift gelesen und musste »wenigstens einmal kurz reinsehen.«

Mathilda wartete lieber draußen.

Im Museum gab es verschiedene Stockwerke und ganz verschiedene Exponate und Räume. Informationstafeln, Penisfiguren aus unterschiedlichen Kulturen, einen Telefonhörer, aus dem lustvolles Stöhnen an das Ohr kam. Skip hatte sich das alles etwas spektakulärer vorgestellt und ging recht zügig durch die Ausstellung.

Ein kleiner Raum erweckte dann doch noch sein näheres Interesse, da am Eingang ein Warnschild hing. Dort wurde auf Holländisch und Englisch darauf hingewiesen, dass im Raum Perversitäten gezeigt wurden, und dass das nichts für schwache Nerven war.

Skip hatte keine zwei Minuten in dem engen Raum ausgehalten. Die Bilder schlugen ihm auf den Magen und die Frikandel wollte wieder nach oben. Er ging dann ohne Umwege zu Mathilda an die frische Luft und verzichtete auch darauf, Mathilda alle Details zu erzählen.

Die Praxis von Dr. van Steen war nur zwei Bushaltestellen entfernt. Dort sah es heller und freundlicher aus, als Skip sich einen Ort zum Sterben vorgestellt hat.

Mathilda füllte am Empfang einige Formulare aus und übergab dort noch andere Formulare und Befunde, die sie in einer Tragetasche mitgebracht hatte.

Im Wartezimmer befanden sich gepolsterte Stühle, die an den Wänden standen. In der Mitte stand ein Tisch mit Magazinen und Zeitungen. Außer Mathilda und Skip wartete nur ein älterer Herr mit Glatze und dicker Brille, der in einer Zeitschrift las.

»Ob der auch zum Sterben hier ist?«, flüsterte Skip Mathilda ins Ohr.

»Das weiß ich nicht. Aber der Doktor behandelt ja auch ganz normale Patienten.«

Mathilda war keine »normale« Patientin. Das stand fest.

Sie wurde aufgerufen. Skip blieb im Wartezimmer und versuchte herauszufinden, ob der ältere Herr auch unheilbar krank war oder nur eine Blutdrucktablette brauchte.

Er schärfte seine Sinne: kein Röcheln zu hören, keine Beulen zu sehen, keine abgestorbenen Finger, Hautfarbe relativ normal, vielleicht ein bisschen blass.

Der Mann bemerkte, dass Skip ihn ansah, und hielt seine Zeitschrift etwas höher. Skip fühlte sich ertappt, nahm dann lässig ein Magazin vom Tisch und blätterte darin herum. Alles auf Holländisch. Also setzte er lieber seine Beobachtungsstudie an dem Mann gegenüber fort.

Der fühlte sich erneut beobachtet, ließ seine Zeitschrift sinken und fragte Skip etwas auf Holländisch.

Skip zuckte mit den Schultern: »Sorry, I don't speak Holländisch«.

In einem überraschend guten Deutsch antwortete der Herr: »Warum guckst du mich so an?«

»Ich habe mich nur gefragt, warum sie hier sind.«

»Ich glaube nicht, dass dich das etwas angeht, mein Junge.«

Warum sagen eigentlich immer alle »mein Junge« zu ihm? ärgerte sich Skip.

»Sicher. Sorry.«

Kurz darauf kam eine ältere Frau aus einem der Behandlungszimmer in den Warteraum und hatte einen dicken weißen Verband an ihrem linken Zeigefinger.

Während ihr der ältere Herr in den Mantel half, sagte die Dame: »Ik moet morgen weer naar de Verbandwissel komen.«

Skips Holländisch machte rasante Fortschritte. Zusammen mit dem eingebundenen Finger war auf jeden Fall »morgen« und »Verbandwechsel« zu verstehen.

Der Mann war kerngesund. Seine Frau war die Patientin und auch diese wurde nicht umgebracht. Zumindest bei diesem Besuch nicht.

Hatte er gerade »umgebracht« gedacht? Ist Sterbehilfe umbringen? Nachdem das Paar gegangen war, fehlte im totenstillen Wartezimmer jegliche Ablenkung. An der Wand hing ein großes, längliches Bild mit einem Tulpenfeld. Rote und gelbe Tulpen. Skips Gedanken waberten unruhig zwischen seinen Ohren hin- und her.

Vielleicht sollte er besser heute schon wieder abfahren. Seine Aufgabe war ja nun erfüllt. Er hatte Mathilda nach Amsterdam begleitet. Sie käme jetzt sicher alleine klar.

Aber die Vorstellung, dass Mathilda am letzten Abend ihres Lebens ganz alleine in einer fremden Stadt in einem Hotelzimmer saß, machte Skip traurig.

Sie sollten heute Abend lieber noch einmal das Leben feiern. In Amsterdam konnte man bestimmt eine Menge Spaß haben.

Er hatte den ganzen Tag noch nicht an Marie gedacht. Gut jetzt eben. Aber dass er das nun seltener tat, war ein gutes Zeichen, fand Skip. Er ließ seinen Blick durch den Raum schweifen.

Rote und gelbe Tulpen. Immer noch. Er blätterte doch noch einmal in einem der Magazine. Irgendwelche holländischen Politiker oder Prominente, die in Deutschland natürlich keine Sau kannte. Einer sah aus wie der Hape Kerkeling. War es aber nicht. Zeitschrift wieder hingelegt. Vielleicht Tulpen zählen. Bei 31 oder 32 roten Tulpen kam er kurz raus und musste wieder von vorne anfangen.

Was machten die nur so lange da drin? Und warum war er eigentlich alleine in dem Wartezimmer? Waren alle anderen schon tot?

Ist dieser Dr. van Steen vielleicht ein Krimineller, ein Betrüger oder Erbschleicher?

Skip stand auf und ging im Wartezimmer auf und ab.

Nun stand die Dame am Empfang auf und ging mit einer Akte irgendwo nach hinten. Skip verlor die Geduld. Er lugte vorsichtig den Gang hinunter. Dort waren mehrere weiße Türen, die alle gleich aussahen. Er hatte vom Wartezimmer aus nicht sehen können, in welchen Raum Mathilda gegangen ist.

Er ging langsam den Gang hinunter und horchte vor jeder Tür, die rechts und abwechselnd rechts und links lagen. Nichts zu hören. Vor der Tür am Ende des Ganges blieb er stehen.

Auch nichts zu hören. Dann ein leises Weinen hinter der Tür. Skip war sich nun sicher, dass es Mathilda bei diesem Steen gar nicht gut ging.

Skip drückte die Türklinke entschlossen herunter und riss die Tür auf. »Mathilda…!?«

Drei Augenpaare sahen ihn verdutzt an. Ein kleines Mädchen saß mit nacktem Oberköper auf dem Schoß ihrer Mutter und hörte vor Schreck auf zu weinen. Eine weiß gekleidete Arzthelferin ließ ein rosa Pflaster fallen, welches wohl irgendwo auf das kleine Mädchen geklebt werden sollte. Die Pflasterexpertin sah ihn böse an und schimpfte laut auf Holländisch. Sie stand auf und schob Skip aus dem Zimmer.

Erst als Skip wieder auf dem Gang stand und die Tür hinter ihm zuklappte, stammelte er deutsche und englische Worte der Entschuldigung.

Reumütig schlich er zu seinen beruhigenden Tulpen im Wartezimmer zurück.

Irgendwann kam Mathilda dann wieder. Sie wirkte sehr ruhig und gefasst.

»Und?«, fragte Skip neugierig auf dem Weg nach draußen.

»Es ist alles in Ordnung. Den Rest erzähle ich dir später.«

Beim Abendessen in einem Restaurant an einem kleinen Platz mit Kopfsteinpflaster und vielen alten Fachwerkhäusern erzählte Mathilda vom Gespräch mit dem Arzt.

»Dr. van Steen ist sehr sympathisch. Er spricht gut Deutsch und hat auch schon in Köln gearbeitet. Er hat sich meine Befunde genau angesehen und mir alles in Ruhe erklärt.«

Mehr wollte Skip dann gar nicht wissen. »Also morgen?«

»Ja, morgen. Erinnere mich bitte morgen daran, dass ich Briefmarken kaufe und meine Post einwerfe.«

»In Ordnung.«

Nach dem Essen spazierten sie noch durch die angrenzenden Gassen. Vor einem Coffeeshop blieben sie stehen und sahen sich an. »Das wollten wir doch noch zusammen, machen, oder?«, fragte Mathilda und hatte den Fuß schon auf der Türschwelle.

Drinnen empfing sie ein süßlicher Dunst und fast alle kleinen dunklen Holztische waren mit jungen Leuten besetzt, die rauchten und in Gespräche vertieft waren. Die meisten hatten nur Wasser oder Cola vor sich stehen, einige auch Bier.

Mathilda und Skip fanden noch einen Tisch in der Nähe der Theke.

Niemand wunderte sich darüber, dass eine alte Dame im Blumenkleid mit einem langhaarigen jungen Mann und Sonnenbrille in einen Coffeeshop ging.

Skip wollte sich nicht sofort anmerken lassen, dass er das erste Mal in einem derartigen Laden war, und sah sich zunächst genau um. Er sah, wie sich eine junge Frau im weißen Leinenhemd an der Theke unterhielt und dann einen fertigen Joint kaufte.

Das war praktisch. Im Joint-Drehen war Skip nicht begabt.

Er ging nun ebenfalls zur Theke und wurde freundlich von einem Mitarbeiter mit einigen Tattoos und einem Nasenring begrüßt.

»One Joint, please«, sagte Skip und suchte in der Hosentasche nach Gulden.

»Which flavor?«

»Well, what do you have?«

Der Mitarbeiter lachte, öffnete eine große Schublade mit vielen kleinen Fächern, in denen eine Unzahl von kleinen Tütchen mit Gras lagen. »We have everything, my friend.«

»Wow! Okay. What is the best to become funny?«

»Funny? No problem.« Der Mitarbeiter erfüllte umgehend diesen wohl gar nicht so unüblichen Wunsch. Und so saß Skip wenig später mit einem professionell gebauten Lustigmacher und Mathilda am Tisch.

Skip musste beim ersten Zug husten. Mathilda kicherte,

hielt den Joint an ihr Tracheostoma und atmete tief ein. Sie hustete noch mehr als Skip und blies den Rauch auch aus dem Hals.

Die Wirkung ließ nicht lange auf sich warten. Skip erzählte von seinem kleinen Ausflug in der Praxis und die beiden lachten länger, als die Geschichte dauerte.

Sie redeten, lachten und tranken Wasser.

Skip sah an die Decke. »Hattest du eigentlich in der Nacht, in der ich dich aus dem Meer gezogen habe, die Abdeckklappe auf deinem Stoma absichtlich vergessen?«

Mathilda zuckte mit den Schultern.

»Schon gut. Noch einen Joint?«

»Nein, einer reicht mir wirklich. Vielen Dank.«

Skip verabschiedete sich kurz auf die Toilette. Mathilda spürte zum ersten Mal seit vielen Wochen keine Schmerzen. Sie bekam Lust auf etwas Süßes und ging leicht schwankend zur Theke. Sie deutete auf ein hohes Einmachglas, in dem große flache Kekse gestapelt waren.

Der Nasenring-Träger reichte ihr einen Keks aus dem Glas: »One Cookie for the Lady.«

»Thank you«, bedankte sich Mathilda und bezahlte.

Skip kehrte zum Tisch zurück. Mathilda schob ihm einen halben Keks auf einer Serviette zu. Skip knabberte an dem Keks und betrachtete ihn sorgfältig »Wo hast du den her?«

»Na von der Theke da drüben. Ich hab meinen Teil schon gegessen. Lecker, oder?«, sagte sie ohne Stimmverstärker zu Skip herübergebeugt.

»Oh, ich befürchte, das sind keine ganz normalen Kekse.«

Mathilda hob fragend die Augenbrauen.

Um sicher zu gehen, fragte Skip an der Theke nach. Als er wiederkam, sagte er zu Mathilda: »Ja, ist ein Haschkeks.«

In Mathildas Gesicht formierten sich einige überraschte Sorgenfalten. Dann aber grinste sie breit. »Ach, davon werde ich schon nicht sterben.«

»Nein, davon nicht.«.

Und weil es wohl ihr letzter gemeinsamer Abend war und damit Mathilda nicht alleine berauscht sein musste, aß Skip seine Kekshälfte auch ganz auf.

Sie tranken Wasser und Cola und sahen sich gegenseitig an, ob irgendetwas passierte. »Merkst du etwas?«, fragte Skip Mathilda. »Nein, du etwa?«

»Vielleicht hat uns der Typ an der Theke auch nur verarscht und da war gar nichts drin.«

»Das glaube ich auch.«

Kapitel 25 – Screaming Mathilda

Skip hatte Mathilda vor einiger Zeit verloren. Wie lange er sie nun schon suchte, konnte er schlecht abschätzen, da der Haschkeks sein persönliches Raum-Zeit-Kontinuum doch noch heftig durcheinandergebracht hatte.

Er lief noch einmal den Weg zurück, den sie nach dem Coffeeshop genommen hatten. Eigentlich nur ein paar Hausecken. Aber Mathilda hatte darauf bestanden, dass sie in jeder der drei oder vier vollen Kneipen auf dem Weg einmal zusammen anstoßen. Dann wollte sie auf die Toilette gehen und kam nicht wieder. Nach einer Weile hatte er eine Frau gebeten, auf der Damentoilette nach Mathilda zu suchen. Doch Mathilda war weder dort noch sonst irgendwo zu finden.

Skip wankte wieder zurück und suchte sie erneut in jedem der Lokale. Er quetschte sich wieder und wieder zwischen rauchenden und trinkenden Holländern und Touristen hindurch. Keine Spur von ihr. Er sprach auch einige Gäste an, ob sie eine ältere Dame im Kleid gesehen hatten.

Eine Gruppe junger Britinnen, die vor einer der Bars stand, meinte, dass sie eine ältere Dame im Kleid gesehen hatte. Sie habe an einem Laden weiter vorne in der Schlange angestanden und mit ihrem Kleid zwischen den dunkel gekleideten jungen Leuten sehr lustig ausgesehen.

Ob sie wirklich hineingegangen war, hatten sie nicht gesehen.

Skip lief zu dem beschriebenen Club und stellte sich in eine kurze Schlange, zahlte eine paar Gulden Eintritt und ging hinein. Bereits vor der Tür konnte man dumpfe Bässe und E-Gitarren-Fetzen hören. Im Club selbst schlug ihm eine rauchige Schwüle entgegen. Durch den kurzen schmalen Eingangsflur schob er sich in einen dunklen Saal, in dem hunderte Leute dichtgedrängt standen oder sich irgendwie zur Musik bewegten. Vorne brachten einige schwarz gekleidete langhaarige Musiker E-Gitarren zum Kreischen und der Schlagzeuger drosch wie im Rausch auf seine Trommeln und Hi-Hats ein. Nach einigen Sekunden war der Song zu Ende. Die Musiker verneigten sich mehrfach und gingen von der Bühne.

Der Saal blieb dunkel. Nur ein Spot auf der Bühne blieb an. Die Leute klatschten und riefen irgendwas wie »Tuchift«. Also würde es vermutlich eine Zugabe geben. Von Mathilda keine Spur. Aber es war auch fast unmöglich, in der Dunkelheit zwischen den vielen Leuten jemanden zu finden. Skips Versuche, sich durch die Besucher zu schieben, wurden kläglicher, je weiter er nach vorne kam.

Er konnte sich nicht wirklich vorstellen, dass Mathilda hier war. Dennoch schob er sich näher zur Bühne vor. Sein Blick fiel auf die schwarze Basstrommel des Schlagzeugs. In großen weißen Lettern stand dort: »Five Apostles« mit dem durchgestrichenen »Six«.

Die Wirkung des Kekses hatte auf sich warten lassen. Nun entfaltete sie in Mathilda ein Wirrwarr ihrer Sinne. In der dritten oder vierten Bar war sie auf die Toilette gegangen, das wusste sie noch. Irgendwie muss sie nach Verlassen der Toilettenräume in die falsche Richtung abgebogen sein und stand in einem anderen Teil der Bar, in dem ebenfalls angetrunkene Menschen feierten, aber von Skip nichts zu sehen war. Alles drehte sich und wirkte bunter als sonst. Dann sah sie Skip, wie er zum Ausgang lief. Sie rief, aber er drehte sich nicht um. Sie lief langsam und unsicher wie in Zeitlupe hinterher. Vor der Tür sah sie gerade noch, wie er auf eine kleine Menschenschlange vor einem der nächsten Häuser zuging.

Sie musste sich kurz an die Mauer lehnen, weil ihr schwindelig wurde.

Ein junger Mann bot ihr spontan seinen Stuhl vor der Bar an und holte ihr ein Glas Wasser. Skip kam nicht wieder. Ihr Kreislauf stabilisierte sich und sie ging zu dem Haus hinüber, in dem Skip verschwunden sein musste. Sie stellte sich brav und leicht schwankend in die Schlange. Dem Türsteher erzählte sie aufgeregt, dass sie ihren Enkel drinnen suchen müsse und es um Leben und Tod gehe. Der Türsteher nickte letztlich und ließ sie kopfschüttelnd hinein.

Die Musik drinnen war so laut, dass sie sich die Zeigefinger in die Ohren steckte und suchend umherlief. Schließlich erblickte sie Skip, der mit dem Rücken zu ihr an einer Theke stand. Sie griff mit beiden Händen von der Seite seinen Oberarm und seufzte erleichtert. Das erstaunte Gesicht zwischen den langen Locken gehörte aber nicht zu Skip.

Der junge Holländer redete verwundert auf Mathilda ein, die vor lauter Schreck ihren Stimmverstärker nicht in der

Handtasche fand. Mit Händen und Füßen entschuldigte sie sich und wurde immer verzweifelter.

Im dunklen Saal hatte sie in ihrem Zustand wenig Orientierungsvermögen und ging mit den Fingern in den Ohren planlos umher. Dabei rempelte sie ungewollt einige Gäste an, die teilweise grimmig guckten, aber Mathilda keine böse Absicht unterstellen wollten.

Mathilda war das alles sehr peinlich und unangenehm. Ihr war schummerig zumute. Sie konnte sich auch nicht mehr an den Namen ihres Hotels oder an den Weg dorthin erinnern.

So schob sie sich hilflos durch die Masse und setzte sich dann am Rand auf den Boden.

Als sich zwischen den Konzertbesuchern kurzzeitig ein schmaler Spalt auftat, sah sie Skip, nun den echten. Keine 10 Meter entfernt von ihr. Ganz sicher.

Kaum hatte sie sich aufgerappelt, war er nicht mehr zu sehen.

Die Band vorne hatte gerade aufgehört zu spielen. Mathilda nahm die Finger wieder aus ihren Ohren.

Die Leute vor ihr standen nun wieder so eng zusammen, dass ihre Kräfte nicht ausreichten, sich durchzuschieben.

Sie versuchte am Rand der Menge vorwärtszukommen. Ob Skip sie auch suchte? Wenn ja, wie lange? Wie könnte sie sich nur bemerkbar machen?

Irgendwann hatte sie es bis an den seitlichen Rand der Bühne geschafft. Die Band war nicht zu sehen, aber die Leute klatschten rhythmisch.

Eine Welle Hasch strömte durch ihren Kopf. Alles war bunt und weich. Mathilda bekam leichte Panik und sah sich verängstigt um.

Der einzige Lichtkegel im Raum erleuchtete den Mikrofonständer. Mathilda nahm allen ihren Mut zusammen, stieg drei kleine Stufen hinauf und tippelte dann zur Bühnenmitte. Mit Bühnen kannte sie sich aus.

Das verwunderte Publikum sah sie erst, als sie direkt im Scheinwerferkegel am Mikrofon stand. Die meisten Leute klatschten unbeeindruckt weiter. Mathilda nahm ihren Stimmverstärker und sagte etwas in das Mikrofon. Außer dem Klatschen der Leute war aber nichts zu hören. Sie nahm das Mikrofon in die Hand knipste einen Schalter an.

»SKIIIIIIP!« dröhnte es mit krachender Wucht mechanisch durch den Saal.

Das Klatschen hörte abrupt auf.

Skip war sich zunächst nicht sicher, ob er wirklich sah, dass Mathilda auf die Bühne ging, oder ob es eine Drogen-Fata-Morgana war.

Dann rief sie seinen Namen. Kein Zweifel mehr.

Er war noch ein gutes Stück von der Bühne weg und versuchte, so rasch wie möglich nach vorne zu kommen. Er rief und winkte, aber Mathilda hatte ihn noch nicht gesehen.

Sie stand nun doch wieder verängstigt auf der Bühne, hielt sich an ihrer Handtasche fest und konnte sich nicht bewegen.

Die fünf Apostel hatten hinter der Bühne gewartet und waren dann von Mathildas Roboterstimme aufgeschreckt worden.

Die Bandmitglieder gingen nun nacheinander wieder auf die Bühne. Der Sänger näherte sich Mathilda langsam von der Seite. Er legte ihr beide Hände auf die Schultern und grinste: »Hey, Robot-Granny!«

Mathilda war heilfroh, dass er sie nicht beschimpfte.

»What a crazy voice! Unbelievable!«, fuhr er fort und lachte rau.

Dann legte er den Kopf zu Seite und sagte: »Sing with us, please!«

Mathilda schüttelte den Kopf.

Der Sänger drehte sich jetzt zum Publikum und fragte mit dem Mikrofon in der Hand:

»Do you also want that she sings with us?«

Das Publikum verstand nicht genau, was das sollte, aber einige Leute begannen zu grölen und zu pfeifen.

Der Sänger wiederholte noch einmal seine Frage und immer mehr Zuschauer applaudierten jetzt.

Er beugte sich zu Mathilda »What's your name again?«

Das Klatschen wurde lauter und rhythmischer.

Der Sänger sprach kurz mit Mathilda und den Bandkollegen.

Dann gab der Drummer den Takt vor und die Zugabe begann. Mathilda stand immer noch wie versteinert auf der Bühne neben dem Mikrofonständer.

Die Five Apostles spielten eine laute und sehr eigenwillige Hardrock Version der australischen Hymne »Waltzing Matilda«.

Beim Refrain gab der Sänger Mathilda ein Zeichen, dass sie mit einstimmen solle, und hielt ihr das Mikrofon vor den Mund.

Mathilda verpasste den Einsatz, roboterte dann aber zaghaft »Waltzing Matilda«.

Der Sänger freute sich erkennbar über den Sound und

so hatte auch das Publikum Spaß. Mathildas Angst legte sich etwas.

Beim nächsten Einsatz legte Mathilda sich mehr ins Zeug und der Sänger lachte vor Freude.

Am Ende des Liedes johlte und klatschte das Publikum.

Der Sänger nahm Mathilda an die Hand und verbeugte sich mit ihr zusammen vor dem Publikum.

Dann erhob er noch einmal die Stimme: »As you know, ›Waltzing Matilda‹ is an important song for us Aussies.« Dann sah er Mathilda an und fuhr fort: »And tonight we heard ›Screaming Matilda‹.«

Er richtete sich wieder zum Publikum. »Please give a big applause to Mathilda!«

Skip hatte es in der Zwischenzeit bis zum seitlichen Bühnenaufgang geschafft. Nach der Pause hatte sich dort nun wieder ein Security-Mitarbeiter aufgebaut, der Skip darin hinderte, noch näher an Mathilda heranzukommen.

So konnte er aber Mathildas großen Auftritt aus nächster Nähe mitverfolgen. Es war nicht zu glauben.

Der Sänger brachte Mathilda noch bis zum seitlichen Rand der Bühne, wo sie Skip auf der letzten Treppenstufe um den Hals fiel.

Der Sänger gab dem Security-Mitarbeiter Anweisung, Mathilda und Skip in den kleinen Backstage-Bereich gehen zu lassen.

Sie ließen sich dort auf einer Bierbank nieder. Skip holte Mathilda Cola und Wasser. Sie atmete tief ein und aus und schloss für einen Moment die Augen.

»Da passt man einmal nicht auf dich auf«, tadelte er sie liebevoll und legte einen Arm um ihre Schultern.

Sie legte ihren Kopf erschöpft und immer noch duselig an seine Schulter. »Screaming Mathilda«, flüsterte sie und sah glücklich dabei aus.

Nach dem Konzert unterhielten sie sich noch mit dem Sänger und dem Schlagzeuger der Band. Die Band wollte noch feiern gehen, aber Skip und Mathilda hatten schon genug erlebt an diesem Abend.

Der Sänger wollte sich vielleicht noch einmal melden. Er schrieb sich die Adresse ihres Hotels in Amsterdam auf.

Dass er am folgenden Abend dort Mathilda wohl nicht mehr antreffen würde, behielten Skip und Mathilda für sich.

Kapitel 26 – Tag X

Beim Frühstück hatten Skip und Mathilda einen flauen Magen und aßen beide nur spärlich. Mathilda ließ sich nur jeweils kurz von Skips ausschweifenden Erzählungen des Vorabends aufheitern. Ansonsten wirkte sie abwesend und schloss öfters die Augen.

Auf ihrem Zimmer holte sie den kleinen Stapel Briefe aus ihrem Koffer und überreichte ihn mit beiden Händen Skip.

»Könntest du bitte damit zu Post gehen und die Briefe dort für mich versenden? Ich bin heute zu müde«, sagte sie flüsternd und konnte Skip dabei nicht in die Augen sehen.

Skip tat ihr den Gefallen und verschickte ihre Abschiedsgrüße. Die Adressen waren überwiegend in Deutschland, teilweise auch in Paris und ein besonders dicker Brief ging nach Argentinien.

Etwas vor der vereinbarten Zeit saßen Skip und Mathilda in Dr. Steens Wartezimmer und blickten wortlos auf das Tulpenfeld. Eine junge Frau mit einem Baby im Kinderwagen mit Hellblau-Vollausstattung wartete ebenfalls. Auch der ältere Herr mit Glatze saß wieder im Zimmer und sah Skip sehr, sehr streng an.

Die Sprechstundenhilfe bat Mathilda in eines der Behandlungszimmer.

Skip war die letzten Tage sowas von überzeugt gewesen, dass er auf keinen Fall direkt dabei sein wollte, wenn Mathilda das Gift schluckte.

Skip stand aber plötzlich auf und fragte leise, ob er mitkommen dürfe.

»Ich wäre beleidigt gewesen, wenn du nicht gefragt hättest«.

Sie saßen im ruhigen Sprechzimmer vor einem großen Schreibtisch.

Skip sah sich um. »Ich dachte, hier steht ein Bett, auf dem die Leute das Gift trinken«, flüsterte er zu Mathilda gebeugt.

»Das ist in einem anderen Raum«, flüsterte sie zurück.

Die Tür ging auf. Mit einem kräftigen und warmen Händedruck begrüßte Dr. Steen erst Mathilda und dann Skip.

Der Doktor war etwa sechzig Jahre alt, groß und schlank und hatte kurze graue Haare. Er trug ein weißes Polohemd, weiße Hosen und eine goldene Uhr am linken Handgelenk. In der Strandbar auf Sylt wäre er damit nicht aufgefallen, dachte Skip.

Skip machte sich einen ersten Eindruck von Mathildas Wunsch-Mörder. Mathilda erklärte dem Arzt die besondere Konstellation zwischen ihr und Skip. Skip sei in alles eingeweiht.

»Wissen Sie, Frau Rubio«, begann Dr. Steen in fast akzentfreiem Deutsch, »ich habe mir ihre Unterlagen gestern Abend noch einmal in Ruhe angesehen. Der Krebs hat ja schon weit gestreut.«

Skip kniff die Augen zusammen und dachte: ›Erzähl' mal was Neues. Vielleicht will der Doktor den Preis noch hochtreiben, damit er sich für das andere Handgelenk auch noch eine zweite goldene Uhr kaufen kann.‹

»Zwischen der aktuellen Computertomografie und der Aufnahme vor zirka vier Monaten ist mir etwas aufgefallen«, fuhr der Arzt sachlich fort.

Mathilda hob die Augenbrauen. »Was denn?«

Dr. Steen hängte zwei Aufnahmen an einen weiß beleuchteten Kasten an der Wand. Mit einem Kugelschreiber zeigte er auf kleine helle Punkte in den dunklen Bildern.

»Hier im Bauchraum haben sich in den letzten Monaten neue Tochtergeschwülste gebildet. Ebenso in zwei Lendenwirbeln und im rechten Schlüsselbein.«

»Ja, das weiß ich doch alles. Daher habe ich auch ständig Schmerzen«, sagte sie nun ungeduldig.

»Aber sehen sie mal hier«, fuhr der Doktor fort und zeigte auf einige helle Punkte, die auf der alten Aufnahme gut zu sehen waren, auf der neueren aber kaum oder gar nicht.

»Mehrere Knoten in ihrer Lunge und Leber haben sich verkleinert oder sind sogar verschwunden!«

»Ja und?«

»Das ist gut. Das bedeutet, dass Ihr Körper den Krebs aktiv bekämpft. Dass Ihr Körper den Kampf gewinnt, ist nicht wahrscheinlich. Aber dies hat für Ihre Prognose einen entscheidenden Einfluss. Was haben Ihnen die Ärzte bisher gesagt? Wie lange leben Sie vermutlich noch?«

»Sie sagten, ich habe noch vier Wochen, maximal acht Wochen zu leben.«

Skip platzte der Kragen. »Jetzt hören Sie mal gut zu, Doktor Tod! Wenn sie Mathilda hier verarschen wollen, um ihr falsche Hoffnungen zu machen und ihr teure, sinnlose Therapien aufzuschwatzen … dann … dann zeige ich Sie an, Sie … Pfuscher!«

Dr. Steen war es gewohnt, mit hochwogenden Emotionen bei heiklen Gesprächen umzugehen. Daher sagte er ganz ruhig: »Ich kann Ihr Misstrauen verstehen. Wir reden hier auch nicht über Jahrzehnte. Aber ich halte es für realistisch, dass Frau Rubio gut noch ein Jahr, vielleicht auch etwas länger leben kann. Das hängt natürlich auch alles von den kommenden Wochen und Untersuchungen ab.«

Dr. Steen merkte, dass Mathilda mit dieser neuen Situation sehr zu kämpfen hatte: »Ich dachte, Sie freuen sich über diese Information. Was genau geht Ihnen jetzt durch den Kopf?«

»Ich weiß nicht genau, ob ich das glauben soll«, antwortete sie und ließ ihren Blick zwischen dem Arzt und Skip hin- und herwandern.

»Das kann ich sehr gut verstehen. Sie können sicher noch eine andere Meinung in Deutschland einholen.«

Skip hatte sich wieder etwas beruhigt. Das klang nicht direkt nach Abzocke.

Mathilda legte nach: »Und mit diesen Schmerzen möchte ich auch nicht länger leben.«

»Dafür finden wir sicher auch eine Lösung. Es gibt eine Vielzahl von Medikamenten, die gut helfen und gut vertragen werden.«

»Kann ich mit Skip kurz alleine sprechen?«, fragte Mathilda. Der Arzt nickte freundlich verließ das Zimmer und schloss die Tür.

Mathilda wartete einige Sekunden. Dann fragte sie leise: »Was meinst du?«

Skip beugte sich zu ihr herüber und flüsterte: »Ich weiß nicht genau. Erst dachte ich, der verarscht dich doch. Aber was hätte er denn davon?«

»Eben, was hätte er denn davon?«

»Vielleicht ist ihm auch nur das Gift ausgegangen und das will er nicht zugeben, oder die Bullen haben ihn auf dem Kieker.«

»Also DAS glaube ich nun wirklich nicht«, schüttelte Mathilda energisch den Kopf.

»Aber es schadet sicher nicht, noch eine andere Meinung einzuholen«, betonte Skip.

Mathilda nickte.

Es fühlte sich komisch für Mathilda an, heute nicht wie geplant zu sterben. Vielleicht hatte sich der Ringrichter bei ihr verzählt und sie war erst bei neun und rappelte sich noch einmal hoch. Vielleicht hatte sich der Krebs die Falsche ausgesucht. Sie hatte Nehmerqualitäten.

Mathilda und Skip fragten Dr. Steen im Anschluss noch einige Dinge und bedankten sich dann herzlich bei ihm. Sie vereinbarten für den folgenden Tag noch einen Termin, um alles noch einmal mit etwas Abstand besprechen zu können.

Im Bus auf dem Weg ins Hotel fing Skip aus Erleichterung an zu weinen. Eine Truppe Cheerleader aus aufgestauten Gefühlen tanzte nun auf seiner Tränendrüse. Mathilda nahm ihn in den Arm und versuchte den zitternden Kerl neben sich zu beruhigen.

»Keine Sorge, ich sterbe schon noch.« Ihren Humor hatte sie nie verloren.

Kapitel 27 – Screaming Mathilda reloaded

Im gemütlichen Restaurantbereich ihres Hotels waren Mathilda und Skip am frühen Nachmittag die einzigen Gäste und bestellten Kaffee und Kuchen. Erst beim zweiten Stück niederländischen Apfelkuchens hörte Skip langsam auf zu schluchzen.

Mathilda musste sich erst auf die neue Situation einstellen, noch nicht tot zu sein. Der Kaffee und ein Stück Eierlikörtorte schmeckten ihr in jeder Hinsicht himmlisch.

Die warme Stube, das Gebäck und vor allem die abklingende Anspannung machten sie sehr müde. Mathilda verordnete den beiden ein Nickerchen auf ihren Zimmern.

Skip schlief, sobald er sein Bett berührt hatte, mit allen Klamotten in wenigen Sekunden ein.

Als er zwei Stunden später erwachte, wusste er nicht, ob das Telefon auf seinem Nachttisch wirklich geklingelt hatte, oder ob er dies nur geträumt hatte.

Er stellte sich unter die Dusche und ließ das heiße Wasser über seinen Kopf laufen, bis seine Fingerkuppen ganz wellig wurden.

Was, wenn Dr. Steen völlig falsch lag? Eine zweite, also

eigentlich dritte Meinung sollte Mathilda auf jeden Fall so bald wie möglich einholen.

Er drehte den Hahn zu, rubbelte seine Mähne etwas trocken, band sich das Handtuch um die Hüfte und stellte sich vor das Waschbecken. Mit der flachen Hand wischte er ein kleines Feld in der Mitte des beschlagenen Spiegels frei und sah sich an. Es war noch gar nicht lange her, dass er mit Filzstift auf der Stirn im Bad in Heidelberg gestanden hatte. Die letzten Wochen waren eine ruppige Achterbahnfahrt gewesen, gefühlt mehr runter als hoch.

Ihm fiel ein, dass er seine Mutter seit Tagen nicht angerufen hatte. Das letzte Mal hatte er mit ihr vor dem Katastrophen-Konzert in der Residenz gesprochen.

Er nahm sich vor, noch heute mit ihr zu sprechen. Vom Zimmer aus zu telefonieren war sicher unglaublich teuer. Ein Münzsprecher an der nächsten Straßenecke wäre viel günstiger. Er zog sich rasch an, nahm auf dem Weg nach unten je zwei Stufen auf einmal und ging an der Rezeption vorbei. Der Portier rief ihm auf Holländisch etwas zu und wiederholte es dann noch einmal auf Englisch.

Jemand habe mehrfach versucht, Mathilda oder Skip zu erreichen. Eine Nummer in Amsterdam hatte der Portier notiert und einen Namen, der Skip nichts sagte, »Chris«.

Der Hotelmitarbeiter am Empfang wählte die Nummer und reichte Skip dann den Hörer.

»Hello, Skip here«, meldete er sich in fragendem Tonfall.

»Hey Skip, this is Chris! Is Mathilda with you?«

»Chris. Okay. Are you working for Doctor van Steen?«

»Doctor who? No, my friend, it's me: Chris, from the Five Apostles. Don't you remember me?«

»Ah, Chris, okay!«

Der Sänger wollte gerne mit Mathilda über eine Zusammenarbeit reden, die wie auch immer aussehen könnte. Skip betonte, dass Chris genau mit dem Richtigen darüber spreche, da er Mathildas Manager sei. Irgendwie stimmte das ja sogar.

Abgemacht. Ein Teil der Band würde eine Stunde später bei ihnen im Hotel vorbeikommen und dann könnten sie ja mal reden.

Er wollte diese Neuigkeiten sofort Mathilda berichten und klopfte an ihrer Tür. Mathilda bat ihn herein.

Ehe er loslegen konnte, fing sie an zu lachen und hörte gar nicht mehr auf. Das brachte Skip völlig aus dem Konzept. »Was ist denn los?«

»Briefe aus dem Jenseits«, gluckste sie.

»Wie, Briefe, Jenseits …?«

»Na die Abschiedsbriefe, die du heute Morgen eingeworfen hast, die kommen alle in den nächsten Tagen an. Und wenn ich mich dann nochmal bei den lieben Menschen melde, müssen sie denken, ich schreibe aus dem Jenseits. Die Gesichter würde ich gerne sehen.«

»Vielleicht rufst du die doch besser an, ehe die Briefe angekommen sind.« Skip fand das nicht halb so lustig wie sie.

»Übrigens« leitete er zu seinem eigentlichen Thema über. »Die Band von gestern kommt in einer Stunde hier ins Hotel. Sie wollen mit uns über eine Zusammenarbeit sprechen.«

»Mit uns?«

»Mit dir als Künstlerin und mit mir als deinem Manager«, sagte Skip mit geschwellter Brust.

»Skip! Nur weil ich heute noch nicht gestorben bin, heißt das doch nicht, dass ich gesund bin.«

Skip ruderte zurück. »Klar. Aber wir können uns das ja mal anhören, oder?« Mathilda sah ihn mehr als skeptisch an.

»Und sonst schreibst du denen einfach ein paar Autogramme«, versuchte Skip die Situation aufzulockern.

Gegen 19 Uhr gingen Mathilda und Skip in die kleine Lobby neben dem Empfang. Auf zwei zierlichen Jugendstil-Sofas, die im rechten Winkel zueinanderstanden, rauchten zwei der wuchtigen fünf Apostel. Sänger Chris und Schlagzeuger Nathan erhoben sich in ihren schwarzen Lederjacken artig, um Mathilda zu begrüßen.

Noch bevor das erste Bier auf dem Tisch stand, schwärmte Chris von Mathildas Stimme. Er könne sich gut vorstellen, eine Studioversion von »Screaming Mathilda« aufzunehmen. Das wäre eine ideale B-Seite. Zudem habe ein Mitarbeiter eines Magazins namens »Faces Rocks Metal Muscle« der Band gestern Abend noch spontan angeboten, eine Cover-Story über die Five Apostles zu bringen. Eine der Bedingungen des Magazins sei aber, dass auch etwas über Mathilda im Artikel erscheint.

Chris redete und redete. Nathan baute sich einen Joint und zündete ihn an.

Mathilda hörte sich alles in Ruhe an, trank ihr Wasser und dachte nach. Ihre Knochen schmerzten. Dann beugte sie sich vor und gab Nathan ein Zeichen, dass er ihr den Joint reichen möge.

Die drei Jungs sahen sich verblüfft an.

»Das ist für meine Gesundheit«, sagte sie und hustete beim ersten zaghaften Zug.

Einige Minuten und zwei Züge später waren ihre Schmerzen fast abgeklungen.

Sie fühlte sich gut, lebendig.

Sie versprach, über den Vorschlag nachzudenken.

Und dann bekamen alle schrecklichen Hunger.

Die Vier fuhren mit dem Taxi an den Stadtrand in eine Mischung aus lässiger Roof Top-Bar und Restaurant.

Mit einem tollen Blick über die alten Dächer der Stadt und etwas THC auf den Geschmacksknospen schmeckte alles fantastisch.

Der Rest der Band kam nach dem Essen noch hinzu und es wurden ausufernde Geschichten von australischen wilden Tieren, wilden Partys und wilden Kopfschmerzen erzählt.

Skips Achterbahnfahrt war auf steilem Weg nach oben und Mathilda hatte endlich wieder mehr Leben als Tod im Sinn.

Kapitel 28 – Schmerzlinderung

»In Amsterdam?«, fragte Skips Mutter ungläubig. Skip suchte in seinen Hosentaschen und warf noch etwas Kleingeld in den holländischen Telefonautomaten.

»Ja, Mum. Seit drei Tagen. Das ist eine lange Geschichte. Das ist so eine Art Fahrdienst für die Residenz. Und ja, es geht mir gut.«

Seine Mutter klang besorgt: »Aber so eine lange Strecke mit dem Auto. Du fährst doch sonst kaum Auto. Habt ihr euch denn wenigstens abgewechselt und Pausen gemacht?«

Wenn Skips Mutter nur die leiseste Ahnung davon gehabt hätte, was wirklich in den letzten Tagen passiert war, hätte sie gewiss ganz andere Fragen gestellt.

»Ja sicher. Wir haben sogar einmal in Hamburg übernachtet. In einem schicken Hotel. Also die Speisekarte dort … «

Seine Mutter klang noch genauso besorgt: »In einem schicken Hotel? Und das zahlt alles das Seniorenheim? Oder soll ich dir noch etwas Geld schicken?«

»Nein, Mum. Es ist alles geregelt. Vielen Dank.«

»Na gut. Wann fahrt ihr denn zurück?«

»In ein oder zwei Tagen. Mathilda hat hier noch einen Arztbesuch.«

»Und trink nicht so viel und nimm bloß kein Haschisch, das soll es ja in Holland überall geben, hörst du?«

»Natürlich nicht, Mum. Ich muss jetzt Schluss machen, die Münzen sind alle. Und grüß' mir Apos Eltern, wenn du sie siehst.«

»Mache ich. Und du grüß' mir diese Mathilda, unbekannterweise. Und meld' dich, sobald ihr wieder auf der Rückfahrt seid.«

»Klar. Ach, und Mum«, setzte Skip an und sagte leise: »ich hab' dich lieb.«

Seine Mutter war kurz still und seufzte dann ergriffen. »Ich dich auch, Skippy. Geht's dir wirklich gut?«

»Ja Mum. Ich leg jetzt auf, okay?«

»Okay.«

Skip ging zurück ins Hotel und setzte sich wieder zu Mathilda an den Frühstückstisch.

»Liebe Grüße von meiner Mum – unbekannterweise.« Er legte sich noch ein Brötchen auf den Teller.

»Danke«, nickte Mathilda. »Deine Mutter macht sich bestimmt Sorgen, oder? Wie viel hast du ihr denn von unserer Reise erzählt?«

»Das Nötigste. Dass wir nach Amsterdam gefahren sind und dass es mir gut geht.«

»Weiß sie, warum wir hierher gefahren sind?«

»Nicht direkt. Das erzähle ich ihr irgendwann mal.«

»Ist sicher besser.«

»Hast du dir eigentlich schon Gedanken zum Angebot der Band gemacht?«, wollte Skip wissen und legte eine Scheibe Gouda auf die untere Hälfte seines Brötchens.

»Nein, noch nicht«, und sah dabei aus dem Fenster.

Dann sah sie Skip an und fragte: »Was hältst du denn davon?«

Skip wollte gerade in das Brötchen beißen, legte es aber wieder ab und verschränkte die Arme vor der Brust.

»Hm.« Er musterte Mathilda mit einer tiefen Denkerfalte zwischen den Augenbrauen von oben bis unten und biss sich leicht auf eine Seite der Unterlippe. »Ich glaube, ich könnte dich ganz groß rausbringen!« Dann lachte er herzlich und biss in sein Käsebrötchen.

Mathilda lachte mit ihrer Kaffeetasse in der Hand. »Soso. Du könntest mich also groß rausbringen.« Sie nahm einen Schluck.

»Ich muss dich warnen. Eine Welttournee mache ich nicht mehr mit«, fügte sie schmunzelnd hinzu.

»Das heißt, ja?«, fragte Skip aufgeregt und stützte sich mit den Händen auf der Tischplatte ab, bereit, in die Höhe zu springen.

»Das heißt zumindest nicht nein«, sagte sie und stellte ihre Tasse langsam ab. »So und jetzt musst du mich entschuldigen. Ich muss mich kurz um meine Gesundheit kümmern.«

Skip sah sie mitfühlend an: »Hast du Schmerzen, soll dir etwas aus der Apotheke holen?«

»Danke, aber ich habe alles, was ich brauche«, sagte sie ganz ruhig und etwas blitzte in ihren Augen auf.

Skip frühstückte noch fertig und ging dann hoch auf sein Zimmer. Als er an Mathildas Tür vorbeikam, hörte er sie husten und klopfte an. Sie bat ihn hustend herein.

Mathilda stand am offenen Fenster und hatte einen Joint in der Hand, der fast auseinanderfiel.

Skip lachte verblüfft: »Wo hast du den denn her?«

Sie hustete »Betriebsgeheimnis« und nahm noch einen kleinen Zug.

Skip sah sie freundlich fordernd an.

»Der Schlagzeuger hat mir gestern noch etwas gegeben. Und Papier und etwas Tabak. Nur das mit dem Drehen ist schwieriger als gedacht.« Sie sah Skip hilfesuchend an – wie ein kleines Mädchen, dem die Fahrradkette heruntergesprungen war.

»Mathilda, Mathilda!«, mahnte Skip lächelnd mit erhobenem Zeigefinger. »Den nächsten Joint bauen wir zusammen.«

»Abgemacht.«

»Ich habe eben übrigens Annegret auf Sylt angerufen. Ich habe ihr nur erzählt, dass ich einen Arztbesuch in Amsterdam habe. Den Rest muss sie nicht so genau wissen, wenn du verstehst, was ich meine.«

»Gut. Sehr gut.« Skip war beruhigt.

Sie verbrachten einen wundervoll entspannten Sommertag in Amsterdam. Sie schlenderten durch die Altstadt, probierten einige holländische Snacks. Mathilda stolzierte einige Schritte in viel zu großen Holz Clogs durch einen Trachtenladen. Skip kaufte einige Postkarten mit Tulpenmotiv. Ein Straßenkünstler zeichnete eine Karikatur von Mathilda. Das Ergebnis sah aus wie eine gelockte Landkarte des Schwarzwaldes mit unzähligen Höhenlinien und zwei lachenden Bergseen in der Mitte. Vielleicht hatte der Künstler auch etwas THC im Blut.

Am späten Nachmittag hätten sie fast den Termin bei Dr. van Steen vergessen, der Mathilda gegen Ende seiner Sprechstunde noch einmal sehen wollte.

»Wollen Sie momentan immer noch sterben?«, fragte der Arzt ruhig und direkt nach einer freundlichen Begrüßung.

Mathilda schüttelte den Kopf. »Nein, momentan nicht.«

Dr. Steen nickte und wartete auf weitere Reaktionen. Mathilda saß aber nur gerade mit beiden Händen auf den Armlehnen auf dem Stuhl und ließ die Beine baumeln.

Es war still, man hörte das Ticken einer verzierten Standuhr im Bücherregal hinter dem Schreibtisch. Eine besinnliche, angenehme Stille.

Skip wollte doch etwas von Dr. Steen wissen: »Wie hoch ist die Wahrscheinlichkeit, dass sie sich irren, und dass Mathilda doch in wenigen Wochen sterben wird?«

Der Arzt beugte sich mit seinen Unterarmen auf dem Schreibtisch leicht nach vorne, faltete die Hände zusammen und sagte bedächtig:

»Ich bin kein Mathematiker und es gibt auch keine Formel, um das auszurechnen. Aber ich betreue seit über dreißig Jahren Patienten mit unterschiedlichen Krebsleiden. Ich habe in den letzten Monaten Mathildas Briefe und schriftliche Befunde gelesen und bewertet. Ich bin mir sicher, dass meine Hilfe beim Sterben richtig sein würde.

Nun habe ich sie persönlich kennengelernt und bewerte die Lage anders. Sie hat noch viel Lebensenergie. Und – wie gesagt – die Rückbildung einiger Metastasen in ihrem Körper ist ein sehr gutes Zeichen. Aber eine Garantie kann ich Ihnen natürlich nicht geben.«

Mathildas Beine baumelten unaufgeregt weiter.

Skip rieb sich über die Stirn und atmete tief aus.

»Also mir reicht das!«, sagte Mathilda lächelnd und stand auf.

»Ich glaube, das ist die richtige Entscheidung«, freute

sich Dr. Steen. Er holte einen Block aus der Schublade und schrieb etwas auf.

Er riss die oberste Seite des Blocks ab und reichte sie Mathilda. »Hier, für Ihre Schmerzen. Das sind Schmerztropfen, die kurzfristig helfen, und Tabletten, deren Wirkung mehrere Stunden anhält.«

Mathilda nahm das Rezept entgegen, steckte es in ihre Tasche und erwiderte: »Vielen Dank. Ich glaube, für die Schmerzen habe ich schon etwas gefunden.« Sie zwinkerte Skip zu.

Dr. Steen verstand zwar nicht, worum es ging, freute sich aber, dass Mathilda frohen Mutes war.

Sie warteten an der Haltestelle auf den Bus zum Hotel

»Hast du dir schon überlegt, was du in den nächsten Monaten machen möchtest?«, fragte Skip.

Sie wiegte den Kopf hin und her und lächelte. »Ein wenig, ja.« Sie sah verträumt in die Ferne. »Ich würde gerne noch kleine Reisen machen, mit Annegret oder auch Vivien, einer alten Freundin.«

»Nach Argentinien, Tango tanzen?«

»Nein, nein, das ist dann doch weit und zu anstrengend. Aber vielleicht noch einmal nach Paris.«

»Und Insekten essen?«

»Mathilda drehte sich zu ihm und sagte freudig: »Au ja! Meinst du, sowas gibt es in Amsterdam? Hier gibt es doch alles, oder?«

Der Portier gab sich große Mühe, im Telefonbuch exotische Restaurants abzutelefonieren, die eventuell Insekten auf der Speisekarte hatten. Schließlich wurden sie bei einem kleinen thailändischen Restaurant in der Innenstadt fündig.

Skip bestellte Frühlingsrollen. Mathilda gönnte sich ein Glas Weißwein und probierte sich vorsichtig durch die Vorspeisenvariationen. Geröstete Heuschrecken: »piksen etwas am Gaumen, schön knusprig.« Mehlwürmer: »leicht nussig, etwas mehlig«. Seidenraupen: »etwas glibberig, wenig Eigengeschmack, mit der Soße ganz lecker.«

Beim Nachtisch – ohne Krabbeltiere – sah Mathilda um eine Erfahrung reicher und sehr zufrieden aus.

»Wenn du nur noch einige Wochen zu leben hättest, was würdest du jetzt machen?«, fragte sie neugierig.

Skip hatte sich darüber noch nie Gedanken gemacht. Er legte seinen Kopf in den Nacken und schaute in die geschnitzte Holzvertäfelung an der Decke.

»Ich glaube, ich würde auch versuchen, verpasste Gelegenheiten nachzuholen.«

Mathilda stupste ihn mit ihrer Fußspitze unter dem Tisch an: »Na, geht es etwas konkreter, junger Mann?«

»Okay, mal sehen«, überlegte er laut. »Ich würde gerne noch einmal mit meinem Vater sprechen, von Mann zu Mann. Ohne Vorwürfe. Er soll mir ins Gesicht sagen, ob er mich wirklich vergessen hat.«

»Sehr gut. Habe ich notiert. Weiter?«

»Ich würde gerne mit meiner Mutter in die DDR fahren und sehen, wo sie aufgewachsen ist. Aber das geht ja nicht.«

»Vielleicht geht das ja irgendwann. Politiker ändern ständig ihre Meinung. Du kannst auf jeden Fall eine Reise mit deiner Mutter machen, das freut sie sicher.«

»Und ich würde gerne einmal mit einer Band auf Tournee gehen.«

»Mit einer australischen, zufällig?«

»Wie kommst du denn darauf?«, lachte er.

»Vielleicht kann ich da etwas arrangieren«, scherzte sie.

»Und hast du nicht noch etwas vergessen?«

»Bestimmt« grübelte Skip.

»War da nicht noch ein Mädchen?«

»Ja, aber das habe ich ja schon versucht. Das wird wohl nix mehr.«

Mathilda sah ihn streng an: »Ich dachte auch, dass das mit mir nix mehr wird. Nun gib nicht voreilig auf. Wenn dir das Mädchen dann einen Korb geben sollte: Bitteschön. Aber wenigstens noch einen richtigen Versuch, sie zu treffen, solltest du machen.«

»Mal sehen.«

»Mal sehen« dachte er noch einmal. Er drehte sich in seinem weichen Hotelbett auf die Seite und schlief ein.

Kapitel 29 – Tournee-Ente

Mathilda stimmte zu, mit der Band einen Tag in ein Tonstudio in Amsterdam zu gehen, um dort Aufnahmen von ihrer Stimme mit Verstärker für »Screaming Mathilda« zu machen. Ein Studio in Amsterdam konnte kurzfristig binnen zwei Tagen gefunden werden.

Mathilda erhielt einen dreiseitigen Vertrag auf Englisch und eine deutsche Übersetzung. Ihr Manager Skip las den Vertrag mehrmals, verstand aber nichts davon. Mathilda kannte solche Verträge noch etwas von früher und unterschrieb dann. Sie erhielt ein kleines Honorar für die Aufnahme und wurde am Plattenverkauf der geplanten Single prozentual beteiligt. Zudem wurden drei Live-Auftritte vereinbart. Die Band hätte gerne viel mehr Auftritte vereinbart, aber Mathilda blieb hart.

Die Arbeit im Tonstudio lief wie geplant. Da Mathilda nur zwei Wörter sagen musste und sie ein Profi war, hatte der Produzent ihren Teil innerhalb einer Stunde im Kasten bzw. auf Band.

Der Redakteur von »Faces Rocks Metal Muscles« stellte ihr in einem Café neben dem Tonstudio zusammen mit der Band noch einige Fragen. Vor einer alten Backsteinwand um die Ecke wurden noch Fotos von der Band gemacht und eine Aufnahme zusammen mit Mathilda im schwarzen Kleid. Sie fand zwar, dass ihr das Blumenkleid besser stand, aber darauf konnte man sich nicht einigen.

»Utrecht, Aachen, Köln, Frankfurt am Main, Stuttgart, München, Hamburg, Kopenhagen, Stockholm.« las Skip vor. »In diesen Städten werden die Five Apostles in den nächsten vier Wochen auftreten.« Kein Heidelberg dabei. In mehreren Städten würden die Australier auf größeren Bühnen im Rahmen von Festivals spielen, in einigen Städten auch alleine in kleineren Locations.

»Also Mathilda, in welchen drei Städten würdest du denn gerne auftreten?«

»Was empfiehlt denn mein Manager?«, fragte sie mit gespielter Divenhaftigkeit.

»Ich würde sagen … Hamburg und Frankfurt auf jeden Fall. Und vielleicht noch Köln.« Nach Frankfurt könnten Apo und seine Mutter kommen, das wäre von Heidelberg nicht weit.

»Ich würde sagen, du überprüfst mal, wo meine Garderobe am hübschesten, das Catering am besten und die Hotelsuite am größten ist«, polterte Mathilda und versuchte, dabei ernst zu bleiben.

Es wurden dann tatsächlich Köln, Frankfurt und Hamburg.

Den Ausschlag gab schließlich auch, dass die drei Städte noch irgendwie auf dem Weg zurück nach Sylt lagen.

Frau Petersen hatten sie bereits zwei Tage zuvor telefonisch informiert, dass es dem Auto und Mathilda gut ginge. Frau

Petersen hatte Schnappatmung bekommen und konnte sich dann doch ohne künstlichen Sauerstoff darüber freuen. Vor Schreck hatte sie auch gar nicht geschimpft. Das würde aber wohl noch kommen.

Mathilda und Skip deckten sich mit einigen »Gesundheits-Vorräten« aus dem Coffeeshop ein. Die Tournee-Ente wurde frisch vollgetankt und mit Öl und Luft gefüttert. Vor der Grenze ließ Mathilda ihre rauchbare Kräutermedizin vorsichtshalber in ihren BH wandern.

In Köln trafen sie die Band wieder. Das Konzert fand in einem angesagten Independent-Club in Ehrenfeld statt. Mathilda durfte sich in einem einfachen, aber hübschen Hotelzimmer in der Innenstadt ausruhen, bis sie mit Skip in einem Taxi zum Konzert gefahren wurde. Im rheinisch-fröhlichen Backstage-Bereich gab es Kölsch, Cola, Wasser und Mettbrötchen. Mathilda hatte Ohrenstöpsel und wurde von Skip bis neben die Bühne gebracht.

Ihr erster geplanter Auftritt kam auch in Köln gut an, was auch an der guten Vorarbeit von Chris lag, der Mathilda sehr heroisch angekündigt hatte. Rheinländer mögen aber ja auch Menschen unterschiedlichster Façon. Am nächsten Tag war noch Zeit für etwas seniorenfreundliches Sightseeing mit Altstadt, Rheinufer und Dom.

In Frankfurt bezogen Mathilda und Skip moderne Hotelzimmer im zehnten bzw. zwölften Stock mit Blick auf den Main.

Der Auftritt war in einer Halle in der Nähe des Mainufers. Die Apostel spielten als zweite von drei Bands an diesem Abend.

Nicht nur Apo und Skips Mutter waren gekommen, sondern auch Annegret hatte sich in den Zug gesetzt und wollte sich das Spektakel nicht entgehen lassen. Sie hätte auch zum Konzert nach Hamburg fahren können, war aber zu neugierig, um noch eine Woche zu warten. Sie würde sich dann einfach beide Konzerte ansehen.

Am Nachmittag trafen sich alle in einem alten Restaurant am Römer, bestellten gekochte Eier mit Kartoffeln und grüner Soße und Handkäs mit Musik. Dazu gab es Äppelwoi.

Mathilda, Apo und Skip hatten sich vorher abgestimmt, was offen erzählt werden durfte und was besser nicht. Apo verplapperte sich ein paar Mal fast, bekam aber auf seine mitreißende mediterrane Art immer wieder die Kurve. Sein Vater hatte ihn zu Sonderschichten in der Videothek verdonnert, um den Schaden der nächtlichen Alsterfahrt wieder abzustottern.

Skips Mutter, Annegret und Mathilda verstanden sich auf Anhieb blendend.

Am Abend erhielten Skips Mutter, Annegret und Apo All-Area-Pässe, mit denen sie sich frei in allen Bereichen bewegen konnten, auch hinter der Bühne.

Skips Mama war sehr, sehr stolz auf ihren Skippy. Sie durfte ihn zwar nicht vor allen Leuten umarmen, aber erzählte jedem, dass sie seine Mutter war –, wenn Skip nicht gerade danebenstand.

Apo hielt seinen All-Area-Pass jedem, wirklich jedem, den er traf, direkt vor die Nase. Der Manager der ersten Band biss ihm deswegen zugekokst in die Hand. Das blutete eine Weile hellrot. Als Entschuldigung bot er Apo seine Schlangenlederstiefel an, die Apo aber zu klein waren.

Kurz vor Mathildas Auftritt brach bei Skip kurze Panik aus. Die Batterien des Stimmverstärkers waren leer. Er konnte gerade noch die passenden Batterien von einer Tankstelle mehrere Straßen weiter organisieren. Mathildas Stimme dröhnte wunderschön zu dem australischen Geschrammel und das Publikum feierte das Lied mit einer spontanen Pogo-Einlage.

Nach dem Konzert saßen Skip, seine Mutter, Mathilda, Annegret, Apo und die Band noch bis in die Puppen an der Hotelbar und stießen auf den Abend an.

Chris verriet, dass die Single mit »Screaming Mathilda« als B-Seite eventuell noch vor dem Auftritt in Hamburg auf den Markt kommen sollte.

Kapitel 30 – Zurück in den Norden

In Frankfurt trennten sich am Vormittag dann die Wege vorerst wieder.

Die Band fuhr weiter nach Stuttgart. Apo und Skips Mama fuhren zurück nach Heidelberg. Skips Mutter kugelte sich beim Abschiedswinken fast den Arm aus.

Skip, Mathilda und Annegret nahmen in der Ente Platz und tuckerten Richtung Hamburg.

Skip lenkte den französischen Boliden ruhig über den Asphalt. Die Damen quasselten fast ununterbrochen und planten eine gemeinsame Fahrt nach Paris.

»Ach Mathilda, das wird so schön«, freute sich Annegret schon.

»Ja, meine Liebe. Und wir besorgen uns schon vorher Karten für das Moulin Rouge. Da ist was los, sage ich dir!«

»Und auf diesen großen Friedhof dort müssen wir unbedingt, wo der Sänger von den Doors beerdigt ist, wie hieß der nochmal?«

»Jim Morrison«, sagte Skip

»Nein, ich meinte den Friedhof«, stellte Annegret klar.

»Père-Lachaise«, sagte Mathilda. »Edith Piaf liegt dort auch. Wusstet ihr, dass sie an Leberkrebs gestorben ist?«

Das wusste niemand außer Mathilda im Auto, daher fuhr sie fort:

»Sie hat angeblich jahrelang Morphium gegen ihre Schmerzen genommen und ist trotzdem noch aufgetreten.«

»Also, wenn ich dich so ansehe ... eine gewisse Ähnlichkeit hast du mit der Piaf ja schon ... nur die coolere Stimme, definitiv«, meinte Skip und zwinkerte ihr zu.

Er war richtig froh, dass er nicht alleine, sondern mit Mathilda an Bord wieder Richtung Sylt fahren konnte, und dass sie wieder Pläne machte.

Das Konzert in Hamburg war erst in sechs Tagen geplant, also rollten sie gemütlich an der Freien und Hansestadt vorbei Richtung Sylt. Mit dem vorletzten Autozug des Tages fuhren sie in Westerland ein.

Da sie niemandem Bescheid gegeben hatten, wann sie genau ankommen, war es auf dem Parkplatz der Residenz und im Eingangsbereich sehr ruhig.

Erst als die drei im Flur der zweiten Etage auf bekannte Gesichter stießen, wurde es kurz laut und alle freuten sich, die Ausflügler wiederzusehen.

Frau Petersen war nicht in Sicht.

Skip half Mathilda und Annegret, ihre Sachen auf die Zimmer zu bringen. Dann erst wurde ihm klar, dass er auf der Insel ja gar keine Bleibe mehr hatte.

Das Angebot von Mathilda, in ihrem Zimmer auf dem Boden zu schlafen, lehnte er dankend ab.

Stattdessen lief er in der Dämmerung den Strand hinunter und legte sich auf das Sofa vor dem Surfcenter. Die Nacht blieb trocken. Er wurde früh wach. Wichtige Dinge waren zu erledigen. Bevor Nick und Max kamen, ging er

Richtung Ortskern und besorgte sich beim Bäcker einen Becher Kaffee und ein Franzbrötchen.

Das Rathaus öffnete um 8:00 Uhr. Um 8:15 Uhr saß er bei Frau Jansen am Schreibtisch. Sie hatte wie immer einen Dutt, trug einen auberginefarbenen Blazer mit Schulterpolstern, den passenden Rock dazu und die obligatorische Perlenkette.

»Da haben Sie mich aber schon sehr enttäuscht Herr Kipplinger«, fing Frau Jansen in strengem Ton an.

»Sie hätten ja fast das ganze Seniorenheim abgebrannt. Nicht auszudenken, was da alles hätte passieren könnten. Die armen alten Menschen! Die hätten sich ja gar nicht alle selbst in Sicherheit bringen können. Ist Ihnen eigentlich bewusst, wie knapp das war?«

Skip hatte sich vorher bereits mental auf diese Standpauke eingestellt. Er setzte sein bestes Hundewelpen-Gesicht auf und nickte fortlaufend einsichtig. Die Vorwurfswelle ebbte im Verlauf ab und es kamen auch versöhnliche Worte aus Frau Jansens Mund:

»Einige der Senioren haben es aber sehr bedauert, dass Sie nicht mehr da sind. Sie seien immer sehr nett und lustig gewesen.«

»Ja, ich vermisse die Bewohner auch, das können Sie mir glauben, Frau Jansen. Viele von ihnen waren mir nach der kurzen Zeit schon sehr ans Herz gewachsen.«

»Und warum haben Sie dann alle in Gefahr gebracht?«

»Na, das war doch nur gut gemeint. Ein Konzert für Herbert. Alle hatten auch Spaß, aber dann haben wir einfach Pech gehabt. Das hätte jedem passieren können.«

»Und fünfzehnjährigen Schülern Alkohol auszuschenken hätte auch jedem passieren können, oder?«

»Die Bowle wurde nur vertauscht, das müssen sie mir glauben.«

Beide schwiegen jetzt. Frau Jansen seufzte, notierte sich etwas in einem Büchlein und fingerte an ihrer Kette herum.

»Und ich würde es auch gerne wieder gut machen. Sie müssen mir nur eine Chance geben.«

Frau Jansen sah ihn skeptisch über den oberen Rand ihrer Brille an. »Und wie wollen Sie das gut machen, bitte?«

»Also Frau Jansen, ich habe da eine super Idee ...«

Kapitel 31 – Ein großer Auftritt

Skip verließ gegen 8:45 Uhr das Rathaus. Er hatte gute Laune.

Gegen eine kleine Gebühr durfte er für ein paar Tage auch wieder ein Zimmer im Wohnheim in Westerland beziehen.

In den kommenden Tagen entschuldigte er sich noch mehrfach bei Frau Petersen und bereitete tagsüber mit einem Mitarbeiter von Frau Jansen sein aktuelles Projekt vor.

Abends traf er sich mit Nick und Max auf ein Bier am Surfcenter oder an der Strandbar.

Am Tag von Mathildas Auftritt in Hamburg fuhren Skip, Mathilda und Annegret sie mit dem Zug in die Hansestadt. Statt Hotel Atlantic tat es diesmal ein günstigeres, aber dennoch schickes Hotel ohne Alsterblick.

Die Band spielte Mathilda und Skip die neue Single mit »Screaming Mathilda« auf der B-Seite vor. Die Single war gerade druckfrisch in den Plattenläden erschienen. Skip freute sich noch mehr als Mathilda. »Fucking unbelievable!«

Zudem war parallel der Bericht in der »Faces Rocks Metal Muscle« erschienen. Die Meinungen zum Bericht gingen weit auseinander. Die Band hatte es tatsächlich auf das Cover geschafft – ohne Mathilda. Das Bild mit Mathilda war dann im eigentlichen Artikel klein abgedruckt. Im Artikel selbst wurde am Rande darüber philosophiert, ob die Five Apostles mit Mathilda wirklich einen neuen Sound kreiert hatten, oder ob dies nur ein Marketing-Gag sei.

Mathilda schnaubte. »Ich bin doch kein Werbegag!«

»Das Kleid steht dir aber sehr gut«, befand Annegret, die sich die Bilder im Magazin ansah.

Aber insgesamt waren alle zufrieden, dass die Band und Mathilda so viel Echo ausgelöst haben.

Der Auftritt in der »Fabrik« lief nun schon fast routiniert. Auch das Hamburger Publikum mochte alles so, wie es war.

Mathilda ging früh zu Bett. Skip redete noch eine ganze Weile mit Chris an der Hotelbar.

Am nächsten Tag fuhren Mathilda, Skip und Annegret wieder mit dem Zug zurück nach Sylt. Im selben Zug waren auch drei Mitglieder der Band: Chris und die Gitarristen Neil und Brad, die ihre Instrumente in zwei betagten Schutzhüllen dabeihatten. Der Rest der Band war mit dem Bus weiter Richtung Kopenhagen gefahren. Das Konzert in der dänischen Hauptstadt fand in drei Tagen statt.

Auf der Bahnfahrt wurden die Akustik-Gitarren ausgepackt und einige Lieder der Band und von anderen Interpreten angespielt. Chris summte einige Abschnitte leise mit.

Skip hatte die Band darauf vorbereitet, dass es kein schickes Hotel gab, sondern nur einfache Zimmer in einem Wohnheim. Für eine Nacht sollte das gehen. Außerdem konnten sie dann keine Fernseher aus dem Fenster werfen, was ja bei Metal Bands manchmal zum guten Ton gehören sollte – dachte Skip.

Auf jedes Zimmer hatte er dafür jeweils ein Sixpack Bier, eine Flasche Asbach und eine Flasche Cola gestellt – als Willkommensgruß und Minibar-Ersatz. Das kam schon mal gut an.

Er machte mit der Band eine kleine Sightseeing-Tour an die Promenade. Am interessantesten fanden Chris und seine Kollegen – wie erwartet – die Strandbar. Dort gesellten sich noch Nick und Max dazu. Jimmy ließ sich Autogramme geben, nachdem Skip ihn darauf hingewiesen hatte, dass die Band gerade ihren internationalen Durchbruch feierte – dank Skip. Eine Runde Helbing Cola ging natürlich aufs Haus.

Sie gingen dann zurück zum Wohnheim, holten die Gitarren und machten sich danach auf den Weg zur Strandpromenade.

Frau Jansen lief schon eine Weile aufgeregt neben der Musikmuschel auf und ab. Heute war die Wiedereröffnung nach der längeren Renovierung der Zuschauertreppen. Dafür hatte ihr Team viel Werbung gemacht. Die endgültige Begehung und Abnahme der Umbaumaßnahmen war erst am Tag zuvor erfolgt. Zur Feier des Tages trat der Sylter Shanty-Chor mit einem speziellen Programm auf.

Bereits eine halbe Stunde vor Beginn der Veranstaltung waren fast alle Plätze auf der Tribüne belegt.

Auch kurz vor Beginn schoben sich immer noch neue Zuschauer in einzelne Lücken zwischen den wartenden Gästen. Das Publikum war bunt gemischt, Familien mit

Kindern, Senioren und Jugendliche drängten sich auf den Treppenabsätzen. Einige Rollstuhlfahrer standen unten vor der ersten Treppenstufe.

Frau Jansen freute sich über den großen Zuspruch. Immer wieder sah sie aber sorgenvoll zum Himmel. Das Wetter war den ganzen Tag sommerlich schwül und fast windstill gewesen. Dunkle Gewitterwolken, die die Sonne schon vor einiger Zeit verschluckt hatten, schoben sich vom Meer her über die Kuppel der Musikmuschel. Noch fiel aber kein Tropfen und ein schwacher Wind war auf der Haut spüren. Einige ihrer Haare standen senkrecht nach oben, weil die Luft elektrisch aufgeladen war.

Frau Jansen stieg pünktlich um 19 Uhr auf die Bühne, gefolgt vom Bürgermeister der Gemeinde Westerland. Sie ergriff das Mikrofon.

»Liebe Zuschauerinnen und Zuschauer, wir freuen uns sehr, dass wir heute die erste Veranstaltung in der wunderschönen Musikmuschel nach der Umbaupause mit Ihnen zusammen feiern können. Auf dieser historischen Bühne vor dieser einmaligen Kulisse. Bitte achten sie auf sich und ihren Nebenmann, damit heute alle sicher und wohlbehalten wieder nach Hause kommen.« Die Westerländer verstanden diese Anspielung auf den Trunkenheitsunfall, der zur vorübergehenden Schließung der Muschel geführt hatte, und lachten und applaudierten kurz.

»Es ist mir eine große Ehre und Freude, dass unser Bürgermeister Herr Hinrichs persönlich nun noch einige Worte an sie richten wird.« Sie übergab das Mikrofon.

Der Bürgermeister redete einige lange Sätze über die »große Bedeutung« und die »überregionale Bekanntheit«, war froh, dass die Sache »gemeinsam geschafft« worden war. Dann sprach er den erlösenden Satz: »Und nun wünschen wir Ihnen einen schönen und unvergesslichen Abend!«

Das Publikum applaudierte artig.

Die fünfzehn Mitglieder des Shanty-Chors betraten in ihren Seemannsoberteilen, weißen Hosen und dunklen Hüten nacheinander die Bühne. Sie stellten sich in zweireihiger Formation auf. Der Schifferklavierspieler durfte sich auf einen Stehhocker setzen und sein Instrument auf dem Oberschenkel abstützen.

Ohne langes Gesabbel legte der Chor los und hatte sofort das Publikum auf seiner Seite.

Während des vierten Liedes fielen die ersten Regentropfen. Die Regenschirme blieben noch geschlossen.

Am Ende des Programmes waren einige Regenschirme offen, aber die Stimmung blendend. Alle klatschten und schunkelten mit.

Frau Jansen ging auf die Bühne. Der Chor verbeugte sich mehrfach tief.

»Vielen, vielen Dank unserem fantastischen Shanty-Chor!«

Der Applaus brandete noch einmal auf.

»Und nun, meine Damen und Herren, kommen wir zu einem besonderen Programmpunkt. Aufgrund der kurzfristigen Planung konnten wir den Punkt nicht in die Vorankündigung mit aufnehmen.«

Einige Zuschauer sahen schulterzuckend zu ihrem Nebenmann.

Der Shanty-Chor verließ winkend die Bühne.

Frau Jansen las von einer Karteikarte ab: »Meine Damen

und Herren! Es ist mir eine außerordentliche Freude, dass wir für den heutigen Abend eine australische Musikgruppe nach Westerland holen konnten, die sonst nur in großen Hallen in ganz Europa spielt. Die Musiker vom anderen Ende der Welt werden von einer lokalen Künstlerin hier aus Westerland unterstützt.

Bitte begrüßen Sie nun die Fünf Apostel und Mathilda!«

Das Publikum freute sich auf eine Überraschung, murmelte und klatschte abwartend. Skip stand am seitlichen Ende der Musikmuschel und pfiff unterstützend auf zwei Fingern. Frau Jansen hatte jedes Wort von der Karte so vorgelesen, wie er es aufgeschrieben hatte.

Chris ging auf die Bühne, gefolgt von Neil und Brad, die sich die Gitarren umhängten und mit einigen Handgriffen stimmten.

Danach schritt Mathilda an Skips Arm in einem schwarzen langen Kleid elegant auf die Bühne.

Sie nahm auf einem Stehhocker Platz und legte beide Hände, zusammen mit ihrem Stimmverstärker, in den Schoß.

Skip blieb am Rande der Bühne stehen. Die Regentropfen wurden dichter und größer.

Chris nahm das Mikrofon in die Hand und gab mit dem Handballen den Takt an. Die Gitarren setzten weich ein. Chris' raue tiefe Stimme gab der Musik Text hinzu.

California dreamin' geht vor gemischtem Publikum immer. Auch diesmal.

Bisher hatte Skip Chris mehr schreien als singen gehört. Positiv von der warmen Stimmfarbe überrascht starrte er mit einen Anflug von Gänsehaut auf die Bühne.

Im Publikum verfolgten unzählige Augen- und Ohren-paare gleichermaßen fasziniert die unerwartete australi-sche Performance. Viele bekannte Gesichter waren dort: Nick und Max, Annegret, Luise, Gisela, Georg und andere Residenzbewohner.

Vielleicht hätte er auch ein Mädchen gesehen, das dort mit einem Astra in der Hand ihre Kapuze vor dem Regen ein wenig tiefer ins Gesicht zog. Der Wind wurde stärker und böig.

Applaus. Zweiter Song. *Knockin' on heaven's door.* Von der Zweideutigkeit des Liedes ahnte im Publikum niemand etwas.

Es blitzte. Vier Sekunden, bis der Donner zu hören war.

Kein einziger Zuschauer machte Anstalten, das Konzert zu verlassen.

Applaus. Dritter Song. Stones. Angie. Geht auch immer. Viele Lippenpaare auf den Treppenstufen formten die be-kannten Liedzeilen mit.

Der Regen prasselte auf die Zuschauer. Es blitzte. Zwei Se-kunden, bis der Donner zu hören war. Niemand ging. Alle applaudierten.

Skip lief zu Chris auf die Bühne. Nach wenigen Worten war klar, dass nur noch ein Lied gespielt würde, um dem Gewitter Tribut zu zollen.

Letzter Song. Mathilda stand auf, richtete noch einmal ihren langen dunklen Seidenschal und ging zu Chris ans Mikrofon.

Chris begann ganz sanft, fast hauchend zu singen.

Once a jolly swagman camped by a billabong
Under the shade of a coolibah tree,
He sang as he watched and waited 'til his billy boiled
You'll come a-Waltzing Matilda, with me

Mathilda stieg ein und sang mit Chris im Duett

Waltzing Matilda, Waltzing Matilda
You'll come a-Waltzing Matilda, with me.

Skips Unterlider füllten sich mit Tränen. Mathildas Stimme hörte sich für ihn in diesem Moment fast weich und melodisch an.

Beim letzten Refrain sangen die beiden Gitarristen noch mit.

Ein warmes, berührendes Gefühl schwappte von der Bühne in die Zuschauerränge.

Nach der letzten Strophe standen alle Zuschauer und klatschten im strömenden Regen. Auch Frau Jansen stand mit einem gelben Friesennerz am Bühnenrand und hatte hat nicht nur vom Regen glänzende Augen. Frau Petersens Hände applaudierten wie wild. Die Band verbeugte sich vor dem Publikum und vor Mathilda. Mathilda winkte Skip heran, der erst zögerte, dann doch auf die Bühne kam. Mathilda legte den Stimmverstärker auf den Hocker, hielt Chris an ihrer rechten Hand, Skip an ihrer linken. Die drei verbeugten sich zusammen.

Es blitzte und donnerte gleichzeitig.

Skip nahm das Mikrofon:

»Vielen Dank an die Five Apostles, vielen Dank an Mathilda! Wie man sieht, kennt Kunst kein Alter und kein schlechtes Wetter. Vielen Dank an Frau Jansen, die uns die Möglichkeit hierzu gegeben hat. Vielen Dank an Frau Petersen und die Residenz Dünenblick. Vielen Dank an Sie, liebe Zuschauer, dass sie trotz des Wetters bei uns geblieben sind. Und nun sollten wir uns alle einen trockenen und sicheren Platz suchen.«

Die meisten Zuschauer verließen nun rasch die Tribüne und zogen mit Schirmen, Kapuzen oder Plastiktüten über dem Kopf Richtung Fußgängerzone. Die Band, Mathilda und Skip gingen weiter in das Innere der Muschel, wo der Regen nicht mehr hineinreichte. Einzelne Zuschauer folgten ihrem Vorbild.

Skip nahm Mathilda in den Arm, die trotz des Regens nicht zitterte, sondern aufgekratzt und glücklich wirkte.

Als Skip sich bei Chris bedanken wollte, sprach ihn jemand von der Seite an.

»Kennen wir uns nicht irgendwo her?«

Skip drehte sich um und blickte in zwei stahlblaue Augen.

Sie hatte ihre nasse Sweatshirt-Kapuze nach hinten geschoben und strahlte ihn an.

Er hatte sich so oft überlegt, was er sage würde, wenn er ihr jemals wieder gegenüberstehen sollte. Alles weg.

Er bekam keinen Ton heraus, sondern starrte sie nur an.

»Wir haben uns doch letztes Jahr in Hamburg getroffen!«, sagte sie fröhlich und erwartungsvoll.

Skip öffnete leicht den Mund, sagte aber immer noch nichts. Seine Zunge war bleischwer und seine Knie waren weich.

»Skipper oder Skip, richtig? Ich bin Marie.«

Sie wusste noch seinen Namen! Seine Zunge gehorchte wieder etwas. »Skip, genau. Hallo.« Innerlich schlug er sich mit einer E-Gitarre voll an die Stirn. Was Dämlicheres konnte er sicher nicht sagen. Sie musste ihn für einen Vollidioten halten.

Chris gefiel die kleine Blondine wohl auch, denn er nahm ihre Hand und stellte sich mit sanfter, tiefer Stimme vor: »Hey, I'm Chris.« Dabei sah er ihr in die Augen und ließ ihre Hand nicht mehr los.

»I am Mary, pleased to meet you«, antwortete sie und errötete leicht. Das sah wenigstens Skip so und musste nun doch irgendetwas tun, damit nicht alles an ihm vorbeilief.

»Hey Marie, das ist ja ein Zufall. Was machst du denn hier?«

Nicht perfekt, aber immerhin ein Anfang.

Marie zog ihre Hand höflich lächelnd aus Chris' Griff und wandte sich wieder Skip zu.

»Meine Eltern haben doch ein Haus hier. Habe ich doch erzählt, oder nicht?«

»Ja, stimmt, du hattest so etwas erwähnt.«

»Und was machst du hier?«

»Also heute war ich nur für den Auftritt von Mathilda und die Jungs hier.« So langsam klang seine Stimme wieder fester und selbstbewusster.

»Darf ich dir Mathilda vorstellen?« Mathilda hatte die letzte Minute still leidend Skips ungeschickte Flirtversuche mit angesehen, konnte aber nicht helfen.

»Hallo Mathilda. Vielen Dank für den tollen Auftritt!«

»Vielen Dank«, flüsterte Mathilda und lächelte. Dann beugte sie sich zu Marie vor und sagte noch leise: »Skip ist übrigens mein Manager.«

Marie machte große Augen: »Echt? Du bist ihr Manager?«

»Naja, erst seit Kurzem«, beschwichtigte er gelassen.

Der Wolkenbruch ließ nach und es wurde bereits etwas heller.

»Wollen wir alle noch einen Drink an der Strandbar nehmen?«, schlug Skip vor.

Die Gruppe stapfte durch den nassen Sand zur Strandbar.

Dort war Jimmy mit einem Kollegen dabei, die Tische und Stühle mit Fensterabziehern und großen Lappen vom Regenwasser zu befreien.

Die Sonne kam am Horizont kurz unter den fast schwarzen Wolken hervor und tauchte alles in ein sattes Goldgelb.

Einige Helbings und Biere später hatten auch andere Gäste den Weg in die Bar gefunden und es war ein lustiger und feuchtfröhlicher Abend. Hin und wieder regnete es leicht, aber Schirme und Kapuzen hielten das Schlimmste ab.

Mathilda wurde müde und Skip brachte sie noch nach Hause. Chris musste ihm versprechen, auf Marie aufzupassen, ohne ihr zu nahe zu kommen.

»Marie ist wirklich ein süßes Mädchen«, sagte Mathilda vor der Residenz.

»Ja, sie ist ›ne Wucht, oder?«, freute sich Skip.

»Dann sei nett zu ihr und trink nicht zu viel.«

»Mach ich, Mathilda. Ich melde mich morgen bei dir!« Bereits auf dem Weg zurück zur Strandbar drehte er sich noch einmal um und rief: »Dein Auftritt war übrigens der Wahnsinn!«

Chris hatte Wort gehalten und seinen australischen Charme in Zaum gehalten. Er machte mit einer großen Geste seinen Platz gegenüber Marie für Skip frei.

Die Band hatte in der Zwischenzeit eine eiskalte Flasche Helbing bestellt, deren Inhalt schon zu einem Drittel in australischen Kehlen verschwunden war.

Einer der Gitarristen stellte sich ungefragt mit einem Bier in der Hand an einen Tisch mit vermeintlichen High-Society-Ladys und textete sie voll. Sie sahen aber nur irritiert weg.

Marie war beeindruckt. »Und den Song mit Mathilda kann man jetzt wirklich als Single kaufen?«

»Ja, echt«, antwortete Skip betont cool. »Aber jetzt erzähl doch mal was von dir! Wie laufen deine Ferien?«

Marie erzählte vom Windsurfen und davon, dass die Ferien bald vorbei waren und sie wieder nach Hamburg fahren musste. Noch ein Jahr bis zum Abitur. Ihre Eltern ließen sich gerade scheiden. Ihr Vater wohnte in Hamburg, habe bereits eine neue Freundin und sei schon lange nicht mehr auf Sylt gewesen.

Skip erzählte von der Reise mit Mathilda nach Amsterdam –, ohne den wahren Grund der Reise zu erwähnen. Er berichtete vom Aufenthalt im Atlantic Hotel und von der Bootstour auf der Alster. Dann erwähnte er noch die Residenz.

»Du hast im Seniorenheim gearbeitet? Dann musst du ja das Konzert und den Feuerwehreinsatz dort mitbekommen haben.«

»Äh, ja. Das habe ich mitbekommen. Warum? Warst du an dem Abend etwa da?«

»Ich wäre fast hingegangen, ja. Eine Freundin hat mich angerufen, dass dort eine Party wäre. Als wir dort ankamen, war aber schon die Feuerwehr da und alles vorbei. Also sind wir wieder gegangen. Auf der Schule meiner Freundin wurde aber nachher groß davon erzählt.«

Skip war stolz. »Ja, war ein lustiger Abend. Ich habe das ein bisschen mit organisiert«, stapelte er tief.

»Echt? Cool.«

Am Tisch der High-Society-Damen war Bewegung. Mit einem großen Hallo wurde eine blonde Frau mit voluminöser Handtasche begrüßt. Jaqueline van Osten war gerade eingetroffen und begrüßte ihre Runde mit vielen Bussis links und rechts.

Marie und Skip sahen kurz rüber und verdrehten dann beide die Augen – aus unterschiedlichen Gründen, wie sich zeigen sollte.

Marie stützte den Ellenbogen auf den Tisch und hielt sich die Hand seitlich an die Stirn, um ihr Gesicht zu verdecken. Skip tat das Gleiche.

Skip beugte sich zu ihr rüber. »Was ist los?«

Marie sagte leise: »Voll peinlich. Meine Mutter ist da.«

Skip hatte ein ganz ungutes Gefühl und fragte: »Deine Mutter? Wer von denen ist deine Mutter?«

Marie hatte weiter die Hand seitlich vor dem Gesicht und machte nur mit den Augen Bewegungen in die Richtung der Damenrunde. »Die Blonde mit der großen Handtasche.«

Skips ungutes Gefühl verwandelte sich schlagartig in einen fiesen Strudel in seinem Bauch, der alles Blut aus seinem Kopf in seine Beine sog.

Marie bemerkte, dass Skip ganz blass und leicht zittrig wurde.

»Na, meine Liebe, willst du mich gar nicht begrüßen?« Jaqueline stand direkt neben den beiden am Tisch, wie ein blonder Panther, bereit zum Sprung.

»Oh, hallo Mama! Ich habe dich gar nicht gesehen«,

log sie wenig glaubhaft. Skip hoffte, dass sich ein großes schwarzes Loch unter der Terrasse bildete, welches ihn umgehend still verschlucken sollte.

»Und wer ist dein netter Begleiter?«, stichelte Jaqueline weiter.

»Das ist Skip.« Sie deutete auf Skip und dann zwischen Skip und ihrer Mutter hin und her: »Meine Mutter, Skip.«

»Hallo«, sagte Skip und nickte nur. Seine Knie waren zu weich, um aufzustehen.

»Sehr erfreut, Skip. Kennen wir uns nicht irgendwo her?«

Marie machte große Augen und sah dann misstrauisch zwischen ihrer Mutter und Skip hin und her.

»Ach ja, jetzt weiß ich wieder«, setzte ihre Mutter an.

›Jetzt ist alles vorbei‹, dachte Skip. ›Marie wird mich hassen und kein Wort mehr mit mir sprechen. Der Abend war einfach zu perfekt. War ja klar, dass die Achterbahn nun wieder nach unten geht.‹

»Skip hatte eine Villa für seine Band gesucht. Waren Sie nicht … Manager oder so etwas?«, fragte sie kühl und rechnete damit, dass dieser gezielte Flügelschlag einen Sturm auslösen würde, der Skip von ihrer Tochter wegpusten würde.

»Ja, das stimmt«, sagte Marie erleichtert. Sie zeigte auf die Bandmitglieder, von denen nur Chris noch am Tisch saß. Neil und Brad standen schwankend am Nachbartisch und prosteten allen zu. »Das sind die Five Apostles aus Australien, beziehungsweise ein Teil davon«, erklärte Marie freudig.

»Five Apostles?«, fragte ihre Mutter skeptisch.

»Ja, die haben heute mit Mathilda in der Musikmuschel gespielt. Das war der Hammer.«

Skip hatte sich wieder etwas gefangen und ergänzte kleinlaut: »Ja, und übermorgen ist das nächste Konzert in Kopenhagen.«

Chris hatte nur mit trägem Blick zugesehen. Er verstand zwar nichts, nickte aber fleißig und prostete Jaqueline zu, als er »Kopenhagen« hörte.

»Soso« sagte Jaqueline. Da ihr Vorstoß ins Leere gelaufen war, zog sie sich erst einmal wieder in ihr Basislager am Nachbartisch zurück und wünschte »noch einen schönen Abend euch beiden.«

In dieser Nacht redeten Marie und Skip noch lange und lachten viel. Nick und Max verabschiedeten sich zu später Stunde. Jaqueline winkte nur einmal kurz höflich, als sie mit ihren Freundinnen die Bar verließ. Die Band torkelte irgendwann Richtung Wohnheim und versprach, sich zu melden, spätestens nach Stockholm.

Der Regen hatte aufgehört.

Irgendwann bemerkten Marie und Skip, dass sie die letzten Gäste waren. Jimmy schenkte ihnen noch ein letztes Bier, das sie mit an den Strand nahmen. Dort gingen sie eine Weile spazieren. Am Surfcenter legten sie sich auf das Sofa.

Dass die Kissen etwas nass waren, spürte Skip nicht. Er spürte aber Maries ruhige Atmung, die auf seinem Bauch einschlief. Er fuhr sanft mit seinen Fingerspitzen durch ihre Haare. Er versuchte, wach zu bleiben, und diesen Moment so lange wie möglich zu erleben. Als auch ihm die Augen zufielen, dämmerte es bereits hinter den Dünen.

ENDE

Epilog

Mai 1987. Am schweren Bürotisch aus dunkel gebeizter Eiche warteten vier Personen. Das Kopfende war frei. Skip saß an einer Längsseite neben Annegret. Zwei ältere Damen ihnen gegenüber hatten sich zuvor kurz angebunden als Vivien und Maria vorgestellt. Bei Mathildas Beerdigung hatte er die beiden nicht gesehen. Obwohl die Polsterung der Stühle bequem war, rutschten alle Anwesenden mehr oder weniger unruhig auf den Sitzflächen hin und her. In den hohen Wandregalen, die bis zur weißen Stuckdecke reichten, standen dichtgedrängt Bücher unterschiedlicher Breite und Höhe. Auf einigen Umschlägen waren Paragraphenzeichen zu sehen.

Das Parkett im Flur knarrte, dann ging eine Seite der großen Flügeltür auf.

Ein bärtiger Mann um die 60 mit Halbglatze und gedrungener Figur schritt selbstbewusst zum Tischende. Er nickte den Anwesenden kurz zu, legte eine dünne blaue Akte auf den Tisch und nahm würdevoll Platz. Eine Brille, die an einer Kordel unter seinem kurzen Hals baumelte, wurde nun auf seine fleischige Nase gehoben. Über den Rand der schmalen Gläser sah er noch einmal bedeutungsvoll in die angespannten Gesichter.

»Vielen Dank, dass Sie sich hier heute einfinden konnten. Mein Name ist Dr. Rudloff Schwertenfeger und ich bin der von Frau Rubio beauftragte Notar.

Mathilda Rubio hat alle hier Anwesenden in ihrem Testament bedacht.

Alle Anwesenden haben schriftlich eingewilligt, dass die Testamentseröffnung vor der hier versammelten Gruppe erfolgt.

Mit monotoner Stimme und ohne erkennbare Atempausen las Dr. Schwertenfeger ein handschriftliches Dokument vor.

»Nehmen Sie das Erbteil an, Herr Kipplinger?«

Skip hatte große Probleme gehabt, dem Inhalt des Testaments zu folgen. An der entscheidenden Stelle musste er den Faden verloren haben. Seine Geist schweifte lieber zu Mathilda ab, als der Stimme des Notars zu folgen.

»Könnten Sie das bitte noch einmal wiederholen? Ich habe nicht alles verstanden, glaube ich.«

Mit hochgezogenen Brauen und einem leichten Seufzer wanderten die Notaraugen durch die Brillengläser noch einmal über die letzten Zeilen.

»Herrn Steven Kipplinger, …, vermache ich 2000 Deutsche Mark. Diese Summe ist zweckgebunden. Der Betrag muss für eine Reise in die USA zum Vater von Herrn Kipplinger verwendet werden. Der Nachweis über die zweckmäßig angedachte Verwendung des Geldes sollte über entsprechende Belege und ein aktuelles Foto von Herrn Kipplinger mit seinem Vater erfolgen. Wird die Reise nicht innerhalb von 12 Monaten nach Verlesen des Testamentes angetreten, verfällt der Anspruch.«

Vier Augenpaare starrten über den Eichentisch auf Skip.

»Kein Scherz?«

»Sie sind beim Notar, nicht bei ›*Verstehen Sie Spaß*‹, Herr Kipplinger.«

»Kann ich mir das kurz überlegen?«

Mit einigen tiefen Zügen an einer Zigarette lief Skip vor dem Notariat auf und ab. Das Hamburger Rathaus konnte er durch eine Häuserschlucht sehen.

Er nickte sich dann selbst zu und drückte die Kippe aus. Eine kleine weiße Rauchfahne stieg auf. Im Treppenhaus nahm er jeweils zwei Stufen auf einmal.

Er stieß die Tür zum Besprechungsraum auf und rief aufgeregt:

»Kann ich auch jemanden mitnehmen?«